UMA VISÃO DO FOGO

JEFF ROVIN e

GILLIAN ANDERSON

UMA VISÃO DO FOGO

SAGA DO FIM DO MUNDO

LIVRO UM

Tradução Heitor Pitombo

Fantasy

A Vision of Fire

Este livro foi revisado segundo o Novo Acordo Ortográfico da Língua Portuguesa.

Curador do selo Fantasy
Affonso Solano

Copidesque
Luísa Ulhoa

Revisão
Carolina Leal

Projeto gráfico de capa e miolo
Rico Bacellar

Imagem de capa
Pauline Moss/ DeviantArt

Diagramação
Abreu's System

CIP-BRASIL. CATALOGAÇÃO NA PUBLICAÇÃO
SINDICATO NACIONAL DOS EDITORES DE LIVROS, RJ

A561u

Anderson, Gillian
Uma visão do fogo / Gillian Anderson, Jeff Rovin ; tradução Heitor Pitombo. – 1. ed. – Rio de Janeiro : Casa da Palavra, 2014.
304 p. ; 23 cm. (Saga do fim do mundo ; 1)

Tradução de: A vision of fire
ISBN 978-85-7734-501-4

1. Ficção americana. I. Rovin, Jeff. II. Pitombo, Heitor. III. Título. IV. Série.

14-15408 CDD: 813
CDU: 821.111(73)-3

CASA DA PALAVRA PRODUÇÃO EDITORIAL
Av. Calógeras, 6, sala 1.001, Centro
Rio de Janeiro RJ 20030-070
21.2222 -3167 21.2224 -7461
divulga@casadapalavra.com.br
www.casadapalavra.com.br

PRÓLOGO

Balançando delicadamente sob a lua cheia, o navio de pesquisa da Falkland Petróleo Avançado estava ancorado ao porto de Stanley. Seu casco, desgastado pelas intempéries após três semanas no mar, seus sensíveis sensores debaixo do convés haviam sido chacoalhados pelas ondas implacáveis, e o geólogo chefe estava exausto.

Mas, ao inclinar-se sobre a pequena mesa do laboratório em sua cabine dianteira, o Dr. Sam Story não conseguia parar de olhar para uma rocha puxada de uma saliência em alto-mar pelo guincho submarino, movido por controle remoto, em seu último dia no Atlântico Sul. A pedra prateada cabia na palma de sua mão e tinha mais ou menos a forma e a espessura de uma carta de baralho. Ele a examinou por mais de uma hora com uma lupa, movendo lentamente a lente para cima, para baixo e para os lados; o geólogo de 53 anos de idade estava achando difícil aceitar o que via.

Por fim, o homem ajeitou-se no banco, piscou os olhos cansados, e acionou um pequeno gravador de áudio.

– Amostra E-33 – entoou com cautela. – Definitivamente parece com um fragmento de meteoro palasita. E, pelo que observo, as marcas de lascas na parte de trás indicam que o fragmento foi arrancado à mão de uma pedra maior. No entanto...

Ele pôs a pedra cuidadosamente sobre uma faixa de algodão que havia colocado na mesa e vestiu suas luvas de látex. A relíquia fora lavada pelas águas congelantes durante séculos, talvez milênios, e superfícies ásperas e óleos corporais poderiam causar mais danos.

O Dr. Story olhou de novo para a pedra e observou o símbolo que nela brilhava de forma sutil.

– Na outra face, estão traçadas quatro formas triangulares dispostas como uma pirâmide – gravou ele. – Cada triângulo é formado por três arcos entrelaçados, com arcos pequenos e estendidos nos três vértices. Esses pequenos parecem ter, na verdade, o formato de garras ou presas. Não há garras nos cantos do triângulo central. Não faço ideia de qual seja o significado ou a função disso.

Ele se abaixou, olhando fixamente para a pedra.

– No que diz respeito ao processo, a largura e a profundidade das marcas sugerem que elas foram esculpidas por uma ferramenta mais precisa e menor do que a que foi usada para construir a própria relíquia. Embora haja um bom número de tribos locais que possa ter esculpido estas figuras, as extremidades das marcações são um verdadeiro mistério.

Pegando a lupa de novo, ele murmurou:

– Cada lado de cada entalhe possui um perímetro arredondado que sugere longos períodos de erosão. No entanto, essas bordas não estão desgastadas de maneira uniforme, mas estão realçadas, como bolhas. Bolhas como estas só poderiam ser geradas por um calor intenso, classe D, no mínimo, e os povos antigos não tinham meios para gerar 1150 graus Celsius.

O Dr. Story sentou, pegou o gravador, e sorriu. O moderno aparelho parecia estranho e incongruente em suas mãos. Aquele subproduto relativamente sofisticado da tecnologia humana era muito menos interessante do que uma simples pedra que havia sido retirada por acaso do fundo do oceano.

Não, corrigiu-se, *isso não é simples*. O magma vulcânico poderia chegar àquele nível de calor, mas mesmo isso era incomum. Quando a lava chegava à superfície, sua temperatura ficava próxima de 815 graus Celsius. Ele só havia visto este tipo de fusão e endurecimento em rochas de meteoritos que amoleciam e efervesciam durante sua passagem flamejante pela atmosfera e endureciam quando se chocavam com a superfície mais fria, livre de fricção.

– Mas isso não explica como os entalhes derreteram – murmurou ele no gravador. – *Eles* não podem ter atravessado a atmosfera. Isso significaria que tinham que vir do...

O Dr. Story se sentia cansado. Ele já estava acordado há quase 48 horas. Antes de pensar nas implicações que as evidências sugeriam, precisava de descanso.

Depois que desligou a luminária em cima da mesa, caiu na pequena cama embutida na parede. O suave balanço do porto era como um bálsamo após 21 dias em alto-mar. Apesar de uma ou outra pancada súbita no casco debaixo d'água – possivelmente uma baleia-piloto; os cetáceos vinham demonstrando uma surpreendente tendência a encalhar –, o cientista adormeceu em instantes.

A porta se abriu e uma figura adentrou o recinto. Ele movia-se em silêncio, cauteloso. O balanço do barco era imprevisível e ele não queria cair em cima da mesa ou da cama.

O homem pousou um estojo de câmera vazio no chão. Guiado pela luz da lua que atravessava uma escotilha, rapidamente recolheu o tablet e o gravador de áudio. Envolveu o pequeno pedaço de rocha com a faixa de algodão e o colocou no estojo.

E então ele se foi, se afastando rápido do cais. Jogou os dois aparelhos eletrônicos na água, viu-os afundando gorgolejantes sob o luar de marfim, e depois seguiu para o hotel Malvina House.

Parte Um

CAPÍTULO UM

Era uma manhã excepcionalmente quente de outubro, mais adequada para um passeio do que para uma caminhada, mas Ganak Pawar e sua filha mantinham seu ritmo acelerado de costume enquanto seguiam em direção ao leste de Manhattan. Representante permanente da Índia nas Nações Unidas, o veterano de trinta anos de corpo diplomático ostentava uma estudada expressão de tolerância. A jovem Maanik, de 16 anos, parecia especialmente energizada pelo manto de luz solar que transbordava pela York Avenue.

– Papai, a sua apresentação na noite passada foi incrível! – disse Maanik. – Fiquei horas sem conseguir dormir, minha cabeça estava fervilhando com tantas ideias.

– Isso é gratificante – respondeu seu pai.

– É hora de as pessoas pensarem de forma diferente em relação à Caxemira, e você deixou claro seu ponto de vista na Assembleia Geral – disse ela. – Fico feliz que a CNN tenha feito a cobertura, foi totalmente inspirador.

– Estou feliz por você se sentir assim. Não estão me agradecendo universalmente por isso.

– Papai, você pisou no calo deles. Isso requer coragem!

Ganak sorriu.

– Eu "pisei no calo deles", foi isso?

– Você sabe o que quero dizer – disse sua filha, sorrindo. – De qualquer forma, não seja tão modesto, especialmente agora. Agora é o momento de dar continuidade, com determinação.

Ganak não tinha certeza se havia sido coragem ou desespero que o fez mostrar o vídeo de uma mãe da Caxemira sacrificando-se sobre seu filho morto. Tensões ocorriam na Caxemira de poucos em poucos anos, mas dessa vez era diferente. Trinta e duas pessoas haviam morrido em dois dias, e o Paquistão e a Índia estavam mais uma vez brandindo seus sabres nucleares. Talvez aquela vanglória familiar e cansativa houvesse compelido Ganak a sugerir que fizessem da Caxemira um protetorado da ONU. Se a ONU governasse provisoriamente a região, como fez em Kosovo durante nove anos, o povo poderia ganhar tempo para escolher se queria se juntar a um país ou ao outro, ou optar pela independência...

– Papai?

– Sim?

– Eu quero te ajudar a dar continuidade – disse Maanik, saltitando com entusiasmo. – Você devia ouvir minhas ideias.

Ele sorria enquanto a observava. Sua filha parecia tão madura em sua jaqueta marrom de couro falso que cobria um vestido azul-escuro. Suas leggings eram douradas e alaranjadas, uma das pernas ostentava listras horizontais, e a outra era um turbilhão com uma padronagem de penas. Ela havia costurado as metades discrepantes por conta própria, combinando com um cachecol dourado e laranja. Ele notou com surpresa que ela havia começado a fazer as sobrancelhas, e apesar de seu cabelo preto sempre ter sido forte e grosso, o jeito como o arrumou sobre o ombro era uma evolução recente.

Ela é tão diferente de sua mãe, pensou. Quando a família Pawar se mudou de Nova Déli para Manhattan, dois anos antes, e Maanik passou a estudar na escola secundária Eleanor Roosevelt, a menina começou imediatamente a mudar. Enquanto sua mãe, Hansa, era meditativa, Maanik pensava em voz alta. Enquanto Hansa planejava, Maanik improvisava. Hansa abraçava a tradição, mas Maanik gostava de andar de patins às escondidas com o filho do embaixador canadense. O guarda-costas americano dos Pawar, Daniel – que estava caminhando alguns passos atrás dos dois –, foi incumbido de, clandestinamente, ficar de olho na jovem quando ela não estivesse em casa.

Ganak não conseguia decidir se estava preocupado por ela ter dado de ombros para os velhos costumes ou se devia se orgulhar por ela estar vivendo a própria vida. Hansa não gostava, mas Ganak não tinha certeza. Suas habilidades diplomáticas eram às vezes testadas em casa de uma forma que poderia rivalizar com a atual crise na Caxemira.

Pensar na Índia e no Paquistão fez que ele parasse de sorrir. Ultimamente, levar Maanik a pé para a escola era uma das únicas formas de se refugiar.

– Maanik, quero ouvir suas ideias, mas devo adverti-la, às vezes é aconselhável fazer uma pausa depois de um empurrão.

– Como isso pode ser algo sensato? – perguntou a moça. – Se uma coisa está em movimento, por que não mantê-la em movimento?

– Eu li os relatórios em casa antes de sairmos esta manhã. A Índia e o Paquistão estão ambos enfurecidos enquanto o resto do mundo aplaude a ideia de um protetorado.

– Esse é o meu ponto – disse Maanik, sem se deixar intimidar. – Agora você precisa convencer a Índia e o Paquistão.

– Ah. É assim tão simples?

– Talvez não seja *tão* simples, mas minhas ideias podem ajudar com isso. Andei pensando em editoriais para você, comunicados de imprensa, mas especialmente... – Ela se virou e caminhou de costas, de frente para ele e radiante. – E se você me deixar entrevistá-lo e filmá-lo falando sobre a situação? As emissoras de TV iriam se refestelar com isso, os pais veriam com seus filhos, seria algo casual e nada ameaçador, mas feito com o coração, entende? Poderíamos fazer com que as pessoas se familiarizassem com a sua proposta através de uma conversa e não de argumentos. Se fizermos da forma certa, talvez o vídeo venha a ser viral.

Ganak ficou impressionado. Maanik havia preparado uma apresentação por conta própria. Essa revelação sobre sua filha era uma das razões pelas quais, mesmo em meio a uma crise, ele insistia em manter sua caminhada de meia hora até a escola, sem telefones celulares.

– Essas são ideias muito criativas, Maanik.

– O.K.! Então o próximo passo é dar um tempo da escola e começar um estágio com você na sede das Nações Unidas. Na verdade, o colégio provavelmente vai contar isso como uma aula...

Ganak a interrompeu.

– Estagiários na sede devem estar na pós-graduação. Estudantes do ensino médio estão fora de questão.

– Mas, Bapu... – Ela tentou amolecer seu coração usando o termo híndi para "papai". – Eu tenho inteligência e vontade. E agora a minha ajuda é fundamental.

– Eu agradeço o seu interesse, mas cada membro da equipe é bem credenciado, não apenas bem-intencionado.

– Exceções podem ser feitas...

– Exceções são exceções.

Maanik franziu a testa.

– Não entendi.

– Significa que não dá. Sinto muito, Maanik.

Ela virou-se e caminhou de frente novamente, visivelmente frustrada.

– Então, eu deveria apenas desperdiçar os meus dias tendo ideias sem jamais torná-las realidade?

– Você é uma jovem excepcional...

– Garanto a você, estou perdendo tempo na escola.

– Você está aprendendo sobre outras vidas, outros tempos.

– Enquanto eu ignoro o fato de que nossa pátria poderia entrar em guerra? Estou presa em meio à irrelevância, Bapu. Eu quero ajudar.

– Seus livros não são irrelevantes.

– Sério? E se um soldado maluco de um dos exércitos estiver, de fato, se preparando para lançar uma ogiva dessa vez? O que você faria, falaria com ele sobre um romance que leu? Ou sobre um poema?

– Maanik, minha vida, você está prestes a perder esta discussão. – Ele sorriu.

– Hã? – Ela parou na esquina da 76th Street, jogou todo o seu peso sobre um dos quadris, e ergueu as sobrancelhas para o pai. – Como?

Ele deu um sorriso.

– Você é jovem e impaciente. Eu estive onde você esteve, mas você não esteve onde eu estive.

Maanik se virou de repente para o homem loiro de 1,90m e nariz torto que estava atrás deles.

– Daniel, você acha que esse é um bom argumento?

– Estou neutro nessa questão, minha senhora – disse o guarda-costas com um sorriso. Por trás dos óculos de sol de lentes espelhadas, seus olhos prestavam atenção nos pedestres que se moviam ao seu redor, ao mesmo tempo em que sua visão periférica se voltava para os carros que passavam, rápido demais, no meio da avenida. Ele ficou olhando ao longo da rua e, assim que acendeu o sinal verde para pedestres, todos cruzaram a York, dando em um quarteirão estreito cheio de edifícios de tijolos vermelhos e folhas verdes que começavam a perder a cor.

– Maanik – advertiu Ganak –, deixe ele fazer o trabalho. – Sua voz ficou rapidamente mais macia. Isso sempre acontecia quando ele conversava com sua filha. – Quanto a você, seu trabalho é aprender a ter paciência e adquirir educação e experiência, delas virá a sabedoria.

– Paciência – disse ela, impaciente.

– Você sabia que essa é a minha missão principal? Orientar as pessoas pacientemente, com compaixão. Guiá-las, nada de forçar a barra para que elas pensem da mesma forma que eu, ou ajam de acordo com a minha vontade. Eu trabalho para um protetorado na Caxemira, mas isso é lento. Você vê isso como algo menos corajoso da minha parte do que agitar os punhos ou erguer a voz? Vou lhe dizer, é mais!

A jovem, de repente, lembrava a menina que ainda estava verde na memória do pai. Eles andaram em silêncio. Impulsivamente, Ganak pegou sua mão. A moça apertou-a com força.

Os dois chegaram ao trecho da calçada em frente às portas da escola. O local estava cheio de estudantes e alguns professores enviando mensagens de texto ou trocando conversas apressadas antes das atividades do primeiro período, que começavam às 7h45. Hoje eles se dedicariam à disciplina conhecida como Clube dos Direitos Humanos, que alternava com Modelo das Nações Unidas – uma simulação extracurricular de organismos da ONU. Mas Maanik não estava correndo para encontrar seus amigos. Seu pai percebeu que ela estava pensativa e quase lamentou ter tido aquela conversa.

Quando ele olhou em volta, parecia que todos do lado de fora da escola estavam abatidos. Depois que mostrara o vídeo do suicídio da mãe para a Assembleia Geral, este havia se tornado viral. Ele lamentou tal fato, em especial considerando que alguns daqueles adolescentes provavelmente o haviam assistido, e muitos mais devem ter ouvido falar dele. Mas o mundo precisava de um empurrão para que as tensões infinitas na Caxemira pudessem ser sepultadas. O Conselho de Segurança tinha que pressionar a Índia e o Paquistão, ou eles só pressionariam um ao outro até que, sim, um dia, talvez, um general enlouquecido pusesse fim às tensões de uma forma muito pior. O embaixador estava ciente de que havia tornado a situação ainda mais séria. Até porque, depois de afastar a filha de um lugar onde ela sentiu que poderia ter alguma influência, Ganak não poderia culpá-la por sua solenidade.

– Não fique pensando tanto nisso – disse ele, beijando-a na testa. – Confie no seu pai.

– Eu confio – disse ela. – É nos outros que eu não confio.

Ganak sorriu.

– E esse é o problema, não é? Alguém tem que ser o primeiro a baixar a espada e acreditar que o outro quer a mesma coisa.

Ele acenou e se virou na direção da First Avenue. Ele e Daniel andariam meia hora rumo ao sul, até o edifício das Nações Unidas, e Ganak aproveitava o tempo para ensaiar mentalmente suas estratégias e fazer ligações telefônicas. Sem Maanik do seu lado, ele prestava atenção na cidade, passava a ouvir os aviões e os helicópteros mais acima, os caminhões fazendo entregas, os carros disparando em ruas esburacadas. Ouviu o som de uma motocicleta roncando de forma ensurdecedora, mas o ignorou, sem pensar.

Daniel não ignorou o barulho. O ruído do escapamento era tão alto, que a moto precisaria ter canos retos, pouco comuns no tranquilo e antigo Upper East Side de Manhattan. Daniel ficou olhando a motocicleta virar na 76th Street – era preta com remate em vermelho, e quem a guiava era magro e também usava roupas pretas. Ela quase atingiu um grupo de operários fazendo um conserto na esquina e rugiu ao passar por um sujeito que segurava uma placa onde se lia DEVAGAR. Isso também estava errado: o trabalhador estava se afastando do cruzamento onde deveria orientar o trânsito. Seus passos eram longos e seu olhar se fixou no embaixador Pawar. Protegido pela placa, sua mão livre desapareceu sob seu colete amarelo e vermelho.

Do lado de fora da escola, ninguém reagiu ao primeiro tiro. Era apenas um ruído alto abafado pelo ronco da motocicleta. Mas Ganak virou-se e congelou. Era com isso que os assassinos estavam contando: uma paralisia o tornaria um alvo fácil. Era exatamente para esse tipo de reação que Daniel havia sido treinado.

Um instante antes do disparo do operário, Daniel já estava em movimento. O guarda-costas abraçou o embaixador e caiu pesadamente no chão de concreto com ele, ao mesmo tempo em que se virava com sua arma nove milímetros já sacada. Ele se inclinou sobre o seu braço esquerdo enrijecido, protegendo o embaixador, enquanto mirava na direção da rua com o direito.

Depois do segundo e do terceiro tiro, os pedestres começaram a correr e a gritar enquanto iam em busca de vãos de portas ou se agachavam atrás dos carros. Os veículos estacionados e as árvores dificultavam que o pistoleiro encontrasse seu alvo. À leste, os alunos, os professores e todos que estavam do lado de fora da escola gritavam. Metade da multidão jogou-se na calçada, outros se amontoaram contra as paredes; os poucos que ainda estavam em pé se agarraram uns aos outros e se ajoelharam, voltando seus peitos e rostos para a calçada. Maanik ficou congelada, tremendo de medo. A professora de inglês, Sra. Allen, agarrou a menina pelo colarinho e forçou sua cabeça para baixo.

Maanik, inquieta, mesmo presa ao abraço protetor daquela mulher, tentou levantar a cabeça. Ela não podia gritar. Não podia nem mesmo abrir a boca. Não houve um quarto tiro. Isso significava que os três primeiros haviam sido bem-sucedidos? A menina pensou em Daniel, e se perguntava se ele estava bem, se algum daqueles tiros o havia acertado. Ela sentiu o concreto frio contra sua bochecha direita, e uma folha seca amassada debaixo do seu rosto, enquanto se esticava para ter uma visão mais ampla do quarteirão.

Ouviam-se sirenes ao longe. A Sra. Allen hesitou, mas acabou se ajoelhando. Alguém tinha que ver como estava o pai de Maanik e não podia ser a menina.

– Fique aqui – ordenou a professora.

Mary Allen fez um sinal para que outro aluno ficasse com Maanik e correu agachada em direção à First Avenue e aos corpos na calçada. Ela não viu sangue, embora tivesse visto de relance uma figura usando um colete de operário amarelo e vermelho pulando na garupa de uma motocicleta. Sentiu seus ouvidos explodindo com o barulho da moto irrompendo rumo ao leste. E reconheceu as figuras do pai de Maanik e do guarda-costas amontoadas. Um dos corpos se agitou, se sentou, seus cabelos loiros absorvendo a luz do sol. Ele se virou para o corpo que estava parcialmente cobrindo. A cabeça do homem se ergueu. O sujeito apoiou a mão na calçada, fez força para se erguer, e caiu. A Sra. Allen correu para o seu lado, apoiou-o com suas mãos, e gritou por cima dos ombros.

– Maanik, ele está bem! Ambos estão bem!

Muito embora isso não fosse inteiramente verdade: logo ela notou o sangue na calçada. Examinou todo o corpo do embaixador até ver o sangue jorrando da manga da camisa do guarda-costas e concluiu que fora ele que havia sido atingido. Então gritou para que alguém chamasse a enfermeira da escola.

Quinze minutos depois, após desligar uma ligação para a esposa, Ganak Pawar ergueu delicadamente a cabeça da filha que se apoiava em seu ombro e a ajudou a se sentar mais ereta no sofá da sala do diretor. Tirou uma folha seca e quebradiça que havia se grudado na bochecha da menina. Os dois estavam sozinhos, ambos ilesos. Daniel fora levado para o hospital, pois estava perdendo sangue rapidamente, e seu braço direito ficara imprestável, embora os paramédicos lhe tivessem garantido que ele ficaria bem.

Maanik não havia chorado, mesmo depois de a adrenalina ter se esvaído. Sua respiração intensa e irregular ficou mais branda, aproximando-se do normal. Ela ainda estava tremendo, mas seu pai não pôde ignorar a batida na porta. O diretor apareceu no vão da porta.

– Sr. Embaixador, seu carro está aqui.

– Sim, obrigado – disse ele. – Já estou indo.

Maanik agarrou sua mão, apertando-a com força.

– Maanik, eu tenho que ir.

– Não quero que você vá embora.

– Eu sei. Mas vou ficar bem, prometo. Dois em um dia, isso não vai acontecer.

Ela balançou a cabeça, nada convencida.

– Assim que você se sentir à vontade, peça ao diretor que ligue para sua mamãe que ela virá lhe buscar e levar você para casa. Seu dia será muito tranquilo.

Maanik desviou o olhar do pai e ficou em silêncio. O aperto foi ainda mais forte; ela praticamente cravou as unhas em sua mão.

– Maanik...

– Não há sentido. Nada tem sentido. A ONU, o seu discurso, tudo.

– Não mesmo. *Você* não pode perder a fé.

– Eu poderia ter perdido você. Quem pode ter fé?

– Mas não perdeu; estou aqui. E quando eu aparecer nas Nações Unidas, depois de uma tentativa de assassinato, isso fará que minha voz seja mais forte...

– Não vou para casa. – A menina soltou a mão do pai.

– Tudo bem.

– Você tem que fazer o seu trabalho, então farei o meu.

Ele respirou fundo e olhou para a filha. Essa discussão ela ganharia. Ganak beijou sua testa, demorando mais tempo do que antes, e apertou suas mãos enquanto se levantava.

– Vejo você no jantar, mas ligo durante o dia. Vou me certificar de que o diretor permita que você mantenha o celular ligado. Maanik Pawar, você me deixa muito orgulhoso.

– Você também, papai embaixador. – Seu sorriso era sutil, mas estava lá.

Ele lhe deu mais um beijo no topo da cabeça, e depois saiu com passos fortes, decididos. Maanik levantou-se e imediatamente se sentou de novo, com as pernas ainda vacilantes. Mas marcou presença em sua segunda aula, história avançada dos Estados Unidos.

A enfermeira pediu ao diretor para que mandasse mensagens de texto aos professores de Maanik, pedindo para que ficassem de olho nela.

Em meio aos olhares discretos de garotos que ela não conhecia bem e aos sinais de incentivo de seus amigos, Maanik sentou-se em sua cadeira, abriu seu caderno, e copiou o que estava escrito no quadro-negro. Sua caneta secou e ela ficou rabiscando círculos até a tinta azul descer, em seguida continuou desenhando círculos até que seus movimentos a acordaram. Era como se ela tivesse adormecido e de repente houvesse círculos na página. Obrigou-se, então, a prestar atenção.

Maanik ficou ouvindo, foi com vários de seus colegas para a aula de geometria, e no meio da lição começou a desenhar círculos até o papel ficar cheio deles. Daí ela largou a caneta e começou a coçar a pele debaixo da manga. Ela não sentia coceira alguma. Só precisava coçar.

– Papai... – disse, sussurrando, soltando mais ar do que propriamente pronunciando a palavra.

Ninguém à sua volta a ouviu.

– Papai – repetiu, mais alto desta vez.

A menina à direita olhou em sua direção.

– Maanik?

A professora se voltou para a jovem.

Maanik olhou para a colega ao seu lado e de repente viu o rosto de uma desconhecida. A pele da colega estava pálida, quase translúcida, como gelo na calçada. Seus olhos possuíam um tom avermelhado, como um rubi que sua mãe guardava na caixa de joias. Seus lábios estavam azuis, pálidos e muito pronunciados.

Maanik falou, com a voz ofegante de seu peito.

– Papai... socorro!

A professora saiu correndo em meio às carteiras. Maanik começou a respirar rapidamente, afundando a caneta cada vez mais, como se quisesse furar a mesa com uma das mãos, e arranhando a parte de trás do pulso da outra até filetes de sangue começarem a brotar.

A professora, delicadamente, tentou contê-la e pediu para que outro aluno fosse buscar a enfermeira.

– Maanik, não...

Maanik levantou os braços repentinamente, jogando a professora contra uma mesa, e afundou em seu assento antes de relaxar por um breve instante. Pouco depois, ela começou a gritar tão alto que a professora a puxou para perto de si, em um esforço desesperado e impotente de acalmá-la.

Maanik desmaiou assim que a enfermeira chegou.

CAPÍTULO DOIS

Caitlin O'Hara, médica, PhD, a duas semanas de completar 40 anos, depois de dar três goles de uma xícara de café, teclou algo em seu tablet.

– Não podemos lhes dar a lua, Dra. O'Hara.

– Eu não pedi a lua – disse ela para uma voz que vinha do seu tablet. – Eu pedi dinheiro, Sra. Tanaka, para 25 abrigos de teste. Você pode fazer isso.

Na tela, o modelo 3D de uma pequena casa girava e uma parede desapareceu para que Caitlin pudesse aproximar a imagem e ver o seu interior. A casa acomodaria vinte pessoas que se sufocavam ou congelavam em tendas decadentes há meses. Essa nova unidade feita com compensados havia sido criada por uma fabricante de móveis modulares contratada do Alto Comissariado das Nações Unidas para Refugiados. Era a atualização de um modelo antigo que, entre outros problemas, carecia de uma tranca na parte interna da porta principal. E agora a tinha. Tudo de que precisava era de financiamento.

O chefe de Tanaka, o diretor Qanooni, fez uma ponderação:

– Nós simplesmente não temos os cem mil dólares que esse projeto exige.

– O que nos manda de volta para o início desta discussão – disse O'Hara. – Financiamento coletivo. Sei que isso não irá trazer os resultados excepcionais que se obtém com doações vindas de outros países, e que vamos necessitar de valiosas horas por pessoa para supervisionar a operação. Mas vidas valem o esforço.

A reunião com os agentes de desenvolvimento da Organização Mundial da Saúde estava prestes a ultrapassar a meia hora para a qual estava programada. Mas a necessidade dos abrigos para refugiados era absoluta. Isso e os minutos que avançavam antes da chegada do próximo cliente de Caitlin a impeliram a ser mais ousada.

Fez-se um curto silêncio, Tanaka murmurou para Qanooni, e o diretor disse:

– Vou levar isso para o conselho.

– Por favor, não – apressou-se Caitlin. – Você sabe o que significa "conselho"? – Ela respondeu à sua própria pergunta: – "Um bando de questionadores..."

– Obrigado, doutora – Qanooni a interrompeu bruscamente. – *Nós* estamos no conselho, preciso lembrar?

– Não, e sinto muito se você ficou ofendido. – Caitlin sorriu. – Mas não tolero burocracia. Ela jamais abafa as más ideias, só as boas. Então, por favor, vá até a escola de ensino médio mais próxima, em Genebra, ponha alguns alunos para trabalhar em troca de créditos adicionais, que eles vão criar um site para arrecadar fundos em poucas horas.

– Se fosse assim tão simples – suspirou Tanaka. – Há responsabilidades legais a serem consideradas.

– Eu entendo – respondeu Caitlin. – Mesmo. Eu pago mais pelo seguro do que por aluguel e espaço no escritório juntos, e, em Manhattan, isso quer dizer muita coisa. Mas as questões relacionadas à saúde estão acima dos seguros. *Tem que ser* assim. Caso contrário, por que estamos neste negócio?

– Faz sentido – disse Qanooni enquanto Tanaka, ponderadamente, emitia um som de "hmm".

– Não estou errada em relação a isso – cutucou Caitlin.

– Mas é claro – repreendeu-a Qanooni. – Quando foi a última vez em que você esteve errada?

– Camarões, 2010 – respondeu ela. – Estava escurecendo e eu confundi uma hiena-malhada com um cão. Inventei o salto em distância para trás *e* estabeleci um recorde para a modalidade, tudo de uma vez só.

O telefone de Caitlin tocou, e tocou de novo. Era uma ligação de Benjamin Moss.

– Diretor Qanooni, Sra. Tanaka, tenho que ir agora, mas darei continuidade por e-mail. Obrigada pelo tempo dispensado...

O diretor a agradeceu – e remeteu novamente à questão de responsabilidade legal em vez de se despedir. O telefone de Caitlin parou de tocar, mas depois recomeçou. Ben estava ligando pela segunda vez, em vez de deixar uma mensagem de voz.

Caitlin encerrou a reunião on-line, recostou-se na cadeira e descansou os olhos por um instante, voltando o olhar para as paredes do escritório, cheias de fotos de paisagens da Tailândia, de Cuba e das Filipinas, de diplomas e premiações emolduradas – certificados que fizeram que sua carreira como terapeuta de adolescentes se tornasse mais fácil, mas sem fazer diferença, não fundamentalmente.

Ela ligou de volta para Ben – que atendeu ao primeiro toque.

– Ben, tenho uma sessão daqui a um minuto, então isso precisa ser...

– Você pode cancelá-la?

– O quê? Não...

– Cai, estou falando sério – disse ele. – Preciso de você nas Nações Unidas o mais rápido possível.

– Também estou falando sério, Ben, tenho... – Alguém bateu em sua porta. – Um minuto – gritou ela, sabendo que era sua secretária, provavelmente para anunciar a chegada de seu cliente. – Ben, meu paciente de onze horas chegou.

– Por favor, cancele o compromisso – implorou Ben. – Você sabe que eu não pediria se não fosse importante.

Caitlin franziu a testa.

– Isto aqui é importante também. Pelo menos me diga qual é o assunto.

– Não posso lhe dizer por telefone. Esta área pode ser varrida eletronicamente por todos os governos do planeta. Por favor, Cai.

– É tão sério assim?

– Muito sério.

Caitlin levantou e se dirigiu até a porta.

– Dê-me cinco minutos e eu vou.

– Obrigado. Eu vou enviar uma mensagem dizendo onde deve me encontrar.

Caitlin terminou a chamada, abriu a porta, e explicou a situação. Depois de agendar uma nova sessão com seu cliente, ela pegou um táxi e se dirigiu para as Nações Unidas.

A mensagem de Ben dizia: 48th Street e a Second Avenue. Assim que o táxi de Caitlin encostou no meio-fio, ela o avistou andando em frente a um arranha-céu. Ele vestia um terno feito sob medida e ostentava uma expressão sombria. Ela ficou observando o velho amigo enquanto o taxista passava o seu cartão. Um pórtico longo, escuro, com arcos quadrados se estendia por trás dele e fazia com que seus passos tensos parecessem ainda mais inquietos, como se os arcos limitassem seus movimentos. Ben estava olhando cuidadosamente para cada táxi que passava. Quando acabou finalmente percebendo o dela, ele se animou um pouco e correu em sua direção.

Ela só havia visto Benjamin Moss aparentar medo duas vezes, desde que o conheceu na graduação da Universidade de Nova York: no 11 de setembro de 2001, enquanto via as Torres Gêmeas ardendo aos pés do Washington Square Park, e na Tailândia, após o tsunami de 2004, enquanto os corpos começavam a ser trazidos para a beira da praia. Mas agora ele parecia estar apavorado.

Os dois se abraçaram. O ar estava estranhamente frio, embora o sol brilhasse sobre eles.

– Devo uma a você – disse ele.

– Uma e meia – retrucou ela. – Por que estou aqui?

Segurando-a com suavidade, Ben conduziu Caitlin até o pórtico. Parou aí e olhou discretamente para o porteiro. De repente, Caitlin se sentiu presa com Ben em sua gaiola imaginária.

– Ben, o que está acontecendo?

– Como está Jacob? – perguntou ele em voz baixa. – Ainda está com dez anos?

– Está bem. Tendo aulas de culinária. Agora está querendo fazer Tai Chi como as pessoas no parque.

– Conheço um bom professor. Da China.

– Ben? Onde fica o cemitério e por que você está assobiando?

Ele respirou fundo. Ben fazia tradução simultânea na ONU. Ela já o vira trabalhando: havia sempre um pequeno atraso entre o que ele ouvia e o que dizia, enquanto processava exatamente como dizê-lo. O sujeito estava fazendo isso agora.

– Hoje, no começo da manhã, o embaixador indiano na ONU estava levando sua filha a pé para a escola – disse ele em um tom de voz que mais parecia um sussurro. – Você deve ter ouvido falar sobre isso...

– Tentativa de assassinato – disse ela.

– Certo. O comissário de polícia colocou o departamento antiterrorismo no caso e tudo que eles conseguiram descobrir foi um cara sem nome e um vídeo trêmulo da câmera de vigilância que mostra dois homens correndo em uma motocicleta pela York Avenue.

– Ninguém reivindicou a responsabilidade?

Ben sacudiu a cabeça.

– A polícia de Nova York acha que os homens eram lobos solitários, mas tanto a Índia quanto o Paquistão estão apontando o dedo um para o outro.

– Então ninguém sequer sabe por que isso aconteceu?

Ben fez que não com a cabeça novamente.

– Muitas pessoas têm razões para querer ele morto, ou pelo menos fora do jogo. Ele é um pacifista notório demais para ser ignorado. Além disso, as negociações pela paz começaram há uma semana e a maioria dos delegados das Nações Unidas e do Conselho de Segurança solicitaram a ele que fizesse parte dos esforços, por conta da inquietação entre a Índia e o Paquistão.

– E você é o seu intérprete – disse Caitlin.

– De híndi, urdu, uigur, shina e, ocasionalmente, alguma língua tribal. – Ele riu pela primeira vez. – Fico até meio tonto.

– Como está a cabeça *dele*? – perguntou Caitlin.

– Muito bem. É preciso de muito para abalar aquele homem.

Se ele estava bem, o embaixador não era a razão para ela estar ali. Caitlin esperou que Ben prosseguisse.

A voz de Ben ficou ainda mais suave e ele se inclinou para a frente, como se estivesse conspirando.

– Tudo tem sido feito lenta e cautelosamente... até agora. O embaixador Pawar recebeu um telefonema que dizia respeito à sua filha e saiu, cancelando o resto da sessão. Demorou cerca de um segundo para os delegados do Paquistão ficarem irritados, e não sabemos por quanto tempo eles vão ficar parados. Meia hora depois, o vice-embaixador da Índia, que também estava muito preocupado, me puxou de lado e pediu para ir ao condomínio do embaixador para buscá-lo. Que é bem aqui. – Ele apontou para o arranha-céu acima de suas cabeças.

– Atiraram no sujeito – disse Caitlin. – Será que eles não podem lhe dar algumas horas de sossego?

– O problema *não é* ele, Cai. E sim o uso de eventos como plataformas. O embaixador já estava atrasado e sua ausência dá tempo e uma desculpa para que todos, mais uma vez, transformem a ONU em um palanque partidário.

– Entendo – disse Caitlin. – Mas o embaixador não é a razão de estarmos aqui.

– Não – disse Ben solenemente.

O que tiraria um diplomata de uma sessão no meio de uma crise a não ser uma crise doméstica? Caitlin sentiu uma pontada ao se lembrar do cuidado e da atenção que seu próprio pai sempre lhe dedicava.

– A filha? – Ela tinha ouvido falar do tiroteio nos noticiários.

Ben acenou positivamente com a cabeça, olhou para a rua, e depois fitou novamente o porteiro.

– O que está acontecendo com ela? – perguntou Caitlin.

– É... – Ben apertou os lábios, então expirou. – É perturbador. Cai, você vai ter que ver com seus próprios olhos.

Pegando-a pelo braço, ele a levou para dentro do prédio. O porteiro na recepção nem se deu ao trabalho de ligar para o apartamento, já que estava, obviamente, familiarizado com o intérprete.

– Eles a trouxeram pelo elevador de serviço – disse Ben.

Havia câmeras de segurança no saguão e uma no canto do elevador. *Cuidado com a língua solta*, pensou Caitlin enquanto subiam até a cobertura. Ben não falou mais nada. Ela não podia imaginar o que era tão terrível a ponto de não poder ser falado... e o que o perturbara tanto que ele ainda não conseguia largar o seu braço.

A porta do elevador se abriu para um corredor que estava assustadoramente silencioso. Havia um aspirador de pó ligado no apartamento, mas o tapete grosso do chão abafava o som.

Mas é mais do que o silêncio, percebeu ela enquanto os dois se dirigiram para o apartamento no final do corredor. Era o tipo de quietude que se sentia em um pôr do sol no meio da selva, quando todas as criaturas honestas entravam em suas cabanas, barracas ou tocas, e os predadores acordavam para se alimentar. Estar ali era uma sensação estranha e surpreendente.

À primeira batida, uma mulher que parecia estar muito ansiosa, usando um sári vermelho e alaranjado, abriu a porta.

– Obrigada, Benjamin – disse ela, embora estivesse olhando para Caitlin, estudando-a com os olhos experientes.

– Dra. O'Hara, esta é Hansa Pawar, esposa do embaixador.

– Olá – disse Caitlin enquanto um jovem beagle tentava escapar pelo vão da porta e sair para o corredor.

– Jack London! – vociferou a Sra. Pawar, fazendo com que o beagle se esgueirasse de volta para dentro do apartamento. O cão deitou no chão e, subjugado, se virou para cheirar os tornozelos de Caitlin. A atenção que ele dava era breve, superficial.

Caitlin passou a mão no dorso do cão enquanto se abaixava para tirar os sapatos; ela já havia passado tempo suficiente em Mumbai para saber que tirar os sapatos era a norma cultural.

A Sra. Pawar a interrompeu.

– Não se preocupe com isso. Por favor, apenas venha comigo.

Caitlin sentiu outro calafrio enquanto a mulher os conduzia para um quarto espaçoso. O recinto era bem iluminado por uma parede de janelas com vista para o edifício das Nações Unidas e o East River. Sentiu-se um aroma agradável de chá de jasmim no ar. O apartamento estava cheio de artefatos – Caitlin reconheceu não apenas esculturas híndi e textos muçulmanos pintados, como também um capacete Sikh, uma cruz cristã, e uma paisagem de Georgia O'Keeffe.

Ben notou que os olhos de Caitlin vagavam.

– Ganak chama de interculturalidade "a paz de muitas opções" – murmurou Ben para a amiga. – Ele está tentando incorporá-la e ensiná-la.

Caitlin não teve muito mais tempo para olhar em volta, pois foram logo levados para um quarto, o segundo de um longo corredor.

Embora as cortinas estivessem fechadas, havia luz solar suficiente para que Caitlin pudesse ver que cada parede estava pintada de uma cor de joia diferente; ametista, safira, esmeralda e opala cereja. Em uma escrivaninha no canto, um porta-retrato eletrônico mostrava grupos de amigos gargalhando, sorrindo, se abraçando – em triste contraste com a menina que estava inconsciente nos braços do pai do outro lado da sala. Incitada pela mão estendida da Sra. Pawar, Caitlin passou lentamente por ela até chegar à cama de dossel da menina. O beagle a seguiu e se sentou no chão ao seu lado. Ben ficou perto da porta.

O homem olhou para cima.

– Sou Ganak Pawar.

– Sou Caitlin O'Hara – disse ela, delicadamente.

– Obrigado por ter vindo – disse ele, com a voz embargada. – Esta... esta é nossa filha, Maanik.

Caitlin sorriu de um jeito tranquilizador, mas sua atenção se voltou para o antebraço da menina, que estava envolto por uma gaze com fortes manchas de sangue. Ela se sentou na cama e gentilmente moveu os braços da menina para poder olhar sob as bandagens. A adolescente não esboçou nenhuma reação, seus membros eram um peso morto. As manchas de sangue eram borradas e incomuns. As marcas de cortes eram normalmente lineares; aquelas tinham a forma de letras "S" e eram bem recentes. Mesmo à luz branda, Caitlin podia ver sangue nas unhas da menina.

– Maanik insistiu em ir para as aulas – disse o embaixador. – Estava na sala há apenas uma hora, quando começou a gritar e a fazer isso consigo mesma.

– Nada antes disso? Hiperventilação ou um desmaio?

– A professora do segundo período disse que ela estava olhando para frente, mas fora isso não havia nada de anormal – disse Ganak. – Isso aconteceu em sua terceira aula. Quando ela chegou em casa, acabou adormecendo, mas acordou gritando. Por um bom tempo, ela está assim... adormece, acorda gritando, falando coisas incoerentes, e depois dorme de novo. Nosso médico disse que se trata de estresse pós-traumático por causa do tiroteio.

– Os sintomas em ciclos não se encaixam nesse diagnóstico – Caitlin refletiu, mais para si mesma. – O seu médico receitou alguma coisa?

– Sim. Kamala, nossa governanta, acabou de buscar esses remédios. – Ele apontou na direção de umas pílulas que estavam na mesa de cabeceira.

Havia um saco de papel de farmácia, ainda grampeado na parte superior. Caitlin reparou no nome do médico, Deshpande, e no do destinatário, provavelmente inventado, que não incluía os nomes "Maanik" ou "Pawar".

Caitlin abriu o saco e tirou um par de recipientes de cor âmbar.

– Vasoflex. Isto é para insônia e pesadelos recorrentes. – A médica olhou para o outro frasco, atônita. – Risperdal. Isto aqui é um antipsicótico poderoso.

– Essa medicação está correta? – perguntou Hansa.

– Se você for bipolar e estiver alguns dias sem dormir – respondeu Caitlin. – Não usamos isso como medicação preventiva, só em casos excepcionais. Sra. Pawar, o seu médico *realmente* esteve aqui e examinou sua filha?

Fez-se silêncio. Ele nunca esteve lá. Aquilo era ilegal no estado de Nova York. Caitlin olhou para Ben, que lhe lançou um olhar de advertência. Regras, obviamente, estavam sendo respeitadas ali.

– Trata-se de uma mistura potente demais para ser colocada no corpo dela sem um exame e depois de apenas algumas horas – disse Caitlin.

– Desculpe – disse a Sra. Pawar, mais para sua filha do que para Caitlin. – Nós não sabíamos o que fazer.

– A culpa não é sua – mentiu Caitlin, não querendo piorar uma situação que já estava ruim. – Mas até não sabermos o que desencadeou tudo, não vamos lhe dar isso.

– Dra. O'Hara, estamos sendo observados – disse o embaixador, sem nenhum constrangimento. – O nosso médico também trabalha para as Nações Unidas. Ele mantém um diário. O sigilo não significa nada em termos de diplomacia; a palavra circula de qualquer jeito. Temo que as delegações vejam a minha dispersão como uma fraqueza em potencial e façam pressões para obterem vantagem, ou coisa pior. Ainda existe um estigma contra doenças mentais, tanto na Índia quanto no Paquistão. Se alguém descobrir que ela vem recebendo tratamento psiquiátrico...

– Senhor, não há doença alguma se a situação é tratada.

– Isso é uma distinção técnica – prosseguiu o embaixador. – Sei que é difícil para os americanos entender o conceito de vergonha familiar, e embora Hansa e eu não aprovemos tal ideia, muitos ainda o fazem.

– Eu entendo e não há necessidade de dar explicações ou pedir desculpas...

– Mas há – interrompeu Ganak. – Estou em uma posição delicada. Espíritos malignos ainda são dados como razão muito comum quando se pensa em doenças mentais em ambos os países. Se souberem que ela padece disso... Na verdade, quando souberem, pois estou certo de que só temos uma semana, duas no máximo, antes de descobrirem... Eu poderei ser retirado das negociações, Dra. O'Hara, de modo que qualquer um dos lados poderá usar isso como desculpa para deixar a mesa de negociação e deixar esse assunto para suas forças militares. A visita de um médico à minha casa poderia ser usada não só para provar que eu sou incapaz de mediar qualquer situação, como para dar por perdido todo o processo de negociação.

– Precisávamos de um profissional de saúde que ninguém conhecesse – disse Ben. – Foi por isso que liguei para você.

Caitlin não gostou do que ouviu, mas entendeu. O bem de muitos estava acima das necessidades de poucos.

Ganak prosseguiu:

– Sei que esta é uma terrível imposição, mas Ben falou muito bem de você. Vai nos ajudar?

– Claro.

Ganak e sua mulher trocaram um olhar aliviado, e depois sorriram para Caitlin, agradecidos.

– Se me dá licença, doutora, preciso voltar – disse o embaixador. Ele largou delicadamente a menina, e pousou sua cabeça nos travesseiros. Ela nem se mexeu.

Caitlin se aproximou da jovem.

– Ben, você pode ligar para o meu consultório e lhes dizer que estou cuidando de uma emergência? Isso vai demorar mais do que eu pensava.

– Claro.

– Sra. Pawar, vamos ter que abusar mais uma vez da sua governanta – disse Caitlin. – Por favor, peça-a para trazer várias caixas de algodão, seis rolos das bandagens mais largas possíveis e óleo de orégano. Isso não irá acordá-la; queremos que ela durma.

A Sra. Pawar assentiu. O embaixador se levantou e acariciou rápida e delicadamente no rosto de sua esposa ao passar por ela. Hansa o acompanhou enquanto ele saía do quarto. Ben acenou para Caitlin e sorriu brevemente, em gratidão, e também saiu logo depois, fechando a porta.

Sozinha com a menina, Caitlin sentiu um outro calafrio. O isolamento e o pavor que sentira no corredor pareciam ter se ampliado ali. Não havia sons de rua, nenhum tráfego aéreo pairando perto das Nações Unidas, nada que indicasse as horas do dia, nem ar fresco. Ela percebeu, no entanto, que poderia estar reagindo a algo maior do que o ambiente e a doença da menina. Politicamente, o que acontecesse ali poderia ser irradiado para todas as direções, e afetar inúmeras vidas. Não havia espaço para erros.

Ainda bem que você não comete erros, alfinetou Caitlin a si mesma, pensando na conversa que havia tido há pouco com o diretor Qanooni.

Maanik continuava dormindo, com sua respiração superficial, a pressão baixa no limite, mas nada que causasse preocupação. Sua pele estava fria, mas não excessivamente. Caitlin pediu um termômetro; a temperatura estava normal. Ela verificou se havia ferimentos em seu pescoço, tateou o couro cabeludo em busca de lesões ou algum sinal de concussão.

Quando a governanta voltou, Caitlin removeu as bandagens de Maanik, embebeu vários pedaços de algodão em óleo de orégano e os entregou para que a Sra. Pawar os segurasse. Pegou com delicadeza o braço direito da menina, passou o algodão embebido sobre uma das feridas, e o esfregou cuidadosamente, mas com firmeza, sobre o pulso.

Maanik não esboçou reação. Seu antebraço se contraiu, mas os olhos dela nem sequer se moveram por trás das pálpebras.

– Minha pobre menina – disse a Sra. Pawar.

Caitlin estava preocupada, não com os cortes, que eram razoavelmente superficiais, mas com a ausência quase total de reação. Aquele não era um sono normal, nem entorpecimento e desconexão comuns consequentes de um evento emocional inesperado. Ela largou o algodão, pegou na mão de Maanik, pressionou a unha do dedo mindinho, tentando avaliar o seu nível de consciência. A garota não reagiu. Caitlin puxou a pálpebra esquerda da menina, e sua pupila começou imediatamente a dilatar.

Que estranho, pensou Caitlin. *Não há luz aqui...*

– Socorro! – A menina gritou, e saiu correndo.

CAPÍTULO TRÊS

Gritos de terror pareciam explodir do fundo do peito de Maanik. Caitlin deu um salto para trás, dando espaço para que a menina se movesse, mas segurou firmemente seus pulsos. Maanik tentava arranhar seus antebraços enquanto lançava seu corpo para trás e para a frente em cima da cama.

– Maanik! – gritou Caitlin.

– Maanik! – repetiu a Sra. Pawar de um canto da sala. – *Ise banda!*

Mas a menina não parou. Ela balançou a cabeça para trás e para a frente, não como se resistisse, mas como se sentisse raiva. Caitlin não tinha certeza se ela ao menos as ouvia.

Soltando os pulsos de Maanik, ela pressionou os ombros da menina e os deslocou, sem contê-la ou sacudi-la, mas fazendo com que um ombro se erguesse e o outro abaixasse, com forte determinação. Era uma adaptação do método chinês Qigong que Caitlin já havia usado para controlar ataques de pânico.

Em instantes, os gritos de Maanik ficaram levemente mais brandos – mas apenas ligeiramente.

– Sra. Pawar, acenda a luz – pediu Caitlin.

A mulher correu para o interruptor. Uma luminária mais acima começou a brilhar. Caitlin inclinou levemente o corpo de Maanik, a fim de que ela pudesse olhar para cima.

– Maanik, me escute – disse Caitlin. – Você está olhando para uma grande tela de TV. Tudo o que você está vendo está na tela. Está entendendo? Olhe para a tela. Está tudo na tela.

Caitlin viu as pupilas da menina se concentrando em um ponto acima de seu ombro. As pausas entre um grito e outro se alongaram, e agora soavam como avisos urgentes e não como acessos do mais puro terror.

– Maanik, mova o pé direito.

A menina não se moveu.

– Maanik, continue olhando para a tela e mova o pé direito.

A menina escorregou o pé direito ao longo da cama. Sua respiração havia ficado irregular e ofegante, mas ela não buscava mais ar para dar outro grito. Estava começando a se recuperar.

– Maanik, vou contar agora. Quando você me ouvir dizer um número, verá o número na tela. Quando ouvir "oito", vai sentir vontade de dormir. Quando ouvir "cinco", vai adormecer, O.K.?

Sua respiração estava ficando mais calma. Mas não havia nenhuma indicação de que ela havia ouvido ou entendido o que Caitlin dizia.

A doutora olhou ao redor da sala; o movimento de sua cabeça aliviava a tensão em seus ombros. Ela notou que Jack London, em vez de ficar perto de sua dona, como faria a maior parte dos cães preocupados, estava atrás das cortinas. Ele farejava tudo à sua volta e ficou se movendo de um lado da janela para o outro.

Caitlin deu mais um suspiro profundo e falou:

– O.K., vou começar a contar. – Ela manteve uma leve pressão sobre os ombros de Maanik. – Dez. Olhe para o dez na sua tela. Continue olhando. Nove. Oito.

Nada mudou.

– Maanik, quando eu disser a palavra "oito" você vai sentir o quão cansada está, o quanto seria bom pegar no sono. Olhe para a tela. Oito.

Os ombros da menina relaxaram sob suas mãos.

Caitlin sentiu Jack London sentando aos seus pés. Agora ele estava observando Maanik.

– Muito bem. Sete. Seis. Você pode sentir suas pálpebras se fechando. Cinco.

Os olhos de Maanik se fecharam assim que a contagem regressiva terminou.

Jack London balançou a cabeça, sentindo que a crise havia passado, depois bocejou e saiu correndo da sala.

Caitlin também relaxou. Ela se levantou, cobriu Maanik com um lençol, e seguiu para o canto da sala onde a Sra. Pawar havia encontrado segurança. Podia ver que, em meio a preocupação da mãe com sua filha, aquela mulher digna e protetora também estava com medo de Caitlin.

– A hipnose é uma ferramenta muito comum entre os psiquiatras, por favor, não se preocupe.

– Mas como você... ela estava inacessível!

– Somente para formas normais de comunicação. Maanik foi, de fato, muito sensível à hipnose, quase como se ela já tivesse passado por isso antes. Ela já havia sido hipnotizada?

– Não, nunca.

Caitlin estava acostumada com o ceticismo, mas sob o olhar da Sra. Pawar, ela se sentia uma feiticeira.

– Esta é apenas uma solução temporária – disse Caitlin. – Neste momento eu sugeriria fortemente que você internasse Maanik em um hospital psiquiátrico...

– De jeito nenhum – interrompeu a Sra. Pawar.

– Mas ela já é um perigo para si mesma, e a qualquer minuto...

A Sra. Pawar balançava a cabeça negativamente.

– Isso seria percebido e divulgado, doutora. Não é possível interná-la neste momento.

Ela cruzou os braços, pousou o dorso da mão contra os lábios e Caitlin viu o quanto estava sendo duro para a Sra. Pawar manter o equilíbrio em face dos acontecimentos do dia. Insistir só pioraria a situação para a mãe e não faria bem algum à filha.

– Tudo bem – disse Caitlin, enquanto tirava o bloco de receituários e uma caneta da bolsa. – Vou lhe passar uma receita diferente: Clonazepam. É um sedativo e um relaxante muscular, menos radical do que os outros, e Maanik poderá ter seu nome na receita, sem levantar suspeitas, caso alguém descubra. Dê-lhe um comprimido com o estômago cheio e, quando fizer efeito, limpe seus antebraços com o óleo, tudo bem?

A Sra. Pawar assentiu.

Caitlin sugeriu que todos saíssem do quarto. A Sra. Pawar a seguiu até o corredor. No que a médica deixou a porta entreaberta, ela perguntou:

– Se me dá licença, Sra. Pawar, tenho que fazer uma pergunta: Maanik já sofreu algum tipo de trauma? Um ataque, algum abuso em qualquer idade? Abuso sexual? Físico ou emocional?

Caitlin percebeu que a mulher se aborrecia com essas perguntas mais difíceis. Ela balançou a cabeça negativamente. Caitlin insistiu um pouco mais.

– Sei que vocês moraram em Nova Déli não muito tempo atrás, e sei que essa cidade vem sofrendo uma epidemia de violência sexual. Existe *alguma* chance de Maanik ter sido atacada e não ter contado nada para você?

A Sra. Pawar não encarou Caitlin no fundo dos olhos, mas a médica sabia que aquilo era algo cultural, e não uma manobra para enganá-la.

– Não há nenhuma chance – respondeu a Sra. Pawar. – Nós criamos um milagre. Criamos uma criança de maneira segura. Ela não possuía cicatrizes até ver o atentado ao meu marido.

Caitlin estendeu o braço e segurou as mãos da Sra. Pawar por um instante.

– Eu acredito em você – disse ela.

– Obrigada.

– Obrigada a *você* – respondeu Caitlin. – Sei que isso não é fácil, mas é necessário. Vamos descobrir a causa disso. Faremos seu mundo ser seguro novamente.

– Quanto tempo isso vai levar? Você tem alguma ideia?

– Não – admitiu.

– E se... se isso acontecer novamente?

– Pode muito bem se repetir. Vou deixar meu número de telefone. Se houver um outro episódio, mesmo que seja muito leve, me ligue. Virei imediatamente.

O alívio nos olhos da Sra. Pawar era profundo.

A empregada deu um passo à frente – uma mulher de baixa estatura com as primeiras mechas grisalhas em seu cabelo – e levou Caitlin até a porta. Mas a médica se virou de repente. Ela sentiu arrepios nos braços, como se um ar frio estivesse soprando sob as mangas da sua blusa.

– Doutora – perguntou a Sra. Pawar. – O que foi isso?

Caitlin olhou para seus braços. As mangas não estavam se movendo. Não havia ventilação no chão ou na parede.

– Desculpe – disse Caitlin. – Pensei que tinha deixado alguma coisa lá dentro.

Sorrindo e desejando um bom-dia para as duas senhoras, Caitlin adentrou o corredor. A estranha sensação se dissipou enquanto o elevador descia, a doutora retomava a sua rotina diária, e as vidas dos pacientes que tinha que ver lotavam sua mente.

O resto do dia passou rapidamente e sem incidentes. Caitlin atribuíra sua inquietação de mais cedo à ansiedade de Ben, ao medo dos Pawar e ao espírito inquieto de uma cidade que parecia estar à espera de notícias ruins. Algo na crise da Caxemira estava prendendo a atenção de pessoas que costumavam se esquecer de grandes notícias em um ou dois dias. Ela ouviu, por acaso, várias conversas sobre a tentativa de assassinato e a possibilidade de guerra nuclear. A crise era o tópico mais comentado no Twitter, e seus amigos compartilhavam artigos por e-mail. Um informe da Associated Press mencionou a volta do embaixador às negociações e a recepção fria que ele obteve. As negociações ainda não haviam se recuperado dos danos causados pela súbita partida de Ganak – a qual um delegado indiano se referiu como "abandono inexplicável".

Ben estava certo, pensou ela. *Eles só estão em busca de motivos para serem petulantes. Meninas e meninos com brinquedos muito perigosos.*

No final da tarde, Caitlin foi até um café na 27th Street. A aula de culinária de Jacob, que se passava em uma cozinha de teste um andar acima, terminaria em vinte minutos. Ela se sentou em um canto reservado com uma xícara de chá de jasmim e se debruçou sobre seu telefone para uma conversa que já devia ter sido travada.

O sujeito do outro lado da linha estava infeliz e extremamente condescendente.

– Dr. Deshpande, eu lhe asseguro: *não* é transtorno de estresse pós-traumático – disse ela para o médico de Maanik. – Nunca ouvi falar de uma repetição rápida e cíclica de sintomas do TEPT.

– Talvez um artigo recente de literatura médica possa convencê-la a rever essa opinião? – sugeriu o médico.

Caitlin ficou irritada, mas decidiu que a metodologia não era a batalha que ela deveria travar.

– Sim, claro, vou fazer isso – disse ela. – Mas, pela minha experiência com sobreviventes de crises, local e globalmente, isso é totalmente atípico. Mas – prosseguiu a doutora, antes que ele pudesse lançar mão de outra abordagem acusatória –, tem certeza de que não há nada no histórico de Maanik que possa ser um precursor disso?

– Nada. Imagino que você tenha verificado a possibilidade de traumatismo craniano enquanto estava lá. Estou certo, Dra. O'Hara? Ela foi jogada na calçada quando ocorreu o tiroteio...

– Não havia hematomas, nenhuma razão para supor a ocorrência de náuseas, nenhuma reação que pudesse sugerir dores de cabeça.

– "Supor", "sugerir" – disse ele. – É por isso que prescrevi o que prescrevi. Porque você, francamente, não sabe o que está acontecendo.

– E você não solicitou uma ressonância magnética – revidou Caitlin. – Entendo porque o fez, claro. Mas isso não justifica o fato de detonar o corpo da menina com aquele coquetel que você receitou.

– Estão precisando do embaixador. Outro incidente tinha que ser evitado. E o seu método não funcionou, certo? Não exatamente, não foi?

A discussão era inútil. Caitlin voltou ao assunto.

– E quando ela era criança? – insistiu. – Sei que os Pawar só estão aqui há dois anos, mas você tem a ficha dela da Índia?

– Eu vim para Nova York com os Pawar – respondeu ele. – O embaixador preparou tudo para que eu ocupasse um posto nas Nações Unidas. Quanto a Maanik, a doença mais grave que ela teve e da qual eu já tratei foi uma torção no tornozelo no último inverno enquanto patinava no gelo. E antes que você me interrompa de novo, não, sua cabeça não tocou no gelo. Ela é extremamente saudável em todos os sentidos. É por isso que eu senti... e ainda sinto... que ela poderia tolerar esse "coquetel".

– E psicologicamente? – perguntou Caitlin. – Ela já passou por um período longo de desânimo, de recolhimento?

O Dr. Deshpande riu.

– Essas são palavras que nunca poderiam ser aplicadas a Maanik. Ela é uma menina precoce, cheia de vida, extrovertida, Dra. O'Hara, e sempre foi assim.

– Os medicamentos que você prescreveu, Maanik já os havia tomado ou até mesmo alguma coisa parecida?

– Não, e vou poupar você do desconforto de perguntar: a Sra. Pawar não está escondendo nada em relação a episódios de violência doméstica ou de agressão. Sua família é forte e amorosa, e Maanik é uma das adolescentes mais felizes que eu já encontrei. Não tenho nenhuma dúvida de que o trauma mental de ter testemunhado o ataque a seu pai alterou a química do seu corpo e isso está se manifestando mentalmente. Podemos, por enquanto, usar medicamentos *com segurança* para lembrar ao corpo o que é normal; e ela irá se ajustar e voltar ao que era.

– *Ou* podemos buscar uma abordagem que trate da causa e não apenas dos sintomas – respondeu Caitlin. Ela não via motivo para prolongar aquilo. Agradeceu ao médico e desligou. Pelo menos ele havia concordado em ficar apenas com o Clonazepam, já que a crise imediata tinha passado.

Mas o Dr. Deshpande estava certo em uma coisa: será que aquilo já havia passado de vez? Ela se lembrou das curvas sangrentas em forma de "S" nos antebraços de Maanik. Diariamente, Caitlin fazia terapia com estudantes do ensino médio para o hospital Roosevelt. Ela dava conselhos para estudantes universitários de justiça criminal do John Jay College, fazia consultas para agências internacionais, supervisionava o desenvolvimento de um programa de saúde mental para os refugiados, e monitorava de perto notícias de todo o planeta em busca de potenciais focos de trauma onde ela pudesse se fazer necessária. Esse trabalho era sua vida e sua paixão. No entanto, mesmo com toda essa experiência de especialista, o caso de Maanik a desafiava. Tinha a ver com o terror, os arranhões, o seu olhar. Dizer que tudo aquilo a havia perturbado seria um eufemismo.

Caitlin ergueu ao máximo os ombros e os deixou cair – em um esforço para se livrar dos resíduos da tarde. Dez minutos para Jacob descer. Ela massageou discretamente a região logo acima das sobrancelhas, as pontas das orelhas, atrás das orelhas, e foi descendo pelo crânio até chegar ao pescoço. Ajudou.

Seu celular vibrou uma vez – era uma mensagem de texto de sua irmã mais nova, Abby, que atuava como cirurgiã em Santa Monica, Califórnia: *Como foi??*

Caitlin suspirou. Ela sabia do que se tratava: o encontro de ontem à noite, que agora parecia ter ocorrido há uns cem anos. Ela responderia aquela mensagem mais tarde. Pediu a conta ao garçom com um sinal, fechou os olhos e ficou ouvindo os murmúrios de conversa ao seu redor, os carros do lado de fora, o farfalhar de um papel preso à parede perto de uma das saídas do aquecedor.

Maanik voltou aos seus pensamentos – será que ela se lembraria do que aconteceu quando acordasse? Caitlin pensou em Ben, no quão apavorado ele parecia estar. Será que sabia de algo que não estava dizendo? Ela pensou em todos os clientes cujas consultas teve de cancelar naquela tarde e nas negociações da ONU.

– É dinheiro ou cartão?

Sobressaltada, a mente de Caitlin retornou ao ambiente em que estava. Ela deu sete dólares para o garçom e recolheu suas coisas. Saiu do café, adentrou o saguão, deu uma espiada na 27th Street pelas janelas e não viu nada de anormal. Checou suas mensagens. Nada de novo. Caminhou duas vezes ao redor do lobby, sentou-se em um banco feito de plástico reciclado, pensou em Jack London que estava no apartamento dos Pawar. Sorriu, e depois ligou para a sua própria terapeuta, deixou uma mensagem, pedindo para que ela ligasse de volta.

– Nada urgente – disse ela. Caitlin só precisava conversar.

Eis que Jacob apareceu correndo pelo saguão, ainda jovem o bastante para ficar animado ao vê-la. Saudou-a, dizendo e cantando:

– Oi, mamãe!

Na escola, ele se valia da linguagem de sinais como meio de comunicação; depois do colégio geralmente usava seu aparelhos de surdez.

Caitlin ficou maravilhada ao perceber como ele abordava os dois mundos, mesmo quando confrontado com a pressão ocasional das outras crianças para "escolher um deles".

Ele empurrou um recipiente de comida para as suas mãos e a fez experimentar um pouco da salada que havia acabado de preparar. Ela sorria enquanto aceitava um garfo plástico dado pelo seu filho, e pegou uma garfada das cenouras com jicamas picadas e mergulhadas em algo que parecia ser um leve molho vinagrete. Estava delicioso, e ela deixou isso bem claro.

Enquanto saíam do lobby para pegar o táxi que os levaria para casa, Jacob se mostrou entusiasmado com a química usada para cozinhar com ovos. Carros de bombeiros passaram por eles, com sirenes berrando, e Caitlin ficou sobressaltada. Mas logo ela se esqueceu deles, já que estava completamente absorvida e grata por aquele instante, em que os dois compartilhavam sinais, risadas e camaradagem.

CAPÍTULO QUATRO

Caitlin e Jacob estavam enrolados em um cobertor no sofá de seu apartamento de tijolos marrons no Upper West Side. As cortinas estavam fechadas, a máquina de lavar pratos zunia baixinho, e Jacob zapeava rapidamente pelos canais na TV. Nessa velocidade, ela questionava o que seu cérebro era capaz de registrar.

Caitlin se perguntava se isso era um indício de que ele estava fazendo a transição para a pré-adolescência: enquanto antes demonstrava cansaço deitando-se curvado em um canto, com a cabeça sobre o braço do sofá, agora ele surfava pelos canais como se fosse um zumbi. Ela esperaria para ver se o comportamento se repetiria em outras noites.

Mas apesar de sua inquietação, o tempo que passaram juntos foi uma bênção de tão normal, e Caitlin prezava isso. Cada dia era um desafio, aquele mais do que os outros, e ela abraçava esses momentos como se cada um deles fosse um pouco como uma manhã de Natal.

– O.K. – disse Caitlin por sinais, embora o aparelho de surdez de Jacob estivesse ligado. – Meus olhos estão ficando pesados. Hora de dormir.

Ela estava esperando por uma reclamação, que não veio. Ele simplesmente se dirigiu para o banheiro, batendo no vidro do aquário no caminho, mas sem esperar para ver se o seu peixe coridora sairia do castelo de plástico.

– Vai escovar os dentes e lavar o rosto – gritou ela até ouvir o barulho da torneira.

Caitlin desligou a TV, ligou seu tablet e pegou sua gata extremamente sensível, que estava vagando pelo sofá. Cinco minutos mais tarde, Jacob e a malhada Arfa estavam dormindo.

Até mesmo um Jacob meio de mau humor era um alívio para Caitlin depois daquele dia. Ele servia como uma âncora que a tirava de sua vida agitada e fazia com que o mundo para ambos assumisse tons mais suaves. Mas o clima não continuava o mesmo quando ela ficava sozinha novamente. Mesmo agora, a magia se esvaía enquanto ela se concentrava nos e-mails, e sua cabeça voltava ao trabalho. Ironicamente, o telefone tocou. Era a sua terapeuta, que já se tornara uma grande amiga havia muito tempo.

– Espero não estar interrompendo nada – disse Bárbara.

– Estava assistindo à TV com Jake.

– Excelente. Estou feliz por você não estar trabalhando após as seis horas, como de costume.

– Quem está falando é a psicanalista que está fazendo exatamente isso – respondeu Caitlin.

– *Touché* – disse Bárbara. – A culpa é do inventor dos telefones celulares.

– Lembra do tempo em que o mundo se virava sem a gente, durante horas?

Bárbara riu.

– E existia um negócio chamado férias. Lembra disso?

– Vou tentar ser breve – prometeu Caitlin. – Hoje fiquei inquieta de um jeito que é diferente para mim.

– Quem ou o que foi diferente na sua rotina?

– Tem um caso que é muito mais pessoal e emocional, mas tratei a doença, não o paciente. – A resposta de Caitlin havia antecipado a pergunta seguinte de Bárbara. – O que estou realmente querendo saber é: minha inquietação poderia ser um indício de perimenopausa?

– Quando você voltou do abrigo para necessitados?

– Duas semanas atrás.

– Meu bom Deus, Caitlin...

– O.K., entendi. Ainda estou me readaptando. Mas talvez eu devesse passar por exames?

– Acho que o resultado seria *fazendoquarentíase* – disse Bárbara. – Você está se esquecendo que os 40 anos são os novos 30. Não se deixe limitar pelas convenções sociais.

– Eu sei, não sou hipocondríaca. É que... algo não está bem.

– Claro, mas eu apostaria em fadiga. E, de qualquer maneira, os exames para peri são inconclusivos. Eu receitaria algumas semanas de cuidados com a saúde: exercícios de verdade, não só correr atrás de táxi. Tome suas vitaminas, especialmente as B e D, coma mais legumes...

– Eu tenho seguido isso. Bem, Jacob tem seguido e eu me beneficiei.

Bárbara riu.

– E durma. Dormir de verdade, não é para tomar o Zolpiden de sempre. Além disso, tire uma folga.

– Você não quer muito, apenas milagres – disse Caitlin enquanto ouvia um bipe no telefone a avisando de outra chamada. Era uma chamada não identificada. Ela sentiu um frio no estômago, pois tinha a sensação de quem poderia ser.

– Você perguntou, eu respondi – disse Bárbara.

– Tudo bem, entendi. Ei, preciso atender esta outra chamada.

– O.K., mas seja breve. Faça valer os seus limites.

– Você é uma leitora de mentes. Falamos em breve. – Caitlin atendeu a outra chamada. – Alô?

– Dra. O'Hara? – disse uma voz de homem.

– Sr. Pawar.

– Por favor, me chame de Ganak. Lamento não poder falar com você pessoalmente, mas... obrigado. Mas estou sendo vigiado.

– Sem problemas. Como está Maanik?

– Está um pouco melhor.

Caitlin percebeu uma certa tensão em sua voz rouca e áspera.

– Ela teve outra crise?

– Sim, mas não como antes.

– Fale-me disso.

– Não temos certeza. Foi... desculpe, não estou acostumado a descrever essas coisas. Era como se ela estivesse lá conosco no jantar, tomando sua sopa, mas era como se ouvisse outra coisa.

– Ela falou alguma coisa? Respondeu alguma coisa para você?

– Não. Era como se ela estivesse alerta para alguma coisa. Mas não de um jeito urgente. É muito difícil de explicar.

– Quanto tempo isso durou?

– Talvez cinco ou seis minutos. Ela não disse nada o tempo todo e não queríamos interrogá-la até falar com você.

– Entendo. – Caitlin fez uma pausa para pensar na situação. – Sr. Pawar... Ganak, Maanik pode ter sido vítima de um leve transe, autoinduzido.

– Desculpe. Você quer dizer que ela hipnotizou a si mesma?

– Não exatamente – disse Caitlin. – A Sra. Pawar falou que eu usei hipnose para estabilizá-la?

– Sim. E tenho que ser franco, o Dr. Deshpande demonstrou alguma preocupação...

– O Dr. Deshpande pode ser um bom médico, mas ele estava preparado para dopar a sua filha – interrompeu Caitlin. – Seria como lavar seus óculos com uma mangueira. Não é o meu jeito de fazer as coisas.

– Por favor, não quis questionar o seu julgamento. Isso tudo é tão estranho para nós.

– Totalmente compreensível – disse Caitlin. – O que quero dizer é: ocasionalmente, indivíduos que passaram pela hipnoterapia voltam a tal estado, caso se sintam ameaçados da mesma forma que antes.

– Você quer dizer que a mente dela se auto-hipnotizou para se defender de uma recaída?

– De uma certa forma, sim – disse Caitlin.

– Entendo. – O embaixador ficou em silêncio.

– Senhor, posso fazer uma sugestão?

– Por favor.

– Há uma obstrução em sua mente, algo que está redirecionando sua reação natural a pensamentos e estímulos comuns. Meu palpite é que isso tem a ver com um evento traumático – neste caso, o tiroteio.

Maanik reagiu muito bem à hipnose superficial que usei anteriormente. Gostaria de colocá-la em um transe mais profundo.

– Mais profundo? O que isso significa?

– Eu só a ajudei a dormir; não cheguei a envolvê-la completamente. É claro que algo está bloqueando o seu eu normal, e temos de descobrir o que é. Esse processo é uma ferramenta eficaz para melhorar a memória. – E acrescentou: – Deixá-la sem tratamento pode fazer a situação piorar.

Fez-se outro silêncio. Caitlin tinha a impressão de que o embaixador não estava levando em consideração a sua sugestão, mas pensava em como rejeitá-la respeitosamente. Ela tinha razão.

– Hipnotismo é uma prática que vem sendo dignificada através do tempo e por muitas culturas – disse Ganak. – Os Vedas hindus o chamam de "passe de cura". No entanto, eu acredito que uma mente se move entre diferentes camadas de consciência por suas próprias e boas razões. Interferir nessa auto-organização pode ser prematuro, senão perigoso.

– Respeito o que está dizendo, mas você está se esquecendo de um ponto importante: a automutilação – disse ela, cautelosamente. – Os barulhos que ela fazia enquanto arranhava os braços alertava aqueles que estavam ao seu redor. Mas é possível que ela possa causar danos a si mesma em silêncio no futuro, sem que ninguém perceba a tempo para evitar.

– Então alguém vai ter que ficar com ela constantemente – disse Ganak.

– O que poderia ter um custo psicológico, e fazer com que ela se esconda cada vez mais – salientou Caitlin. Ela esperou um instante, até que tal frase fosse digerida, para depois prosseguir. – Uma coisa que posso fazer por Maanik sob hipnose é guiá-la para que haja a transformação de sintomas.

O embaixador levou alguns instantes para recuperar a voz.

– Não estou familiarizado com os termos.

– Escolheríamos um movimento físico, como contrair o dedo, e o associaríamos ao fato de ela estar arranhando seus braços. Quando ela estivesse totalmente consciente, qualquer ataque seria precedido por uma contração no dedo. À medida que ela fosse exercendo controle sobre o dedo, ela também acabaria parando de se arranhar.

– Como se fosse um botão de desligar – disse o embaixador.

– Exatamente. Essa é uma dentre muitas ferramentas úteis. E, por favor, entenda, enquanto está em transe, ela mantém seu livre-arbítrio. Na hipnose, eu não a estou operando. Trabalhamos juntas.

– Certamente, vou ficar com isso em mente.

– Agradeço sua disposição de me ouvir – disse Caitlin. – Você pode me ligar a qualquer momento, se a situação mudar.

– Dra. O'Hara, talvez eu não tenha sido suficientemente claro em relação às minhas razões para manter a cautela.

– Claro que foi. Posso notar que você está em uma situação difícil.

– Muitos especialistas em política acham que eu não sou a melhor alternativa para uma solução pacífica e duradoura para essa crise: eles acham que eu sou a única alternativa. É por isso que os radicais de ambos os lados me querem fora do caminho, e para isso vão se valer de todos os meios possíveis.

– Será que a sua filha sabe disso?

– Ela fez questão de estudar a situação – disse Ganak com uma ponta de orgulho. – Veja bem, sou descendente dos Pawar Rajputs, príncipes da Caxemira, de modo que somos respeitados na Índia. Mas a minha família é dona de terras em Gurdaspur, perto de Jammu e da Caxemira. Trata-se de um território que continua sendo altamente disputado por conta da importância estratégica de sua estrada e sua ferrovia. Pelo fato de a minha família jamais ter negado o acesso a ninguém, os paquistaneses não desconfiam totalmente de mim. Por isso me tornei o agente de todas as vozes. Não deve haver manchas na minha visível capacidade de me empenhar completamente. Por favor, não pense que eu faria alguma coisa que pudesse pôr o bem-estar da minha filha em risco...

– De jeito nenhum – respondeu Caitlin. – Os sintomas da Maanik podem não vir a se manifestar novamente e aquilo pode ter sido apenas um efeito pós-hipnótico, mas temos que estar preparados de qualquer maneira.

Ganak suspirou. Não foi exatamente de alívio, mas de um otimismo cauteloso. Pedindo mais desculpas por tê-la incomodado à noite, o embaixador se despediu.

Caitlin desligou o telefone e ficou batendo com uma caneta na mesa, enquanto olhava para o seu tablet. O destino da região estava nos ombros de uma menina de 16 anos. Talvez Maanik também soubesse disso.

Depois de responder e-mails de trabalho – mais duas dúzias no total –, Caitlin ficou surpresa ao perceber que já era quase meia-noite. Isso ultrapassava o seu horário normal de dormir, mas ela estava no meio de um boletim semanal que resumia relatos de episódios de esquizofrenia em jovens de todo o mundo e queria terminar. Parecia ter ocorrido um pequeno aumento no número de referências a um "apocalipse" prognosticado por pacientes jovens, mas Caitlin desconfiava quando via tendências onde elas não existiam. Por fim, ela concluiu que, mais do que cansada, estava exausta.

– Basta! – disse antes de desligar o tablet. Então escovou os dentes, lavou o rosto e foi para a cama.

Enquanto estava em estado de vigília, vieram-lhe visões oníricas de ondas de fumaça vermelhas e azuis quebrando ao longe, num rodopio apavorante que rastejava em sua direção como dedos disformes, até finalmente se esvair e crepitar, despejando terríveis nuvens de poeira sufocante.

– Papai...

Ela procurava por ele – por alguém –, mas as ondas estavam por toda parte, ondulando e batendo, subindo e a engolindo...

Caitlin acordou ofegante, e ficou surpresa ao ver que duas horas haviam se passado. Ela deixou o pesadelo de lado, olhou ao redor para a escuridão familiar de seu quarto e deixou a cabeça cair para trás, passando a respirar regularmente, com facilidade.

– Terrores noturnos – disse ela para si mesma. Tudo estava normal e no seu lugar novamente, o quarto por dentro e os sons do lado de fora. Tudo – exceto uma coisa.

Ela ainda estava com medo.

CAPÍTULO CINCO

Universidade de Teerã
Biblioteca Central e Centro de Documentação

Atash Gulshan estava sentado sozinho em uma mesa comprida de madeira, examinando o primeiro rascunho de seu artigo sobre os protestos contra os impostos que sacudiram o Teerã em 1905. Ele ficou olhando para o papel por algum tempo, sem ler as palavras.

Piscou os olhos duas, três vezes, para ver se conseguia restaurar o foco de sua visão. Havia olhares em sua direção, furtivos, acusadores – ele os percebia de forma perspicaz e se forçava a ignorá-los. *A população não queria reembolsar o czar russo por ter emprestado dinheiro para o rei persa para seu uso pessoal.*

Uma onda de náusea o tragou, que ia da boca até o estômago. Ao olhar para cima, percebeu que sua visão estava nebulosa.

Rashid, pensou desgraçadamente. *Irmão...*

A náusea veio uma segunda vez e ele se inclinou para a frente, sobre os braços, e fechou os olhos. Atash viu o guindaste onde enforcaram seu irmão, a expressão assustada, mas nada arrependida, quando o banco foi chutado e a corda puxou sua boca e seu rosto para o lado de uma maneira horrível e antinatural.

Antinatural. Era assim que haviam chamado Rashid por ele ser homossexual. Atash fora questionado impiedosamente após seu irmão ser encontrado com outro homem. Questionado, pressionado, espancado.

Ele queria lhes dizer que também devia ser homossexual pois, afinal de contas, amava o seu irmão...

Quando ele abriu os olhos, uma onda indistinta veio flutuando em sua direção, vinda de um ponto insignificante à distância. Não era um objeto, parecia mais um movimento ondulante. Lembrava-o de sua mãe sacudindo uma das colchas que costurara - uma massa volumosa em movimento denso e em câmera lenta. A onda era baixa e tinha um brilho avermelhado que se intensificava a cada movimento. Enquanto se movia, afastava nuvens da cor do carvão, que pareciam gatos pretos pulando enquanto um tapete era puxado debaixo deles. Atash ficou olhando, paralisado, enquanto a onda se retorcia em sua direção, preenchendo cada vez mais o seu campo de visão. De repente, sua cabeça começou a latejar acima dos olhos. Ele estremeceu, mas permaneceu muito sereno. Uma parte da mente do jovem lembrava-se de que havia regras estritas na biblioteca. Silêncio. Respeito. Nada de aparelhos eletrônicos. Se ele se movesse agora, temia que pudesse tropeçar...

- *Ulzii* - sussurrou.

As regras da biblioteca se transformaram em uma névoa de sons sem sentido em sua cabeça.

- *Ulzii*? - repetiu.

Ele empurrou a cadeira para trás, arrastando-a pelo chão. Havia um lugar onde ele deveria estar, mas *ulzii* não era um lugar. Era...

Atash estendeu a mão para pegar sua mochila que estava debaixo da mesa. Tateando em meio às lentilhas e cebolas, encontrou o óleo de girassol. Pegou a pequena garrafa de plástico e a segurou com firmeza junto ao peito com a mão esquerda.

Ulzii. De alguma forma ele sabia que precisava de óleo. Agora ele tinha que ir o mais rápido possível.

O jovem levantou-se cambaleando, e as pernas da cadeira de madeira se arrastaram novamente no chão. Ele atraiu olhares incomodados de meia dúzia de estudantes em mesas diferentes. Atash estava alheio à presença deles. Agora ele estava andando, batendo na borda da mesa ao lado, se espremendo para passar, batendo em outra, e entrou por uma porta.

– Você não pode entrar aí! – sibilou um dos estudantes assim que a porta bateu.

Atash ouviu as palavras, mas elas não faziam sentido. Ele vislumbrou uma pedra escura em meio a uma névoa vermelha e negra. Avistou um tecido transparente, branco e amarelo, girando hipnoticamente como se tivesse sido apanhado por um ciclone. Era lá que ele tinha de estar.

Ignorando pontadas de dor em seu rosto e suas mãos, o jovem homem enfiou a mão no bolso da camisa e tirou cigarros. Deixou cair o pacote no chão e meteu a mão no bolso novamente, às cegas, para pegar um isqueiro. Ele o abriu, retirou a tampa da garrafa de óleo, e verteu seu conteúdo aos seus pés. Acendeu o isqueiro e o deixou cair dos seus dedos. As chamas subiram, e logo incendiaram as pernas da sua calça.

Ele deu um berro que veio do fundo de sua garganta.

Niusha Behnam, a bibliotecária, abriu a porta e correu na direção de uma sombra alaranjada que podia ser vista no meio das estantes. Vários estudantes correram em direção a ele assim que o cheiro de fumaça alcançou o salão principal. Eles lotaram as alas estreitas de livros, empurrando e gritando, mas sem deixar de espiar para verem o que estava acontecendo. Os alunos que estavam na retaguarda foram empurrados para trás enquanto Niusha perguntava, aos berros, onde estava o extintor de incêndio. Alguém o arrancou da parede, e a multidão o entregou para ela passando-o de mão em mão, como em uma brigada anti-incêndio dos velhos tempos. A bibliotecária virou o jato vaporizado na direção da coluna de fogo. As chamas já haviam alcançado as prateleiras cheias de papel e foi necessário um pouco de força e amplos movimentos pendulares para ensopar aquele cenário infernal em rápida expansão. Mas, no meio de tudo, no centro daquele anonimato incandescente, estava Atash, um menino, gritando enquanto pegava fogo.

CAPÍTULO SEIS

Caitlin acordou ao som de Jacob batucando na parede que separava seus quartos.

Esse hábito havia começado um ano antes, e acontecia, em média, uma vez por semana. Ela, naturalmente, pensara em uma série de explicações psicológicas, de sonhos recorrentes a emoções inexprimíveis, mas o menino estava normalmente dormindo quando a mãe se aproximava dele, e ficava batendo forte com as pontas dos dedos, como se tocasse um bongô. O ruído cessava quando ela o acordava, e ele não tinha nenhuma lembrança de ter batucado. Depois de várias semanas, Caitlin tentou uma nova estratégia: bateu de volta, com força suficiente para que ele sentisse as vibrações. O garoto parou na mesma hora e caiu no sono. A doutora percebeu então que essa era a sua maneira de se conectar com ela quando se sentia sozinho. Era um sentimento comum entre as crianças, que, afinal, eram vulneráveis em todos os níveis possíveis, o que por acaso remetia ao ponto crucial de sua prática médica. O mundo tinha pouca paciência ou preocupação com a inocência.

Embora Jacob dormisse tranquilo, o mesmo não acontecia com Caitlin. Sua inquietação envenenava seu sono. Ela não conseguia se lembrar dos pesadelos, mas ficava com a sensação familiar de um lamaçal quente, cinzento e arenoso. Ela estendeu a mão para pegar o celular e viu uma mensagem de texto: *Ou o encontro foi tão incrível q vc desapareceu com ele por 2 dias ou foi um fracasso e vc tá evitando falar sobre isso.*

Caitlin havia se esquecido de responder a mensagem de Abby. Ela rapidamente digitou: *Fracasso. E a vida está uma loucura agora, prometo que ligo em breve.*

OK te amo.

Também te amo.

Aos poucos, Caitlin foi se acalmando e acabou adormecendo.

O alarme em seu celular fez com que ela pulasse da cama.

– Merda.

Era o Bipe da Morte, o último aviso. Ela havia acordado depois do nascer do sol, depois de Jacob usar o banheiro, e depois do alarme que tocava em seu relógio quando "começavam a quebrar as primeiras ondas boas para o surfe".

Vestindo-se enquanto corria para a sala de estar, Caitlin pegou Jacob balançando os braços para o seu peixe como se fosse uma lula gigante, em vez de colocar seus sapatos. Ele não percebeu a sua chegada.

Bem, uma lula não perceberia, pensou ela. A imaginação de Jacob era mais do que imersiva e absoluta.

Quando eles finalmente deixaram o prédio, ele correu na sua frente enquanto iam para o metrô, e esqueceu-se de dar um abraço de despedida quando chegaram à sua escola na 23ª Leste. *Talvez isso faça parte dos primeiros sintomas da pré-adolescência também*, pensou Caitlin. Ao ficar sozinha, ela percebeu que havia se sentido triste durante toda a manhã. Mas isso iria passar, disse ela a si própria, no mesmo tom que usaria com um paciente.

E, aliás, ela tinha um compromisso imediato: tomar café da manhã com Ben. Portanto, caminhou apressada pelos onze quarteirões que a separavam do lugar combinado. Uma vez que o encontro estava marcado para a mesma hora da ginástica, a caminhada teria de servir de substituta para o seu exercício diário.

Ela foi a primeira a chegar no bistrô francês em Murray Hill, que ficava a dez minutos a pé das Nações Unidas. O calor do restaurante impregnava de vapor os cantos das janelas do lado de fora e fazia com que Caitlin se sentisse como se estivesse andando dentro de uma bolha protetora. Ela pendurou o casaco no cabideiro ao lado da mesa, sentou-se com um baque em uma cadeira com estofamento gasto e pediu café para dois.

Ela não conseguiu resistir à tentação de checar novamente seus e-mails. E descobriu que um adendo ao boletim sobre esquizofrenia em adolescentes havia sido enviado para a sua lista de endereços – um dado suficientemente estranho, suficientemente trágico, que não podia esperar para ser incluído no boletim seguinte. Um estudante universitário no Irã, Atash Gulshan, ateara fogo em si mesmo, dentro de uma biblioteca, e agora estava hospitalizado. O ato não parecia ter motivações políticas ou religiosas, embora, dois dias antes, seu irmão mais velho tivesse sido enforcado pelo governo por conta de um crime não especificado. Havia poucas informações disponíveis sobre o caso, mas uma frase lhe chamou a atenção: "Testemunhas relataram que Gulshan teve um ataque de logorreia pouco antes da tentativa de suicídio."

"Logorreia"... isto é, dizer palavras sem sentido. O pai de Maanik mencionou que Maanik havia falado frases incoerentes em uma dada altura. Caitlin guardou a informação na cabeça.

Logo em seguida, Ben chegou, com um largo sorriso, e a tensa concentração de Caitlin se desfez em alegria.

– Obrigada por esse sorriso – disse ela.

– De nada – respondeu ele, já erguendo sua pequena cafeteira. – Posso derrubar café no seu colo?

– Por favor. – Ela riu da sua velha piada. Apesar de terem estabelecido laços de amizade mais fortes há nove anos, quando Ben ensinou a Caitlin a linguagem de sinais, seu primeiro encontro ocorreu alguns anos antes, quando ambos estavam fazendo uma especialização em inglês na Universidade de Nova York. Ben derramara, acidentalmente, uma xícara de café sobre ela em um restaurante lotado e, depois de pagar por uma outra xícara, derramou-a sobre ela novamente.

– Como foi a sua noite? – perguntou ele enquanto se servia.

– Eu vivo com uma criança de dez anos de idade – disse ela. – Quando estou com ele, fico bem. Vivemos em uma pequena e maravilhosa biosfera.

De repente, o tom de voz de Ben ficou mais lúgubre.

– Como você faz isso, Caitlin?

– O quê?

– Maanik – sussurrou ele para proteger o anonimato da menina. – Ela não é minha filha e, mesmo assim, fiquei tão preocupado com ela que não consegui dormir. Como você pode ter um filho sem ficar apavorada o tempo todo?

– Bem, esse é o grande segredo da maternidade, Ben – murmurou Caitlin. – Você *fica* apavorada o tempo todo. Mas se acostuma com isso. Isso se torna parte do cenário. Exceto nos momentos em que você sente uma punhalada no meio do coração.

Ele a encarou por um instante, e depois olhou para o seu cardápio.

– Essa foi provavelmente a pior propaganda para se ter filhos de todos os tempos – disse ele.

Caitlin riu.

– De qualquer maneira, você nunca ficou realmente tentado.

– Fico tentado o tempo todo – retrucou Ben sem tirar os olhos do cardápio.

– Hã?

Ben permitiu que o silêncio se estendesse até a garçonete aparecer. Caitlin deixou para lá. Ben iria falar, se e quando estivesse preparado. Pensando nas sugestões culinárias de Bárbara, ela pediu legumes cozidos e uma omelete. Ben continuou só com o café.

Ele se inclinou para trás.

– Sou tentado pelo mesmo desejo de estabilidade que acho que todo mundo almeja. Um lar, uma família. Mas estou até o pescoço com as piores crises mundiais, todos os dias, então não há muito sentido em deixar minha mente pensar nesse tipo de coisa.

– Seu chefe atual faz isso.

– O embaixador tem uma equipe, muitos anos a mais do que eu, possui experiência, e *ainda assim* está estressado.

– Talvez se você visse como isso está contribuindo para o mundo como um todo, em vez de tirar do seu...

– Contribuindo com o quê? Além da preocupação – disse Ben.

– Eu não disse que estava isento – devolveu Caitlin. – Você não pode entender até efetivamente vivenciar as partes que são transcendentes.

– Vale a pena o que o nosso amigo está passando com sua filha?

– Diga-me você. Você já os viu quando ela estava em seu estado normal, e vivia feliz.

Ben ficou em silêncio. No fim das contas, acabou acenando afirmativamente com a cabeça.

– Todos os pais têm desafios – disse Caitlin com calma.

A garçonete chegou com a refeição. Ben se inclinou para a frente depois que a mulher se afastou.

– Que tipo de desafio ele está enfrentando? Ela é esquizofrênica ou algo semelhante?

– Ainda não posso fazer esse diagnóstico e, de qualquer maneira, não deveria estar lhe falando sobre isso.

– Mas vai, né?

– O que *posso* lhe dizer é que ela não tem alguns sintomas básicos – confidenciou Caitlin. – Normalmente, há sinais que apontam para um surto psicótico. Mas, nesse caso, por muitas razões, ela não deu nenhum indício de que está ficando progressivamente desconectada de sua vida. Essa menina foi arrancada abruptamente de sua realidade.

– E o que isso quer dizer?

– Significa que eu ainda não sei ao certo o que fazer.

– Porém, não existe esse negócio de ataque súbito.

– Não vou dizer que tal coisa não existe, mas em geral não acontece de forma tão súbita. E mais. – Caitlin mastigou um pedaço da sua omelete enquanto reunia os pensamentos. – Isso é mais difícil de descrever. Normalmente, esquizofrênicos tentam dar algum sentido para a informação desorganizada que estão recebendo. É quando você começa a obter gráficos, cadernos cheios de coisas que não fazem sentido. Nesse caso, parece haver algo muito organizado em relação ao que ela está vivenciando.

– Organizado – repetiu ele. – Você quer dizer que isso está fazendo sentido para ela?

– Talvez em algum nível. Os ciclos de estímulos aos quais ela está reagindo estão produzindo efeitos claros e repetitivos.

– Os efeitos são o medo.

– Não estou convencida de que isso é o que estamos vendo. Pode ser parte da mistura, mas não é a parte externa.

– Não entendi.

– Não sabemos o que está acontecendo com ela, além do fato de que sua expressão parece desorganizada. Estamos lendo tal confusão como pânico, medo.

As coisas ficaram mais claras para Ben.

– Acho que entendo o que você quer dizer. Já vi isso em linguística. Ela é como uma criança pequena que não tem vocabulário suficiente para comunicar o que precisa dizer, por isso há uma quantidade enorme de frustração, quase de raiva. Mas, pra ela, as coisas fazem sentido.

– A-hã. – Caitlin estava com a boca cheia. Ela engoliu e acenou positivamente com a cabeça.

– O que você pode fazer para tratar isso? – perguntou Ben.

– O ideal, como eu tentei explicar para pai dela na noite passada, é que façamos outra rodada de hipnose, tentemos detectar o problema e o coloquemos em quarentena, a fim de impedir que ele se expresse do jeito como vimos ontem.

– Tentar? – disse Ben. – Imagino que ele não tenha ficado muito entusiasmado com isso.

– Ele foi diplomático, mas não.

– Vou ver se eu consigo fazer com que a ideia crie raízes.

– Ele é sensível à pressão – disse Caitlin enquanto mordia a sua torrada.

– Sim – disse Ben, preocupado com a amiga.

– Então, como está a Marina? – Caitlin tentou mudar de assunto. – Ela conseguiu deixar irreconhecível a sua caverna de homem?

– Ela começou a fazê-lo – respondeu Ben enquanto tomava um gole de café. – Mas eu mudei tudo de volta para o que estava antes.

Caitlin parou de mastigar.

– Ah.

– Sim.

– Sinto muito.

Ele encolheu os ombros.

– Foram bons sete meses. Ela voltou para casa, na Ucrânia. Recebi instruções específicas para não acompanhá-la.

Caitlin continuou comendo.

– Você não deveria continuar a derramar café em cima dela.

Houve uma centelha de riso nos olhos de Ben.

– Com ela, foi chá. Ela tinha uma prensa de chá.

– Uau, uma profissional.

Ben sorriu, olhando para ela.

– Eu nunca chamei você para sair de verdade, não é?

Caitlin lhe desferiu um olhar e, na mesma hora, acenou para seu amigo como se quisesse dizer *Pare! Suspenda! Desista!*

– Ben, você – com outro gesto ela disse algo como *você fique aí* – e eu – e com mais um gesto sinalizou *e eu fico aqui* – estamos perfeitos do jeito que estamos. Vamos manter essa perfeição.

– O.K. – concordou ele prontamente. – Foi apenas uma pergunta, não uma sugestão.

Ela riu.

– Ah, não foi?

– Que nada! Eu só não conseguia me lembrar. Estava perguntando.

– A-hã. Você realmente quer que eu analise essa "pergunta"?

– Não. O.K., tudo bem. Talvez eu estivesse falando sobre a possibilidade de chamar você para sair. Jantar, filmes, um show? Recebo um monte de convites de consulados e atualmente não tenho ninguém para me acompanhar.

– Eventos, sim. Encontros, não. "Amigos" – ela bateu na mesa para dar ênfase – significa que não vamos deixar que as coisas se aprofundem nem se compliquem.

– Se compliquem? – Ele sorriu. – Quem é que diz que o passado tem que fornecer informações para o futuro? – Ele pegou um garfo e o cravou em sua omelete fria. – De qualquer forma, esse negócio de "zona de amizade" não existe depois dos quarenta anos.

– Não força a barra, Moss – disse ela, sorrindo.

Antes que ele pudesse responder, o celular em sua bolsa tocou. Alguém estava ligando do número dos Pawar. Sua expressão mudou e ela levantou o dedo para Ben enquanto atendia.

– Alô?

– Dra. O'Hara – a voz da Sra. Pawar estava tensa –, você pode, por favor, vir até nós imediatamente?

– O que aconteceu?

– Por favor – disse a mulher.

– Estou a caminho – respondeu Caitlin.

CAPÍTULO SETE

Eles dividiram um táxi até a 48th Street, e depois Ben foi se juntar ao embaixador na ONU. Hoje começava a segunda semana de negociações; Ben disse que era esperado que os delegados indianos e paquistaneses acabassem com a pouca cortesia que vinha reinando até o momento. A possibilidade de a semana na mesa de negociação ser agradável era pequena.

Quando a governanta conduziu Caitlin até o quarto de Maanik, a doutora resistiu ao impulso de recuar. Maanik estava em pé, usando o seu pijama, lutando para se livrar de sua mãe, que tentava contê-la. A jovem estava no mais absoluto silêncio, embora os músculos de seu pescoço estivessem retesados e sua boca tão esticada que o lábio inferior havia se partido. Seu abdômen se expandia em um ritmo controlado, em harmonia com a tensão em seu pescoço. Maanik estava, notadamente, gritando o máximo que podia - mas sem emitir som algum. Kamala se afastou do quarto, esforçando-se para não soluçar.

Caitlin entrou no quarto assim que Maanik jogou-se para a frente com tanta força que Hansa perdeu o controle e caiu de joelhos. A menina permaneceu onde estava, tremendo da cabeça aos pés, inclinando-se para a frente - não na direção de Caitlin, mas na das janelas. Caitlin só conseguiu distinguir a forma diminuta de Jack London por trás das cortinas. E depois, se voltou para a jovem.

Por um segundo, os olhos de Maanik se reviraram para encontrar os dela, e Caitlin sentiu o mais puro medo lhe subir pela espinha. Ela havia visto jovens presos em circunstâncias terríveis - mantidos como reféns por um dos pais, presos depois de um deslizamento de terra - mas aqui ela sentia como se estivesse vendo alguém que havia despertado em um caixão e se visse enterrado vivo. A menina deu um passo em falso e seus olhos se viraram para o teto. Ela ainda estava tentando gritar.

Caitlin agarrou a menina pelos ombros.

– Maanik, estou aqui. Está ouvindo a minha voz, sentindo o peso das minhas mãos...

A menina parou de se mover e ficou tremendo. De repente, suas mãos levantaram rapidamente e fizeram com que Caitlin se desequilibrasse, forçando-a a se apoiar na cama de dossel para que não caísse. As mãos de Maanik permaneceram à sua frente, a esquerda segurava alguma coisa no ar e a direita se contorcia, com o indicador e o polegar firmemente apertados. Seus braços se sacudiam e tinham espasmos, mas as mãos ficaram na frente e no meio. Caitlin segurou os ombros de Maanik e, levemente, a balançava de um lado para o outro com o intuito de tirá-la daquela postura rígida. Os espasmos diminuíram um pouco, mas ela ainda estava gritando em silêncio.

– Muito bem, Maanik – disse Caitlin. – Sra. Pawar, qual é a mão dominante da sua filha?

– A esquerda – respondeu ela, com lágrimas escorrendo de seus olhos.

– Ela escreve com a mão esquerda? – perguntou Caitlin, pois não estava certa de que a mulher a havia entendido.

– Sim, sim!

Não é o que eu teria imaginado, pensou Caitlin. Por que, então, Maanik beliscava sua mão direita? Será que ela estava tentando puxar alguma coisa?

Não... não era isso.

Caitlin decidiu tentar uma coisa. Se uma personalidade dividida estava se formando ali, personalidades novas ou outrora latentes às vezes trocavam a mão com que escreviam.

– Sra. Pawar, você poderia, por favor, me arrumar papel e caneta?

A mulher estava paralisada, como se ela mesma estivesse em seu próprio transe, mas ficou olhando para Caitlin, aparentemente sem compreender.

– Hansa! – Para efeito, Caitlin articulou com veemência, mas sem volume. – Papel e caneta, por favor!

A Sra. Pawar, toda desajeitada, enxugando o rosto, foi até a mesa de Maanik para procurar os objetos no meio da bagunça da menina. Logo ela encontrou um bloco de papel turquesa e um hidrocor preto. Caitlin pegou o hidrocor e instruiu a mulher para que ficasse na frente da filha com o papel. Em seguida, foi para trás de Maanik para que pudesse escorar as costas da menina. Depois a abraçou e colocou o hidrocor em sua mão direita, desenrolando o indicador e o polegar, e fechando-os novamente para que ambos os dedos o segurassem. Acenou para a Sra. Pawar e pediu que ela segurasse o bloco de papel sob a ponta do marcador. Jack London começou a ganir por trás das cortinas.

Maanik encostou o hidrocor no papel, teve um momento de reconhecimento físico, e então rabiscou toda a sua superfície, com linhas longas que desciam pela folha, depois com outras mais curtas e bruscas, e em seguida linhas mais longas de novo. Em seguida, ela soltou o marcador e caiu com todo o seu peso nos braços de Caitlin. A doutora estava preparada, embora com dificuldade, e colocou o corpo da menina delicadamente no chão.

Com um braço sob os ombros de Maanik, ela estendeu a mão para pegar o bloco de papel e o examinou. O desenho lembrava um penhasco íngreme com linhas onduladas em torno de sua base como se representassem a água do mar. Caitlin virou o bloco de lado e agora as linhas não significavam nada, apenas caos. Ela continuou o girando, mas nada sobressaiu. Quando o voltou para a posição original, Caitlin já não tinha certeza se lá havia um penhasco e o mar.

Ela devolveu o bloco para a Sra. Pawar e, depois de botar Maanik em cima do tapete, se levantou. Ela estava, enfim, quieta, mas Caitlin percebeu que estava tremendo. A doutora colocou as mãos sobre os joelhos e respirou longa e profundamente antes de tomar prumo.

– Já acabou? – perguntou a Sra. Pawar com a voz entrecortada.

– Não sei – disse Caitlin calmamente, com a cabeça ainda dando voltas. – Posso tomar um copo d'água?

Jack London saiu de trás das cortinas. Arrastando a barriga no chão, ele foi até onde estava sua jovem dona. De repente, o beagle correu para a frente, agarrou a manga direita de Maanik e a puxou com toda a sua força. O corpo de Maanik estremeceu, seu maxilar se abriu, e com os olhos fechados, ela começou a gritar. Desta vez houve som.

Caitlin agarrou Jack London, e tentou enfiar um dedo em sua mandíbula para que ele largasse a manga de Maanik.

– O que está acontecendo agora? – gritou a Sra. Pawar. – Maanik!

– Sra. Pawar, preciso de sua permissão para colocar Maanik sob profunda hipnose.

A mãe da menina ainda parecia estar em transe. Caitlin não sabia se ela havia escutado.

– Sra. Pawar!

A mulher piscou e olhou para Caitlin.

– Sim?

– Sua filha está em crise. Precisa ser estabilizada.

– Entendo. E quanto... e quanto à medicação do Dr. Deshpande?

– Eu falei que ia *estabilizá-la*, não *dopá-la*. Quero usar de hipnose profunda, Sra. Pawar.

Entendo. V-vou falar com o meu marido.

– Não há tempo! – insistiu Caitlin.

A mulher acenou com a cabeça.

– Vou apenas lhe enviar uma mensagem de texto. – Com as mãos vacilantes, ela tirou o celular de um dos bolsos de seu sári e digitou.

Caitlin conseguiu finalmente separar as mandíbulas do beagle da manga da blusa de Maanik. Ele não a mordeu, mas latiu bastante.

– Tem algum lugar onde você possa colocá-lo?

– No caixote – disse a Sra. Pawar assim que terminou de digitar o torpedo, e pegou o cão. Ele lutava para sair de suas mãos enquanto os dois deixavam o quarto.

Caitlin se agachou no chão ao lado de Maanik. Os gritos da menina eram contínuos, cada um deles era dosado com profundos soluços. Suas mãos se moviam de um jeito peculiar – não coçavam, não escreviam, mexiam-se mais como se estivessem freneticamente puxando coisas das prateleiras. De algum modo, nas tomadas de fôlego entre os gritos, ela murmurava alguma coisa, e Caitlin se aproximou a fim de captar o que era. Soava como "null zee".

A Sra. Pawar chegou toda desajeitada ao quarto com o copo d'água solicitado.

– Obrigada – disse Caitlin, antes de esvaziar o copo. Ela estava suando e não queria se desidratar.

– Não tive resposta do meu marido – disse a Sra. Pawar.

– Não podemos esperar o embaixador. Tenho que fazer alguma coisa antes que ela se machuque. Você entende?

– Sim, sim.

Caitlin se levantou e enfiou a mão na sua bolsa para pegar o celular. Configurou-o para o modo vídeo, colocou-o sobre uma pilha de livros, e enquadrou a cabeça e as costas de Maanik. Verificou duas vezes a posição da câmera, e depois apertou o botão onde se lia REC.

– O que... o que você está fazendo? – perguntou a Sra. Pawar.

Caitlin acalmou a mulher com delicadeza e fez sinal para que se sentasse enquanto ela ajoelhava ao lado da menina.

– Maanik, lembra-se da tela grande de televisão de que lhe falei? Está bem ali na sua frente.

Caitlin guiou a menina pelas mesmas etapas de hipnose de antes, e ela foi igualmente sensível. Quando a doutora contou oito, a menina foi ficando pesada e cansada, e seus olhos se fecharam, mas no cinco ela não lhe pediu para dormir. Em vez disso, pediu que Maanik levantasse seu braço direito e mexesse o dedo mindinho. A menina obedeceu.

– Excelente, Maanik. Você está indo muito bem. Você está cuidando de si mesma, ao me deixar ajudá-la. Agora vou fazer algumas sugestões e perguntas, e quero que você faça o que acha que é certo, O.K.? Se algo que eu lhe disser não cair bem, é só deixar para lá e não se preocupar com isso. – Caitlin esperou até ela processar as instruções, e depois disse: – Diga-me como você está se sentindo.

Imediatamente Maanik disse:

– Estou bem, eu acho.

A Sra. Pawar ofegou do outro lado do quarto.

Caitlin ficou igualmente assustada. Ela ainda não tinha ouvido Maanik falando como uma adolescente normal. Era desconcertante, mas profundamente esperançoso.

– Fico feliz que você esteja se sentindo bem. Vou lhe pedir para imaginar um lugar que faça você feliz. Imagine que você está lá...

– Não preciso imaginar – interrompeu Maanik. – Já estou lá.

Ela falava no tom clássico dos adolescentes, como se pensasse *Por que os adultos* são tão idiotas? Nesse caso, ela até podia ter razão. Caitlin ficou surpresa com a resposta, mas foi em frente.

– Que ótimo, Maanik. Onde você está?

– Estou em casa – disse ela, como se fosse óbvio. E prosseguiu: – Ah, oi. – Pela mudança no tom dela era claro que não estava falando com Caitlin. – Oi, querido – murmurou.

– Agora você está dando um olá para Jack London? – perguntou Caitlin.

– Quem é Jack London?

A Sra. Pawar se sentou pesadamente numa cadeira, como se estivesse com as pernas cansadas.

– Maanik, você pode ficar em casa, não precisa imaginar nada ou ir a parte alguma. Entendeu?

– Entendi.

– O.K. Só vou lhe pedir um favor, tudo bem?

– Claro.

– Maanik, você sabe que vem tendo problemas ultimamente? E que fica muito perturbada de vez em quando?

– Sim, eu sei que tenho gritado. Posso sentir isso na minha garganta e meus quadris estão machucados. Meus braços também. Não que estejam machucados, de fato... mas doem.

– Bem, vou pedir para que você reaja a uma deixa no futuro, um sinal. A deixa será quando alguém disser a palavra “amoras” e tocar na sua orelha.

– Que orelha? – perguntou Maanik.

Pelo menos suas funções cognitivas estavam claras e focadas – mais aguçadas que as de Caitlin.

– Qualquer orelha. Essa deixa está boa para você?

– Sim.

– Então, quando alguém disser "amoras" e tocar o seu ouvido, você vai reagir se acalmando, assim como agora que eu estou falando com você sobre a tela de televisão e fazendo contagem regressiva. Qualquer outra hora em que você apenas ouvir a palavra "amoras", vai significar apenas "amoras". Está claro?

– O.K., tudo bem – concordou Maanik. Depois disso, ela começou a falar amorosamente com quem quer que fosse, a não ser Jack London.

Caitlin sabia que uma sugestão pós-hipnótica deste calibre era um passo muito maior do que ela havia discutido com o embaixador, mas tinha certeza de que poderia convencê-lo da necessidade. Eles precisavam de um dispositivo de segurança para contê-la, não só no que dizia respeito aos autoflagelos, mas ao seu comportamento como um todo.

– Obrigada, Maanik. Agora me fale um pouco sobre a sua casa.

– O que você quer saber?

– O que você está vendo? Quem é o seu bebê?

– Esse é o meu rapazinho – murmurou ela, sorrindo. – Ele está lambendo minhas mãos. E – seus olhos se moviam sob suas pálpebras fechadas – essas são as árvores perto da porta, estou voltando da piscina quente, é noite, há alguns *thokang* abaixo de nós, mas lá em cima já brotaram estrelas...

– Há alguns o que embaixo de você?

– Uau, as estrelas estão tão lindas esta noite. Há tantas! – O sorriso era quase de felicidade. – *Khasaa*.

Caitlin percebeu que manter o fluxo era mais importante do que recuar para esclarecer cada detalhe.

– O seu rapazinho, ele a encontrou do lado de fora da sua casa?

– Sim, ele deslizou para fora da água, como sempre faz.

– Com o que o rapaz se parece?

– Com *thyodularasi* – murmurou Maanik como se fosse óbvio. Ela falava tão rapidamente agora que Caitlin mal conseguia acompanhá-la. Levou um instante para ela perceber que a velocidade não era o problema.

– Maanik, você pode usar palavras em inglês para falar comigo?

Mas a menina continuou tagarelando de modo incompreensível. Ela havia começado a mover os braços de novo, não tão freneticamente desta vez, mas fazendo movimentos amplos que não se pareciam com nada. Caitlin pensou em Jacob balançando seus braços como se fosse uma lula. Será que Maanik estava apenas brincando?

De repente, a menina se sentou e seus olhos se abriram enquanto ela esticava o pescoço no intuito de olhar para o teto. Sua fala ficou ainda mais acelerada, assim como os movimentos do seu braço, mas sua mão direita virou-se para a esquerda, como se quisesse arranhar.

Caitlin colocou as mãos em seus ombros.

– Maanik, diga-me o que você vê no céu.

Os murmúrios ficaram ainda mais rápidos. Como se não soubesse o que fazer, Caitlin olhou para a Sra. Pawar, que observava a cena como se os pecados do mundo estivessem escritos no rosto da filha. Ela entendia o que a doutora queria dizer com o olhar, mas balançou a cabeça – aquelas palavras não eram híndi. *Mas havia algo de asiático nelas*, pensou Caitlin, *mas não. Se Ben estivesse aqui...* E então Maanik começou a gritar para o céu, empurrando as mãos para cima, batendo em si mesma com os braços, tentando rasgar a gaze.

– Maanik, em inglês, por favor! Diga-me o que está acontecendo! – berrou Caitlin enquanto tentava, sem sucesso, evitar que as mãos da menina fizessem contato.

Maanik começou a gritar novamente. Todo o seu corpo ficou se contorcendo no chão enquanto ela resistia e se debatia, até que, de repente, do nada, Caitlin se sentiu como se tivesse sido agarrada e jogada para o outro lado do quarto.

CAPÍTULO OITO

Caitlin foi lançada contra uma parede, e perdeu a respiração de imediato. Seus braços ficaram moles enquanto ela tentava se levantar.

Se isso é dupla personalidade, pensou ela, *por favor, faça com que o aumento da força* não *esteja incluído*!

Caitlin fez um movimento brusco ao pôr-se de joelhos e estendeu a mão em meio aos braços agitados de Maanik com o intuito de tocar seu ouvido esquerdo.

– Amoras – disse ela.

As mãos da menina caíram. Ela respirou intensa e profundamente, como se pudesse gritar para os céus, e depois soltou o ar devagar, até que o ritmo tranquilo e normal da inspiração foi retomado. Em poucos segundos, Caitlin ouviu a respiração suave e profunda do sono.

Depois de levarem Maanik para a cama, Caitlin e a Sra. Pawar a deixaram descansando e se retiraram para a sala de estar, onde havia um chá preparado por Kamala.

– Se você não se importar, gostaria de esperar mais alguns minutos, para me certificar de que está tudo bem – disse Caitlin.

– Claro – respondeu a Sra. Pawar, ao sentar em uma poltrona. – Sinto muito por ter lhe tirado do trabalho.

– Este é o meu trabalho.

A Sra. Pawar sorriu, mas só por um instante.

– O que há de errado com a minha filha? – perguntou.

– Não sei – admitiu Caitlin. – Mas vamos descobrir.

– Fizemos a coisa certa? Agora há pouco?

– Com certeza.

A mulher mais velha tomou um gole de chá.

– Algo como isso jamais aconteceu em nossa família.

– Eu estava prestes a perguntar, Sra. Pawar... Alguma vez houve rumores ou boatos acerca de uma tia, uma avó, uma prima?

– Rumores? Boatos?

– Sua mente, seu comportamento, hábitos... qualquer coisa. Entendo que haja alguma reticência para falar sobre o assunto.

A mulher sacudiu a cabeça negando e olhou para baixo.

– Nós não falamos sobre essas coisas. Mas nunca houve nada.

Caitlin acreditou nela.

– Sra. Pawar, entendo que você queira manter esse assunto sob os panos. Mas, se a sua filha continuar a ter crises, você terá que levá-la à uma clínica para fazer exames. Ela pode ter batido a cabeça durante a tentativa de assassinato...

– A enfermeira da escola a examinou e disse que não havia nada.

– Há lesões que uma ressonância magnética ou uma tomografia computadorizada podem explorar e que um médico não pode. Eu já comentei isso com o Dr. Deshpande, e talvez vocês precisem ser um pouco mais agressivos...

– Entendo – disse a mulher, desamparada.

– O seu marido certamente não fará objeções se for necessário.

A Sra. Pawar a encarou. Era um olhar que disse o seguinte para Caitlin: *Sim. Neste momento, dada a situação da Caxemira, ele poderá resistir à ideia.*

Jack London, solto de seu caixote pela governanta, andava em círculos, farejando os pés das duas.

– Ela parece tão vulnerável, tão frágil – disse a Sra. Pawar. – Tão diferente dela mesma.

– Ela é mais forte do que você pensa, e não está sozinha nisso – devolveu Caitlin. – Seja lá o que estiver acontecendo, se ela demonstrar quaisquer sinais incomuns de instabilidade, lembre-se do que deve fazer: você deve tocar no seu ouvido...

A mulher acenou com a cabeça, mais para se tranquilizar do que qualquer coisa, mas Caitlin deixou o apartamento dos Pawar com um nó no estômago.

Durante a volta de táxi, ela ligou para seu escritório e disse à recepcionista que chegaria para a consulta das 11h30. Em seguida, mandou uma mensagem para Ben: *Tivemos algum progresso hoje, ligarei para você de noite. Envie o seu endereço de e-mail mais seguro.*

Não houve uma resposta imediata, mas ela não estava esperando uma. Ele estaria no meio das negociações. Ela assistiu às manchetes correndo como legendas na TV do banco de trás do táxi. As tensões entre a Índia e o Paquistão estavam sendo descritas como "voláteis", com mais tropas sendo enviadas para as fronteiras. A proposta do embaixador dos Estados Unidos para que houvesse uma zona desmilitarizada entre as nações fora recebida com escárnio na Índia, cujos especialistas apontavam que o Paquistão não conseguia nem mesmo estabelecer uma zona desprovida de terror dentro de suas próprias fronteiras. Enquanto isso, o noticiário local relatava que, no Queens, estava havendo brigas entre vizinhos indianos e paquistaneses. A presença da polícia nos metrôs havia triplicado, e o departamento de gestão de emergências vinha investigando, em segredo, os velhos abrigos da cidade, que haviam se tornado centros de comando em potencial nas vizinhanças. Nova York não estava sozinha no meio de toda aquela ansiedade; por toda a nação, grupos de sobreviventes haviam reabastecido seus estoques de munição, provocando uma escassez e fazendo com que estes desaparecessem do mercado. Um questionário da internet chamado "Se isso é o fim, eu vou..." transformou-se num viral.

Caitlin desligou o monitor e passou o resto da corrida de táxi em um silêncio desconfortável. Parecia que os temores de guerra viajavam pelo ar valendo-se da sua própria rede sem fio: as pessoas. Maanik e sua mãe, para Caitlin, haviam lhes dado um rosto.

Foi com uma grande sensação de alívio que Caitlin adentrou seu escritório de cobertura na West 58th.

Ela experimentou uma sensação de alívio súbita como um clique. Depois de passar pela rotina de sempre – café colocado sobre o descanso de copo cheio de impressões digitais que Jacob fez quando tinha cinco anos, bolsa na gaveta inferior da mesa, telefone na gaveta de cima no modo silencioso, casaco no cabide atrás da porta –, Caitlin repassou sua agenda, mas sua mente continuava voltando a Maanik.

Um diagnóstico de esquizofrenia era prematuro e impreciso, uma vez que os esquizofrênicos entendiam que havia um "eles" e um "eu". Maanik não tinha nenhum "eu" durante suas crises, pelo menos não o "eu" que ela era há 16 anos. Mas um diagnóstico de transtorno dissociativo de identidade – dupla personalidade – não era preciso porque múltiplas personalidades raramente tinham delírios. Elas viviam no mundo real. Maanik estava, obviamente, reagindo a algo que não estava lá. Uma forma de mal-estar ou epilepsia generalizada era uma possibilidade, mas quem sofria disso não reagiria à hipnose do mesmo jeito que Maanik.

Tamanhos únicos não serviriam a todos aqui. O que Caitlin estava deixando escapar?

Ela queria ver a menina quando esta não estivesse manifestando comportamentos cíclicos. Até mesmo vê-la em silêncio jantando ajudaria Caitlin a estabelecer um parâmetro e ter uma noção de quem ela era de verdade.

Dá um tempo, disse Caitlin para si mesma. Ela nunca curou ninguém em um dia, e, além disso, ater-se a um só caso era uma péssima maneira de acolher outro. Seu paciente das 11h30 chegaria em cerca de dez minutos, e ela sentiu o alívio da... não da normalidade, pois isso não existia, mas de ter uma história terapêutica estabelecida e muitos meses a mais para se dedicar ao trabalho. Mas nenhum desses elementos essenciais estava disponível com Maanik.

Por que ela era tão diferente de qualquer criança que Caitlin já havia visto?

Ela teve uma súbita inspiração de procurá-la on-line, para ver se havia algum vídeo dela de antes da tentativa de assassinato. Ela se condenou por não ter pensado nisso antes. Esperava-se que os Pawar mantivessem alguma espécie de bloqueio sobre sua imagem pública; a filha de um diplomata devia ter um forte esquema de privacidade. Mas havia vários vídeos no site do colégio em que Maanik se engajava em debates como parte de disciplinas como Modelos das Nações Unidas. Caitlin clicou em um deles e percebeu imediatamente como a menina era segura de si. Ela certamente não estava fingindo extroversão, o que tornava esses repetidos colapsos internos ainda mais estranhos. Em outro vídeo, Maanik atuava como a noiva de um aristocrata britânico excêntrico em uma peça escolar; em certo ponto ela gesticulava excessivamente e entoava: "Não estou doente. Sou é mal administrada." Maanik revirava os olhos e a fala arrancava enormes gargalhadas da plateia.

Ela parecia absolutamente normal, à vontade na própria pele, o que era impressionante. Não havia nenhum dos tiques ou toques de melancolia envolvendo a maior parte das crianças que Caitlin vira. Poderia a tentativa de assassinato ter feito tanto estrago? Se o pai dela tivesse morrido ou sido ferido, sim. Se sua mãe tivesse sofrido algum tipo de colapso, talvez. Mas esses gatilhos extremos não existiam ali. A reação simplesmente não era proporcional. Caitlin precisava refletir mais a fundo, mas o paciente das 11h30 já estava batendo à porta.

Horas mais tarde, depois de mais cinco pacientes e duas teleconferências, havia chegado a hora de buscar Jacob. Ela percebeu, ao se aproximar da porta da frente de seu prédio, que a temperatura do lado de fora havia caído consideravelmente. Aninhou-se na gola do casaco e se viu cantarolando "Let It Snow". No que pisou na rua, parou de cantarolar, e de repente ela sentiu um arrepio que não tinha nada a ver com o clima. Percorria a sua espinha dorsal e fazia cócegas ao longo de suas omoplatas como se fosse um pequeno animal. Instintivamente, ela se aproximou da parede, ficou imóvel, e olhou em volta.

Que diabos?

Seu coração estava batendo mais forte; sua respiração ficou mais curta. Parecia haver um vento frio batendo em seus braços, mas não se via movimento nas mangas. Ela sentia arrepios.

Controle-se, disse para si mesma.

Ela viu pessoas pegando seus carros na garagem do outro lado da rua, um fumante perto de uma árvore que ficava no pequeno parque em cima da garagem, um grupo de estudantes universitários passando apressados, mas nada que explicasse o frio que não cessava. Ela se sentia exposta, presa ali como se essas outras pessoas existissem em outro plano e ela estivesse sozinha. Ou quase isso.

Havia também uma inquietante sensação de estar sendo observada. Não se tratava de um lampejo de exposição, como se ela estivesse passando na frente de um turista fazendo vídeos.

Bárbara tinha razão, pensou. Ela estava tão profundamente mergulhada nos problemas de outras pessoas que havia perdido sua própria pele protetora.

Cumprimentos vindos de todos os lados a assustaram assim que alunos do programa de residência do hospital Roosevelt começaram a sair do prédio em grupo e a cercaram. Caitlin caminhou até o metrô com eles, afastando os ruídos e formas da cidade, mas não o arrepio que percorria toda a sua coluna.

CAPÍTULO NOVE

Esquivando-se e fazendo manobras com Jacob em meio ao metrô lotado, Caitlin tentava com afinco se livrar da estranha sensação que havia tomado conta da sua vida fora do escritório, mas era como engolir um pedaço gigantesco de um sanduíche. Ela geralmente fazia um jogo do seu trajeto em meio à multidão da hora do rush – Futebol Maluco ou Correndo com as Gazelas –, mas não hoje. Jacob estava imerso em seus pensamentos, e ela só queria chegar em casa.

O corredor do terceiro andar parecia estranhamente calmo, o barulho das chaves era um oco incomum. Ela se lembrou, sem nenhum prazer, da sensação que tivera no apartamento dos Pawar. A sensação de que estava, de alguma forma, em perigo. Não Jacob, só ela.

Enquanto abria a porta, ela fixou em sua mente que iria falar com Bárbara sobre isso, até que, felizmente, conseguiu voltar sua atenção para o brócolis que estava cozinhando e para descongelar e esquentar um recipiente de mingau de arroz para o jantar. Jacob foi direto para o quarto. Eles haviam chegado em casa bem a tempo do seu bate-papo on-line semanal com o pai. Caitlin ficou surpreendentemente feliz com a ligação de Andy naquele instante; até mesmo a normalidade anormal era bem-vinda.

Andrew Thwaite, divorciado, com três filhos, era um sociólogo de Sydney que Caitlin conhecera na Tailândia três semanas depois do tsunami de 2004. Ele havia se unido a uma das suas missões humanitárias que Ben ajudou a coordenar através da subsecretaria-geral do escritório das Nações Unidas para a Coordenação de Assuntos Humanitários.

Quando se conheceram, Caitlin sentiu que ele era "certo para aquela hora", como contara para Ben.

– As pessoas com quem conversei diziam que ele era meio babaca, Cai – dissera Ben.

– Ah, você checou?

– Capitão da sua equipe – comentou, evasivo.

– Bem, ele é inteligente, divertido, não está prometendo ser algo que não é, tem um metro e noventa e é sarado.

– A-hã. Conheço o tipo... narcisista arrogante.

– Que palavras duras, Ben.

– É que eu tenho vivido à sombra de sujeitos "bem-sucedidos" e infelizes como ele por toda a vida. Ele vai te usar e te deixar na pior.

– Somente depois que eu deixar. Ei, isso é assunto meu ou seu, Ben?

– Tudo bem – cedeu ele –, mas creio que você está confundindo inteiramente o significado de "missão humanitária".

O desentendimento terminou em risadas. Mas, depois que a paixão superou a cautela e a moça descobriu que estava grávida, decidiu ficar com a criança. Andy foi notificado e ficou distante, fazendo com que tudo fosse, graças a Deus, bem simples.

Até pouco tempo.

Mais ou menos na época em que o filho mais jovem de Andy foi para a faculdade, em 2011, ele perguntou do nada se poderia conversar semanalmente com Jacob pelo computador, via web câmera. Ela não fez nenhuma objeção quanto a isso. Jacob e a mãe conversaram sobre isso várias vezes e o filho parecia feliz em aceitá-lo da mesma maneira que um vizinho do andar de cima. Mas, seis meses antes, Andy perguntara para Caitlin por que ela não havia optado por um implante coclear para Jacob quando ele era mais jovem.

– Porque essa é uma decisão que deve ser tomada por Jacob – respondeu ela.

– Jacob tem dez anos – salientou Andy. – Quanto mais cedo a operação é realizada, mais fácil fica a curva de aprendizado...

– Ter que se esforçar um pouco mais é um preço justo para o seu livre-arbítrio.

– Não creio que deveria ser permitido a um aluno da quinta série fazer esse tipo de escolha.

Naquela altura, Caitlin baixou o martelo de Thor. Sob nenhuma circunstância Andy teria tal conversa com o seu filho. Ela mandou seu recado de um modo que teria intimidado os burocratas mais obstinados do mundo, e isso pareceu ter funcionado com Andy.

Ainda assim, Caitlin sempre verificava se Jacob, quando voltava das suas chamadas de vídeo, demonstrava algum sinal de haver tido conversas desconfortáveis com o pai. Hoje não houve nenhum; ele saiu direto de uma pergunta sobre se as crianças montavam em cangurus no deserto australiano para o tema de sua lição de casa, uma redação em que ele teria de dar sua opinião sobre a ética nos jardins zoológicos.

Enquanto eles discutiam os diferentes aspectos da questão relativa aos zoológicos, a mente de Caitlin, bem lá no fundo, estava ruminando sobre seu próprio dilema ético: enviar ou não o vídeo da sua sessão de hipnose com Maanik para Ben? Ela já havia recebido o endereço de e-mail seguro dele, e já sabia que iria enviar o arquivo para ele, embora isso fosse contra as regras de confidência entre médico e paciente. E concluiu que, pelo fato de Ben ser um amigo da família, havia uma chance dos Pawar concordarem se ela pedisse – mas precisava de mais certeza do que apenas uma chance. Compartilhá-lo com alguém que não fosse Ben seria inadmissível, mas ainda assim ela precisava da perspectiva dada por alguém de fora, a confirmação de algo que ela havia começado a questionar, algo do qual ela não podia ter certeza se era verdade. Uma compreensão integral do mundo interior muito elusivo de Maanik dependia disso.

Depois do jantar, quando ela e Jacob haviam terminado de lavar a louça, Caitlin enviou o arquivo para Ben e, em seguida, o chamou para conversar on-line. Quando sua imagem apareceu, ele estava olhando para outra coisa na tela, digitando, e ela teve certeza de que o amigo estava se sentindo derrotado.

– Toc, toc... – disse ele.

– Quem é?

Ben deu um sorriso. Não era engraçado, mas Caitlin era. Os dois eram. Sempre foram assim: quando um estava mal, o outro sempre se valia da galhofa mais boba e divertida possível para ajudar.

– Está levando todo esse tempo para baixar? – perguntou ela.

– Está chegando bem aos pouquinhos, um byte de cada vez – brincou o sujeito.

– Caramba. A ONU vem dando computadores de segunda mão, fabricados em 1995, para os seus funcionários?

– Do tempo das cavernas. – Ele sorriu. – Estou usando a conexão discada para fazer o download, e além disso estou tendo que desativar um monte de outros programas para que o arquivo venha mais rápido. Proteções adicionais. – Ben finalmente a encarou. – Estou surpreso por você ter enviado isso, Cai.

– Não foi uma decisão fácil, mas mentes desesperadas pedem medidas desesperadas.

– Você está se sentindo desesperada?

– Estava me referindo à mente de Maanik. – Ela pensou por um instante. – Não, não estou desesperada. Ainda não.

Ben desviou o olhar, de um jeito lúgubre. Até que se fixou nela novamente.

– Como você *está* se sentindo?

– Em relação a quê? – perguntou ela, tentando não se comprometer.

– Administrando isso no epicentro de uma crise mundial.

– Acho que estamos todos nesse epicentro – disse ela. – Vocês tiveram algum progresso por lá?

Ele balançou a cabeça.

– Você evitou a pergunta.

Agora era Caitlin quem desviava o olhar. O que ela queria dizer era: *Honestamente, eu não estou me sentindo eu mesma e não sei por quê.* Mas aquilo não dizia respeito a ela.

– Estou muito, muito concentrada – disse. – Superafiada!

– Não se perca nisso, Cai.

– Não me perderei. Sei muito bem como operar o meu painel de controle. – Ela sorriu.

– Painel de controle... – murmurou Ben. – Você já se tocou que podemos ser a última geração que sabe o que isso significa? Eu tive que explicar o que era VHS para um jovem observador do Butão hoje. Eles não tinham ideia do que eu estava falando.

– Não tenho ideia do que você está falando – brincou ela.

– Que lindo. – Ele sorriu. – Você tem alguma piada nova que comece com "alguém entra em um bar..."?

Caitlin riu e balançou a cabeça.

– Aquelas eram as piores piadas de todos os tempos – disse ela em tom de desculpa.

– Isso é o que fazia elas serem tão boas. Minha favorita de todos os tempos? A-hã... Um esqueleto entra em um bar e pede uma dose de gim e tônica. E um esfregão.

– Eu me preocupo com você, Ben. – Ela revirou os olhos. – E não. Eu meio que tenho terceirizado boa parte do meu senso de humor para Jacob já faz tempo. Ele fala tolices com naturalidade e isso é mais do que suficiente para uma família.

Ben balançou a cabeça. Fez-se um silêncio imperceptivelmente mais longo, mas com estranheza bem mais perceptível.

– E quanto às outras partes de sua vida? Você está saindo com alguém?

– Não. E por que temos sempre que ter essa conversa?

– Nem sempre...

– Você é que nem a minha mãe – prosseguiu Caitlin. – Ou melhor, que nem a minha irmã, que, infalivelmente, me enche o saco com esse tipo de assunto sempre que dá as caras, por isso não preciso que você aja assim também.

– O.K., O.K. – disse ele. – Não queria encher o seu saco.

Eles olharam um para o outro.

– Desculpe – disse ela. – Eu não tinha a intenção de explodir com você. É que ando um pouco estressada. Não vai acontecer de novo.

– Ótimo. De qualquer forma, o vídeo já foi baixado. Vamos ver o que temos.

Caitlin não deixou de notar a rápida mudança de assunto, mas guardou a observação que queria fazer para mais tarde.

Ben abriu o vídeo e o colocou no canto da janela do bate-papo para que ambos pudessem assisti-lo.

– Caramba – disse ele quando Maanik começou a tagarelar de maneira incompreensível.

– Eu sei.

– Uau – disse ele de novo, no momento da hipnose, quando Caitlin havia sido jogada contra uma parede. – O que houve aqui?

Caitlin nada respondeu a fim de que ele prestasse atenção no uso da deixa "amoras". Ela queria que o amigo soubesse qual era a deixa no caso do embaixador perguntar sobre isso, mas essa não foi a única razão que a levou a compartilhar o vídeo.

No final das imagens, Ben voltou para o ponto em que Maanik começou a falar seu dialeto incompreensível. E depois, os dois assistiram ao trecho uma terceira vez.

– Você acha que isso poderia ser uma língua? – perguntou ela.

Ben gesticulou de um jeito evasivo e parou o vídeo. Depois se recostou, pensando.

– Há uma leve semelhança com o japonês – contemplou.

– Pensei nisso também.

– Bem aqui – apontou, enquanto repetia novamente o segmento. – Está ouvindo isso?

Maanik estava dizendo "*Thyodularasi*".

– Sim...? – devolveu Caitlin.

– Isso é notadamente, um "R" asiático – afirmou Ben.

– E é predominante, o tempo todo. Isso é o que faz a coisa toda soar como japonês, certo?

– Em parte, junto com as paradas alveolares nos "D"s e nos "T"s. Mas no início dessa palavra aí há um som muito proeminente de "TH", com a sonoridade do inglês mesmo. Esses sons não coexistem em nenhuma língua.

– Em lugar nenhum?

– Bem, creio que não conhecemos todas as línguas tribais do planeta, mas como regra, os sons de "R" e de "TH" não se desenvolvem no mesmo idioma.

A janela do vídeo foi fechada e, novamente, a tela passou a exibir apenas a imagem de Ben, que estava esfregando os olhos.

– Incrível, não? – disse ela.

– O que diabos está acontecendo com essa menina?

– Isso é o que estou tentando descobrir, se os Pawar me deixarem.

– Espere, Caitlin. Tudo com o que você precisa se preocupar é ajudá-los a atravessar este período de negociações.

– O quê? – Ela se sentiu como se tivesse recebido uma pancada na cabeça.

– Foi por isso que eu chamei você – lembrou ele. – Há equipes prontas para ajudar assim que o embaixador não tiver mais que se preocupar com a mídia.

– Entendo, mas eu não estou... quer dizer, não quero ser apenas um tapa-buraco.

– Cai, eu não quis dizer isso... Só quis dizer que isso não está sob o meu controle. Acredito que irão levá-la de volta para a Índia, assim que nos livrarmos de todo esse arame farpado político.

– E quanto a Maanik? Ben, algo está acontecendo com essa menina. Eu não estou indo só para servir de paliativo.

– Não estava querendo dizer isso – retrucou ele, defensivamente. – Olha, estamos ambos cansados, e eu não deveria ter dito o que disse. Vou apoiar a sua iniciativa, seja ela qual for. Sei como você fica quando está envolvida em um caso, mas tente manter uma distância, O.K.?

– Não sei se consigo.

Ele sorriu.

– Só uma pequena distância. Para o seu próprio bem-estar mental.

– Uma pequena distância – concordou Caitlin, e forçou um sorriso de volta.

– E agora vou me jogar na cama. Vamos ver o que o meu subconsciente tem a dizer sobre tudo isso.

– Isso é tudo que você tem a dizer? – brincou ela.

– Não sou mais aquele baladeiro da faculdade. Esses tempos não vão mais voltar.

Caitlin escondeu a sua decepção. Ela havia compartilhado para que ambos pudessem discutir a última parte da hipnose, o momento da parede. Mas o sujeito precisava de descanso antes de voltar à mesa de paz.

– Boa noite – disse a doutora.

– Boa noite, Cai – falou ele, e ergueu a mão com esforço antes de se desconectar.

Ela ergueu a mão para a tela escura.

Depois de responder a alguns e-mails e ler algumas manchetes nos boletins informativos, ela foi desejar boa-noite para Jacob. O menino estava cheio de energia, e Caitlin disse "boa noite" em sinais para ele tantas vezes, curvando a mão direita sobre a esquerda para expressar "Noite, noite, noite", que se sentia como se fosse um robô – por isso começou a andar com as pernas rígidas e os braços estendidos, como o monstro de Frankenstein, na direção da porta. Muitas risadas depois, Jacob finalmente ficou em silêncio.

Surpreendentemente, Caitlin também conseguiu adormecer em um tempo razoável. Mas, poucas horas depois, acordou em pânico, sentindo-se como se estivesse subindo pelo cobertor. O gesto para "noite" se repetia em forma de loop dentro da sua cabeça como se fosse o refrão de uma canção, junto com uma velha lembrança de Jacob tentando ensiná-la a linguagem de sinais.

– Mamãe, está nos seus cotovelos, corrija os cotovelos!

Droga, pensou Caitlin enquanto as três horas da manhã mudavam para quatro. Por que os cotovelos não saíam do seu cérebro? Tinha que ser Maanik.

Ela saiu da cama, ligou seu tablet, e iniciou o vídeo de Maanik. Começou a assistir a partir do momento em que a menina começou a falar de maneira incompreensível. A coluna de Caitlin se esticou e seu cérebro acordou. Houve uma mudança definida no movimento dos cotovelos da menina. Depois de ver o vídeo várias vezes, ela teve certeza de que ambos traçavam determinados arcos em momentos específicos. Maanik estava repetindo alguns dos gestos, o que sugeria que eles tinham algum significado – o que poderia indicar que aquele tagarelar também tinha sentido.

Caitlin respirou fundo, tentando não ficar muito entusiasmada. Mas percebeu que havia acabado de dar um grande avanço naquele caso. E se tudo fizesse sentido, era possível que ela pudesse orientar Maanik para sair daquele pântano antes do que havia pensado.

CAPÍTULO DEZ

Montevidéu, Uruguai

Saindo de Port Stanley rumo à sua primeira parada para reabastecimento, em Montevidéu, Uruguai, o jatinho executivo Bombardier Learjet rasgava graciosamente o céu do amanhecer como uma seta branca.

Mikel Jasso – nascido em Pamplona, educado em Harvard, membro de elite do grupo – era o único passageiro da aeronave. Ele havia começado a jornada de 3.200 quilômetros sozinho com seus pensamentos, um estojo dc câmera, e um copo comemorativo com uma dose de uísque Royal Salute – uma tradição após cada missão bem-sucedida. O grupo monitorava rotineiramente aquela grande faixa no sul do hemisfério, e, em dez anos, Mikel tinha reavido, com sucesso, todas as oito relíquias que ele havia sido instruído a resgatar. As relíquias vinham de museus, navios de pesquisa científica, embarcações militares, e turistas. Dessa vez, a missão havia começado quatro dias antes, quando eles interceptaram uma mensagem de celular de um certo Dr. Story para um colega em Oxford. Jasso havia sido despachado para as Malvinas imediatamente em um jato particular. Ele reservara um quarto no hotel Malvina House, esperou o *Capitão Fallow* chegar, conversou com a tripulação, estudou os planos que o grupo havia obtido a partir de contatos no almirantado, e entrou em ação na noite seguinte.

Considerando como funcionavam os furtos, até que aquele havia sido relativamente fácil. Jasso sabia que, pela manhã, o navio passava por reparos e era reabastecido, e, depois disso, a maior parte da tripulação desembarcava. A vigília durante a noite foi negligente: ninguém, nem ladrão nem clandestino, tinha motivos para embarcar em um navio de pesquisa geológica que estava prestes a voltar para o frio e inóspito Atlântico Sul.

Não foi difícil encontrar a cabine do Dr. Story. Jasso teve o cuidado de ficar a bombordo, onde a luz da lua não se projetava e as sombras eram longas e profundas. Se ele tivesse sido pego, isso também teria sido facilmente resolvido. Jasso era, pública e agressivamente, contrário à perfuração nas águas em geral e no mar da Patagônia em especial. Era uma boa história para se cobrir, para um homem que passou tanto tempo envolvido com atividades relacionadas ao grupo naquela região, da planície banhada pela corrente de Humboldt na América do Sul ao planalto oceânico das Agulhas na África. Se ele tivesse sido detido por marinheiros ou agentes da lei, alegaria que a Companhia Avançada de Petróleo das Malvinas não só estava prejudicando o meio ambiente, como também destruindo, irresponsavelmente, tesouros históricos submersos. A empresa não desejaria nada além de se livrar dele. Na pior das hipóteses, ele teria que devolver a relíquia. E ela acabaria indo parar em um museu local do qual, um dia, desapareceria.

Mas ele ainda não havia sido pego em flagrante. O artefato era dele.

Assim que o jato estava no ar, Jasso colocou seu tablet na mesa ao lado de seu uísque e fez um contato via Skype com Nova York. Em menos de quinze segundos, o rosto magro da presidente Flora Davies encheu a tela. Os olhos dela estavam alertas, esperançosos. Ela riu ao ver o sorriso de Jasso.

– Você conseguiu.

Ele ergueu o copo para si mesmo.

– Mostre-me – disse ela. – Por favor.

Jasso pôs o estojo de câmera no colo e o abriu. Pegou um par de luvas de borracha, vestiu-as e retirou o artefato enfaixado. Colocou-o de frente para o olho vermelho da câmera. Embora fosse, provavelmente, apenas o brilho da tela do computador, o objeto parecia luminescente.

– É um símbolo – disse ela.

– Parece que sim – concordou Jasso. – Algo que eu nunca vi.

– Nem eu. É lindo – comentou a mulher, inclinando-se para a frente. – Vire-o.

Girando cuidadosamente o objeto, ele lhe mostrou o outro lado. Ao ver as marcas viradas para si, no escuro, dava para notar que elas realmente tinham um brilho interno próprio.

– O dedo de Deus – disse ele.

– O quê? – perguntou ela.

– Jeová no Sinai, escrevendo as tábuas – respondeu Jasso. – Eu só estava pensando... As marcas ainda são visíveis, mesmo longe da luz.

– É o metal que reflete a luz ambiente, suponho.

– Talvez. Mas posso apostar que foi assim que as tábuas da lei se pareceram para Moisés depois que foram arrancadas da pedra.

Ela sorriu.

– Você tem um lado teológico, Sr. Jasso?

– Eu o descreveria mais como poético.

– Ambos se aplicam aqui.

Jasso não discordou. Ele não era um homem religioso. Acreditava no poder da ambição dos seres humanos, e não na interferência de deuses e semideuses. Ainda assim, o impacto da religião e da mitologia no que cada civilização sonhava e se empenhava para realizar não podia ser ignorado.

– Excelente trabalho – disse ela, enquanto se recostava. – Muito obrigada.

– Uma honra, como sempre – devolveu Jasso.

Ele desligou o computador e se ajeitou em seu assento. Seus olhos ansiavam por uma soneca, mas ele queria saborear o momento um pouco mais. A presença do artefato pesava muito em sua mão esquerda. Era, provavelmente, apenas sua imaginação, mas o objeto parecia vibrar levemente, como um diapasão. Por conta disso, Jasso acendeu a luz do teto e o aproximou mais de seu rosto.

– Que tipo de metal é você, gostaria de saber.

Se fosse de origem meteórica, seria ferro, mas parecia mais leve do que isso. Prata? Alumínio? Magnésio? Tinha a aparência desses metais, mas com uma forma diferente do que já tinha visto.

Enquanto olhava, ele percebia que o artefato possuía uma natureza quase hipnótica. Era como ficar olhando um giroscópio: você não conseguia *vê-lo* em movimento, mas de alguma forma tinha a impressão de que estava.

Ou então é o uísque, pensou, livrando-se do feitiço.

Ele embrulhou rapidamente o objeto, colocou-o de volta no estojo e tirou as luvas. Fechou os olhos e, ao cair rapidamente no sono, sonhou com ondas grandes no oceano batendo contra ele numa sucessão intensa e interminável. Ele via luzes em meio à arrebentação: manchas alaranjadas e cintilantes que moldavam formas estranhas e insondáveis. Mas elas se perdiam nas ondas antes que se pudesse identificá-las e eram diferentes a cada vez que apareciam. Será que o estavam provocando? Tão visíveis e ao mesmo tempo tão remotas...

Ele acordou com uma sacudida enquanto a aeronave fazia um movimento brusco.

– Cintos! – anunciou o piloto pelo interfone.

Meio adormecido, Jasso tateou para pegar o cinto enquanto a única comissária de bordo tentava se aproximar.

Assim que ela o alcançou, o avião inclinou para o lado, e ela foi lançada contra um dos assentos do outro lado do corredor. Jasso tentou sair para ajudá-la, mas estava contido pelo próprio cinto e, em vez disso, segurou o estojo de câmera que caía. A moça deslizou para um dos bancos e apertou o cinto.

Abraçando o estojo contra o peito, ele novamente percebeu o zumbido sutil que sentira ao segurar o artefato. Olhou pela janela e viu que a aeronave estava voando muito baixo, apenas a cerca de 150 metros do chão. Era madrugada e o nascer do sol flamejante ofuscava a sua visão, mas o que ele viu era inconfundível. Bem mais que uma dúzia de albatrozes estava voando reto, bem na direção da parte inferior do jato, suas asas que se estendiam por dois metros e meio batiam com força enquanto lutaram para alcançar a altura do jato. Ele nunca soube que aves alcançavam essa altitude ou velocidade e estava prestes a comentar tamanha anormalidade com a aeromoça, quando elas começaram a cair, por exaustão ou asfixia.

E então o próprio mundo, de repente, parecia desaparecer.

O interior do jato, o céu e as nuvens baixas davam a impressão de ter sumido, e no seu lugar um clarão vermelho e explosivo o cegou. Suas narinas se encheram de um cheiro de plástico queimando – ou seria enxofre? E sua respiração parecia pesada, deixando um gosto ruim na língua. Sua mente girava como um pião, seu corpo parecia se liquefazer, e seus tímpanos retumbavam. O último pensamento lógico que ele teve era de que uma das aves havia atingido o motor e o avião estava mergulhando céu abaixo. Mas não se ouvia turbinas apitando, nenhuma corrente de ar, nenhum impacto...

Não!, gritou ele em sua mente.

– Sr. Jasso!

A voz da comissária de bordo se ouvia no fim de um túnel.

– Sr. Jasso! – repetiu ela.

Seus ombros estavam sendo sacudidos e sua cabeça balançava em círculos enquanto ele lutava em meio ao caos sensorial. Como melaço derramado, o avião começou novamente a entrar em foco assim que aterrissou com um baque na pista. Ele percebeu os jatos instalados na traseira fazendo um estrondo para ajudar a frear a aeronave, sentiu-se pressionado contra o assento, e viu a calmaria branca da cabine abrir-se à sua frente...

A aeromoça rapidamente desafivelou seu cinto.

– Espera, quem estava segurando os meus ombros?

– Está tudo bem, Sr. Jasso?

– O quê? Sim, sim. Estou bem – disse ele.

Mas não estava. Sentia-se nauseado, apavorado. O vinil do estojo de câmera estava quente, sem dúvida por conta da força que ele fazia para segurá-lo.

– Vou pegar um pouco d'água – disse a mulher.

– Não, estou bem. Você não foi afetada? – perguntou ele, começando a ficar paranoico.

– Pelo quê? Pela turbulência?

– Não sei. Você não ouviu nada? Não viu nada? Nem as aves?

– Naquela altitude?

– Foi isso que eu pensei – disse ele, mais para si mesmo.

– Não – respondeu a moça enquanto o jato reduzia a velocidade e estabilizava. – Eu não estava olhando para fora. Talvez uma formação de nuvens, uma ilusão óptica por conta da luz do sol?

– Talvez.

– Sr. Jasso, você está pálido. Gostaria que um médico nos encontrasse no terminal?

– Não, eu vou ficar bem. Foi apenas... excesso de trabalho, creio. Vai passar.

Ela aceitou a explicação com relutância e foi até a cabine do piloto. Os motores haviam desacelerado até ficarem em um vago zumbido. Jasso pensou ter ouvido a mulher perguntar sobre danos. O piloto disse que iria sair para olhar a aeronave ao abastecer, mas achava que não encontraria nada. Os motores e os flaps pareciam estar perfeitos.

Jasso esvaziou o copo e ficou quieto enquanto o jato taxiava na direção da área de reabastecimento. Parecia impossível, mas...

Mas os pássaros... eles não eram uma ilusão. Pareciam estar se jogando contra o jato.

Haveria algo no artefato que tivesse... algo na pedra, no metal? Talvez ele tivesse interagido com partículas no ar, com os componentes eletrônicos do avião.

Ele olhou para o estojo, que parecia inexpressivo e reservado em cima da mesa. Era de algum modo ameaçador em sua simplicidade impessoal. Com uma súbita urgência, ele esticou a mão para pegar a tampa e a levantou, tirando o artefato envolto pelo tecido.

A única coisa que tremia era a sua mão. A pedra estava imóvel. E também muito fria. O que quer que tivesse começado em Port Stanley havia aparentemente terminado.

Ao recolocar a relíquia no estojo e fechá-lo, ele sinalizou pedindo um segundo copo de uísque e olhou para o novo e reluzente terminal ao longe. Parecia um disco voador, uma tigela branca de cabeça para baixo que ostentava o brilho avermelhado do novo dia.

CAPÍTULO ONZE

A manhã irrompeu lentamente na consciência de Caitlin: um fio brilhante e radiante ao longo do horizonte, depois clarões de luz amarela e alaranjada sobre as cristas das ondas e, finalmente, o próprio amanhecer. Ela havia sonhado e sabia disso, mas lembrava vagamente das imagens. Céus escuros, água cinzenta. E a cor vermelha. Em algum lugar havia vermelho.

Ela pulou da cama e caminhou para acordar Jacob, que já estava acelerado, falando sem parar da sua redação sobre o zoológico. Ele ainda estava empolgado quando a mãe o deixou em uma festa de aniversário. Caitlin pediu a um dos pais que lá estavam que levassem Jacob a uma segunda festa que aconteceria mais tarde naquele mesmo dia – a habitual fartura de festas de aniversário dos sábados. Depois disso, ela voou para seu consultório a fim de recuperar o atraso no trabalho. Deixou uma mensagem para os Pawar para que ligassem e dissessem como Maanik estava. Ao meio-dia, ela ainda não havia recebido retorno algum e estava começando a se preocupar. Pensou em ligar para o Dr. Deshpande para ver se ele sabia de alguma coisa, mas não queria forçar os seus limites de sigilo. Então resolveu ligar para Ben. Ela havia lhe enviado algumas imagens do vídeo de Maanik depois que percebeu os movimentos do braço na noite anterior, mas a única resposta de Ben foi lhe pedir para que o encontrasse no horário de almoço previsto nas negociações de paz, que continuariam no fim de semana. Ben deixou claro que ela devia encontrá-lo na ONU e não em frente ao prédio onde os Pawar viviam.

Será que os Pawar não queriam se comunicar com ela? Agora ela estava realmente preocupada.

Ela recebeu um passe para poder ir até o escritório de Ben, um louvável gabinete do tamanho de um armário no quinto andar. Ele mal parecia ele mesmo. Sua expressão era melancólica, e não parava de esfregar o osso debaixo de sua orelha esquerda, um velho tique nervoso que vinha dos tempos da graduação. Apenas disse um oi e isso foi tudo enquanto pegava seu tablet e a direcionava para fora de sua sala. Os dois desceram alguns andares e foram parar em uma área de trabalho um pouco maior, com uma mesa e duas cadeiras.

Enquanto fechava a porta, ele disse:

– Esta é uma das salas que eles mantêm eletronicamente seguras. Tive a sorte de consegui-la.

– O que está acontecendo, Ben? – Ela estava começando a se sentir desconfortável.

– Nada em relação a Maanik. Bem, não exatamente.

– Não estou entendendo.

– Às 9h15 desta manhã, o embaixador anunciou de repente uma pausa de trinta minutos e foi para o seu escritório, sozinho. Ele estava visivelmente distraído, inquieto, muito disperso.

– Ele recebeu algum telefonema de casa?

Ben balançou a cabeça negativamente.

– Para falar a verdade, creio que tudo se amontoou sobre ele naquele instante. Maanik, o estresse pós-traumático de quase ter sido morto, e expectativas enormes de ambos os lados. Honestamente: ele vem tendo ataques de ansiedade em particular de vez em quando. Lá dentro estamos em uma maldita panela de pressão. E as coisas pioraram quando ele saiu. A delegação paquistanesa, basicamente, perdeu a compostura e começou a alardear que se tratava de uma "doença diplomática" para fins nefastos.

– Talvez tenha sido só dissimulação – opinou ela, tentando acalmar Ben de sua ansiedade.

Ele, mais uma vez, balançou a cabeça.

– Um radical teorizou abertamente que o embaixador estava ganhando tempo para que a Índia pudesse tirar seus civis das grandes áreas metropolitanas, em preparação a um ataque. Com isso, a maior parte da delegação indiana também surtou. Acham que o embaixador esteve, de algum modo, brincando com eles, e não tinham muita certeza de que ele continuava do seu lado, para começo de conversa.

– O que não é o caso. Ele está em um terceiro lado.

– Hã?

– Ele está do lado da conciliação – disse Caitlin.

– Ah, certo. De qualquer forma, ele ficou mais calmo depois do recesso. Sei que reza nos momentos de estresse, e talvez fosse disso que ele precisava. Mas quando as negociações recomeçaram foi como se tivéssemos regredido três dias. – Ben sacudiu a cabeça e tamborilou os dedos na mesa, de puro nervosismo. – Caitlin, temo que eles venham realmente a fazê-lo desta vez. Acho que os dedos no gatilho atômico estão, enfim, superando o instinto de autopreservação.

Caitlin colocou a mão em seu ombro e respirou fundo. Por um momento, os dois ficaram em silêncio. Então Ben se aprumou e abriu seu tablet.

– Então, penso que precisamos de boas notícias sobre Maanik para o embaixador o mais rápido que pudermos.

– O.K.... – disse Caitlin, tentando acompanhar seu fluxo de pensamento bipolar. – Você tem algo em mente?

Ben abriu as mensagens que continham as imagens capturadas que Caitlin lhe havia enviado.

– Acho que você tem razão em relação aos movimentos do braço. Se tivermos aqui uma linguagem coerente, isso faz parte dela. Podem ter a mesma função que os sinais diacríticos exercem no hebraico escrito. Algumas dessas marcas alteram letras, palavras; umas servem como pontuação; e outras representam conceitos abstratos como números.

– Espere, você está dizendo o que eu acho que você está dizendo?

– Sim.

– Quando foi que você estudou o vídeo? – perguntou ela.

– Vamos apenas dizer que ele não me deixou dormir.

– Não é à toa que você está com essa cara horrível.

– Você também está ótima.

Eles sorriram um para o outro.

– O.K., estou com você – disse ela. – Mas sinais diacríticos no hebraico são simples. Linhas, de fato.

– Certo. Ainda não sei bem qual a finalidade desses gestos. Podem servir para dar ênfase a alguma coisa, mas eu meio que duvido; eles são elaborados.

– Seriam eles partes de palavras, como prefixos e sufixos?

– Talvez, talvez, mas olha aqui. – Ben pulou para uma imagem que Caitlin não havia capturado. Ele havia capturado um momento em que Maanik estava deitada no chão, com a boca aberta para falar, as mãos calmamente relaxadas ao seu lado. – Isso foi quando ela deixou de proferir aqueles sons estranhos pela primeira vez e voltou ao inglês. Seus braços estavam parados. Os gestos só começaram quando ela começou a falar mais rápido. – Ele abriu uma outra imagem pausada por Caitlin, na qual Maanik ainda estava deitada no chão, mas suas mãos estavam no ar. Sua mão esquerda estava inclinada para longe de seu corpo; seu braço direito estava começando a traçar um arco na diagonal sobre o seu torso. – Está vendo? Eles poderiam significar algo que expressaríamos normalmente através das sutilezas da linguagem corporal.

– Nós? – perguntou Caitlin. – Isso sugere que há um "eles" nessa equação.

– Eu sei, isso é loucura. – Ele passou o dedo pela orelha. – Mas as expressões dela possuem padrões, e não se parecem com nada que eu tenha visto antes. Maanik não está apenas se repetindo, Cai. E mais, vai ser difícil até mesmo separar palavras distintas do seu fluxo de expressão, já que ela mal para para respirar. É que nem quando ouvimos uma língua estrangeira que nos parece um balbuciar selvagem e apressado, mas não para aqueles que a falam.

– E você simplesmente sugeriu que aqueles que falam esse dialeto são... o quê?

– Cai, eu realmente não tenho ideia. Não pelo pouco que vi e ouvi aqui. Talvez seja algum tipo de esquizofasia ou glossolalia...

– Mas as pessoas com esquizofasia tendem a usar palavras reconhecíveis, e a Sra. Pawar teria percebido se ela entoasse algum tipo de cântico religioso.

– Não estou dizendo que tem que ser essas, exatamente, mas algo parecido. Eu simplesmente não sei. Pode ser território desconhecido. Tenho um programa que deve ajudar com a transcrição. Vou usá-lo hoje à noite e falo para você o que eu descobrir.

Ben fechou seu tablet, levantou-se, e antes que ela pudesse dizer qualquer coisa, ele se curvou e lhe deu um abraço rápido, porém apertado. Ela se perguntava por que ele a havia levado para lá, quando poderia ter dito tudo em um telefonema dessa mesma sala segura. Era por causa disso. Do abraço. Ela tentou imaginar alguém indo para casa todos os dias e ter que encarar um apartamento vazio, depois de horas de negociações de paz frustradas. A súbita sensação de solidão a deixou devastada.

– Quer saber, eles têm sorte por ter você – disse ela. – Você pode achar que ser um tradutor faz de você alguém invisível, mas você está lutando para se manter calmo e centrado, e sei que todos na sala estão se beneficiando disso, tenham eles consciência disso ou não. Você está fazendo um ótimo trabalho.

Ele a soltou antes que um dos dois se sentisse desconfortável e a conduziu porta afora, sem mais conversas.

Antes de sair, Caitlin fez um desvio pelo saguão recém-reformado que dava em uma exposição: *Fotografias de Hiroshima e Nagasaki, 1945-1946*. Imagens, no pior sentido da palavra, terríveis. Ela sentiu as lágrimas brotarem, enquanto olhava para as pessoas mortas ou que gritavam, as faixas de bolhas provocadas pelas queimaduras, torsos inteiros descascados da pele, orelhas queimadas, olhos cegados. E ainda havia as famosas fotos de sombras humanas nas paredes, projetadas pelo clarão atômico.

Como, como, como, perguntou Caitlin a si mesma, *como alguém pode ver isso e querer repetir a história?* Aquelas imagens não diziam respeito apenas às bombas nucleares. Elas se referiam à dor persistente e impensável e ao horror causado por todas as guerras em todas as épocas.

Nelas havia um aviso implícito de que a próxima grande conflagração seria exponencialmente pior. *No entanto, aqui estávamos nós, rumando rapidamente em direção a isso.*

Sua visão turva foi capturada por uma imagem em particular, a de uma jovem menina curvada sobre seu irmão bebê morto. Caitlin foi surpreendida pelo quanto a menina se parecia com Maanik. Caitlin enxugou seus olhos. Uma placa advertia que aquele era um lugar para a meditação solene, nada mais. Ela reparou que o segurança estava de costas, e então tirou uma foto da fotografia com a câmara do celular.

Enquanto deixava o saguão, ela queria, mais do que qualquer coisa no mundo, abraçar seu filho. Mas ele estava na segunda festa de aniversário e, quando lhe enviou uma mensagem de texto – dizendo *eu te amo, garotinho* –, não teve resposta. Caitlin se esforçou para voltar ao seu consultório e atacar a papelada, em vez de se juntar a ele na festa.

Quatro horas depois, lá estava ele, com uma dosagem de açúcar elevada, os olhos brilhantes e muito abraçável.

Caitlin o levou para um clube de pingue-pongue como um deleite a mais, sem motivo aparente – mas depois de apenas meia hora, ela recebeu uma ligação dos Pawar. Eles estavam em seu bairro e esperavam poder visitá-la, seria um problema?

No que ela estava quase concordando, as mãos de Jacob já estavam subindo pelos quadris em um gesto desafiador. Sem dúvida, ele reconheceu o gesto apologético dos ombros e o olhar de esguelha que sempre sinalizava uma mudança nos planos.

– Só mais uma partida – insinuou ele assim que a ligação terminou.

Ela balançou a cabeça e sorriu.

– Para que você jogue o mais lentamente possível?

Ele não conteve a risada; Caitlin havia previsto tudo.

– Quinze minutos – disse ela. – E sinto muito. Eu não iria cortar o nosso barato se não fosse por algo importante.

Ele apenas encolheu os ombros e deu um saque bem rápido, que ela não pegou.

– Eu não quero ir – enfatizou Jacob. – Você vai fazer valer a pena.

Ela riu.

– Onde diabos você aprendeu essa frase?

– Li em algum lugar. Não mude de assunto.

– Tudo bem. No que você está pensando?

– Uma hora a mais de TV.

– De jeito nenhum.

– O.K., vamos pedir o jantar.

Sua resposta foi tão rápida que ela só pôde rir. Seu filho estava aprendendo a negociar.

– O.K. – concordou ela, fingindo resignação –, mas você escolhe o restaurante.

– Não, eu escolho o restaurante! – Quando se tocou de que estava sendo enrolado, ele deu uma risada.

No caminho de volta para casa, eles viraram a esquina do seu quarteirão e caminharam sob a luz do sol poente. De repente, Caitlin sentiu novamente uma pressão estranha contra o peito, uma profunda sensação de que estava sendo observada, e fosse lá quem a estivesse observando era mais esperto, mais rápido e mais feroz. Pegou Jacob pela mão e apressou o passo, olhando ao redor em busca de alguém, de alguma coisa.

É apenas *minha imaginação*, disse para si mesma de forma pouco convincente. É apenas a exposição e Maanik.

Ela havia sido subitamente distraída pela visão de um sedan preto estacionado em frente ao seu prédio de tijolos. Um homem alto e loiro, com um fone de ouvido e braço levantado acenou quando a viu, embora ela não o conhecesse. Ele abriu uma das portas traseiras e dela saiu o embaixador Pawar, seguido pela Sra. Pawar. Os dois estavam juntos, tranquilos e elegantes, ícones de estabilidade apesar de tudo que vinham passando.

– Olá – disse Caitlin, estendo a mão para o embaixador e, em seguida, para sua esposa. Ela os apresentou a Jacob, que disse "bem-vindos" em linguagem de sinais. Os Pawar perceberam e abaixaram a cabeça em sua direção, sorrindo.

– Obrigado por nos receber – falou o embaixador cordialmente.

– Está tudo bem? – perguntou Caitlin, não querendo esperar chegar a seu apartamento.

Ele respondeu com um sorriso torto.

– Há um ditado que diz: *Durlabham hi sadaa sukham*. Significa que uma pessoa não pode ser feliz sozinha.

Caitlin sorriu de volta.

Lá em cima, com Jacob instalado em seu quarto e debruçado sobre menus, Caitlin sentou com os Pawar na sala de estar. Ela lhes ofereceu chá, que ambos recusaram, afirmando que só pretendiam ficar alguns minutos.

– Como foi o seu dia? – perguntou ela para os dois, embora se dirigisse ao embaixador.

– Sobrecarregado – respondeu ele.

Caitlin se virou para a Sra. Pawar.

– E Maanik?

– Não houve mais crises – respondeu a mulher. – Instruí Kamala sobre o que fazer. Ela vai ligar se houver uma recaída.

– Entendo – assentiu Caitlin.

– As "amoras" – disse o embaixador. – É algo um tanto preocupante alguém poder ter tanto poder sobre uma criança. Sobre qualquer ser humano, embora eu confesse que poderia me beneficiar de uma senha como essa na minha vida profissional.

Caitlin sorriu.

– Maanik concordou com a senha – lembrou a Sra. Pawar.

– Sim, eu não o teria feito sem o seu consentimento – disse Caitlin, tentando tranquilizá-los. – E acreditem em mim, se ela alguma hora sentir uma urgência em se comunicar que for mais importante do que se acalmar, ela pode e irá ignorar o sinal.

Os Pawar pareceram ter ficado surpresos com isso.

– Então ela não está desamparada? – disse o embaixador.

– Não, nesse sentido, não.

– Então a nossa filha real está simplesmente trancada em algum lugar? – perguntou ele.

– De certa maneira, esse é o caso de muitas das crianças que eu vejo. Mas, francamente, ainda não sabemos o que Maanik está vivenciando.

A Sra. Pawar pressionou as palmas das mãos e o embaixador, de uma hora para outra, pareceu ter ficado sem palavras – ou sem coragem, ela não sabia definir de qual dos sentimentos se tratava.

– Dra. O'Hara – disse ele lentamente –, sei que a nossa filha precisa de ajuda... ajuda que temos que continuar a dar o mais discretamente possível. Isso não é uma coisa fácil para um pai fazer, ter que medir as suas responsabilidades com o bem-estar de sua filha. No entanto, isso precisa ser feito.

O embaixador hesitou. Caitlin sentiu que ele estava prestes a dar um salto considerável de fé – ou melhor, um salto de ciência sobre a fé.

– Dra. O'Hara, gostaria de pedir que você continue a trabalhar com Maanik, em nossa casa, valendo-se de todos os meios que julgar melhores. Eu não finjo que, simplesmente porque sou capaz de "desligar" a minha filha – sua voz ficou embargada e ele pigarreou –, ela de alguma forma esteja curada. Esse certamente não é o caso. Gostaria que você descobrisse a causa, se possível, dentro dos parâmetros da nossa casa.

– Você acha que o problema é psicológico? – perguntou a Sra. Pawar.

– Ao contrário de um trauma craniano? – disse Caitlin. – Acredito que sim. Não há áreas inchadas ou cortes, nenhuma sensibilidade ao som e à luz, nenhuma irritabilidade ou confusão, e certamente ela não tem problemas com equilíbrio, em suma, nada que sugira sequer um leve traumatismo craniano.

Os dois Pawar pareceram expirar ao mesmo tempo.

– Então, por favor, continue – disse a Sra. Pawar. – Por favor.

Caitlin ficou emocionada. Ela respirou fundo e falou:

– Fico muito grata por vocês pensarem assim e ficarei honrada em continuar com o tratamento de Maanik. – Ela estendeu a mão e cumprimentou cada um deles. – Obrigada pela sua confiança.

A Sra. Pawar apertou a mão da doutora com mais firmeza antes que pudesse soltá-la.

– Estou com medo – disse ela. – Não quero colocar esse peso sobre você...

– Não é peso nenhum – assegurou Caitlin, apertando suavemente a mão da mulher. – Como eu lhe disse, isso é o que eu faço. Em primeiro lugar, gostaria de concluir alguns estudos. Vou ligar amanhã.

O embaixador colocou uma mão no ombro de sua esposa para reconfortá-la enquanto ambos se levantavam. Ele deixou Caitlin com um sorriso de gratidão enquanto ela os via sair pela porta.

Depois que os dois saíram, ela pediu comida indiana, seguindo as instruções de Jacob, e assistiu à TV ao lado do filho. Ficou vendo os e-mails a cada dois minutos, na esperança de receber alguma mensagem de Ben. Não chegava nada. Ela resolveu que não iria telefonar.

Mais tarde, naquela noite, deitada na cama, Caitlin se viu pensando na exposição de fotografias. Pensou em Maanik, na criança da fotografia na ONU. Estendeu a mão na direção da parede e tamborilou. Pela primeira vez, era ela que estava iniciando o contato, não Jacob.

Depois de uma pausa, ela sentiu e o ouviu batucando de volta. Isso fez Caitlin sorrir. E então, como se o feitiço tivesse sido quebrado, ela caiu no sono.

CAPÍTULO DOZE

Mercado Croix-des-Bossales
Porto Príncipe, Haiti

O Dr. Aaron Basher corria atrás da menina de 7 anos, com um dos braços protegendo um kit de emergência para primeiros socorros pendurado no ombro. O chão estava escorregadio com lama fina, embalagens plásticas descartadas e o esgoto que havia transbordado e cobria a maior parte da cidade. Ele ficou com um dos olhos na garota, que dava passos decididos embora seus pés batessem nos sapatos surrados de um homem, que faziam com que espirasse barro nos dedos dos pés enquanto avançava. Ela se virou, exibindo sua camiseta da Lollipop Guild, que, como a maior parte das roupas destinadas aos moradores de Porto Príncipe, havia sido rejeitada pelos brechós americanos espalhados por Miami, e era enviada para o Haiti de forma parcialmente legal.

Se a ironia fosse água limpa, isso aqui seria um paraíso, pensou Aaron, não pela primeira vez.

– Ela estava balançando os braços – murmurava a menina – e estava dizendo alguma coisa, nada que sabemos, e a maioria das mulheres diz que ela tem um espírito, mas outras dizem que não, que ela tem o diabo. Ela estava falando tão rápido, era muito importante para ela, até largou um dos telefones que nos mostrou!

Uma nova onda de mau cheiro encobriu os gases dos canos de escapamento que saturavam a cidade. Enquanto ela cobria o nariz com a manga da camisa, Aaron ouviu uma mulher gritando nas proximidades. O pavor daquele grito áspero e estridente fez com que um calafrio o percorresse. Não era um som diurno, nem o tipo de grito desesperado que vinha junto com os ataques que se abatiam regularmente sobre a população após o anoitecer.

– Então, ela começa a gritar – prosseguiu a menina, deslizando sobre o lixo que engrossava e olhando, orgulhosa, para o grupo de crianças pequenas que estavam agora a seguindo, curiosas para saber o que o sujeito branco de jaleco ia fazer.

Eles viraram uma esquina e deram em um terreno aberto em meio a vários galpões compridos, abertos nas laterais e com telhados alaranjados do mercado. Esse espaço entre os galpões, como os outros, estava quase todo repleto de lixo, e sacos plásticos cheios de cascas e peles, uma ou outra carcaça animal e dejetos de gente que não pôde esperar que um dos poucos banheiros portáteis vagassem. Tudo estava apodrecendo ao sol tropical do meio-dia. No entanto, os gritos, mais hediondos do que o cheiro, prendiam a sua atenção.

Quem gritava era uma jovem haitiana, que tinha certamente menos de 20 anos, e usava uma camiseta amarela que dizia "Rebolando para o fim de semana". Ela não estava tão magra, como muitas mulheres haitianas, por isso ele imaginou que a moça conseguisse refeições regulares em algum lugar e, provavelmente, não era do grupo dos mais pobres entre os pobres. Estava de pé na lama, descalça, com as mãos ligeiramente erguidas, como se estivesse suplicando por proteção, e seu corpo todo estava rígido. Ela olhava por sobre os galpões, para o céu, com a boca aberta.

Ninguém a estava tocando, mas todas as senhoras que vendiam os alimentos no mercado estavam vendo a cena. Aaron ouviu muitas vezes a palavra "*fou*" e sabia que estavam dizendo que a jovem era psicótica.

O doutor colocou as mãos em seus braços. Ela não os moveu. Ele apertou um pouco. Ela resistiu. Ele os soltou e pôs as mãos em seu rosto. Ela não registrou sua presença, mesmo quando ele a puxou delicadamente pelos cantos dos olhos para ver se ela o encarava. Também não parou de gritar.

Aaron havia sido treinado para identificar episódios de transtorno de estresse pós-traumático, mas aquilo era diferente. Ele já estava em Porto Príncipe há cinco anos, chegara três semanas depois do terremoto devastador, e viu coisas que o deixaram acordado, vomitando durante a noite. Mas nunca havia visto nada como aquela jovem. Aquilo era um novo trauma se manifestando naquele instante. Não tinha acontecido nenhuma tempestade ou tremor de terra. Não havia vestígios de sangue em seu corpo.

Ele equilibrou seu kit de médico em cima de uma pilha de cabaças e ficou remexendo o interior, perguntando a si mesmo o que diabos ele tinha que pudesse usar. Não estava equipado com os sedativos eficazes dos países ricos.

Bem, ele pensou, *quando estiver em dúvida, elimine a dor, mesmo se uma fonte de dor não for evidente.* Ele carregou uma seringa com codeína e enfiou a agulha no bíceps da jovem. Ela não reagiu à injeção.

Ele parou por um instante e, por força do hábito, olhou para o seu kit para se certificar de que ninguém estava se aproximando para roubar algo que poderiam usar... ou vender. Ele percebeu que a maior parte das crianças reunidas na praça estava assistindo a um casal que apontava smartphones horizontalmente na direção da garota, com o intuito de gravar vídeos. Metade do Haiti possuía agora celulares comuns, mas smartphones ainda eram caros. Aaron não teve tempo de ficar enojado com o casal. De repente, ele notou que podia ouvir motores e buzinas vindos da estrada, e um radinho de pilha tocando uma música alegre nas proximidades. A jovem havia parado de gritar.

– *C'est la fils avec vous?* – perguntou Aaron para o casal, lembrando que a menina havia dito que a jovem tinha um telefone.

– *Mais non, non* – disse o homem com um sotaque americano, reforçando a negativa com um aceno de sua mão.

A mulher guardou seu telefone e puxou-o pelo braço. Eles carregavam bugigangas de camelôs e provavelmente vinham andando pelo mercado para capturar o drama de um nativo em desgraça. Aaron imaginava o quanto havia sido arrancado de seus bolsos enquanto os dois se deliciavam. Ele não sentia pena do casal. Eles poderiam ter oferecido *alguma coisa*, como uma doação para a medicina.

Nisso, ele voltou sua atenção para a jovem. Ela ainda estava olhando para o céu, mas agora a sua postura havia mudado. Não podia dizer que se tratava de uma visão mais reconfortante. Com a cabeça inclinada para trás e sua boca escancarada, ela parecia estar prendendo a respiração. Seus braços acenavam lentamente para frente e para trás, enquanto suas mãos se curvavam como se fossem garras. Parecia também querer mover suas pernas, mas seus pés estavam enraizados na poça suja no chão.

E agora?, pensou Aaron, ansioso. Ele tateou novamente seu kit ataduras, curativos, Ibuprofeno, nada que pudesse ajudar.

A multidão de mulheres sussurrando se dispersou. Algumas se afastaram voluntariamente, outras, de má vontade. Aaron viu algumas delas fazendo o sinal da cruz, e algumas chupando os dentes, um insulto grave no Haiti. Outras acenavam respeitosamente com a cabeça na direção de uma figura que se aproximava. De repente, Aaron sentiu um cheiro de charuto, que de alguma forma se destacava em meio aquele fedor de lixo.

– Mambo – disseram alguns dos espectadores, explicando e apresentando a mulher que saía do meio da multidão. A sacerdotisa vodu olhou com desdém para o médico americano.

Com cerca de 50 anos de idade, ela não estava usando uma camiseta americana de segunda mão, e sim uma surrada blusa de mangas curtas cor marfim; uma saia que outrora fora rosa-clara; e um lenço branco e fino amarrado ao redor de seu cabelo. Seus cotovelos e quadris demonstravam claramente a sua desnutrição, e as maçãs firmes do rosto teriam sido motivo de inveja em outro mundo. Seus olhos, firmes e ferozes, fitavam a jovem.

Seja respeitoso, pensou Aaron enquanto se afastava para permitir a passagem da mulher.

– Essa menina está se afogando – disse Mambo em um inglês claro.

Aaron estava sem palavras. Depois de um instante, ele falou:

– Não entendo.

– É melhor se apressar – alertou Mambo. – Ela tem água salgada e fria como gelo no peito.

A mulher levou um charuto aos lábios e olhou para ele.

Aaron forçou-se a mudar o olhar e fitou a jovem. Vislumbrou-a dos braços até o pescoço, até a boca aberta, e concluiu que, sim, se ela tivesse estado dentro d'água, aquelas mãos poderiam ter tentado se agarrar à superfície. Sua mente afastou veementemente tal pensamento, mas... Ele olhou para o seu rosto e, por Deus, seus lábios estavam ficando azuis. Suas orelhas também. Seu corpo inteiro tremia e seus braços paravam de se mexer.

Essa menina tem hipotermia. No Haiti.

Aaron acenou na direção de várias mulheres para que elas afastassem repolhos e talos de cana-de-açúcar espalhados em cima de um tecido que estava no chão. Ele voltou para o seu kit, tirou dois pacotes e os abriu. Assim que o tecido estava limpo, ele colocou as mãos sob as axilas da menina e a arrastou para lá, o mais suavemente possível. Apoiando o seu corpo, ele a deitou. Tirou um cobertor prateado e crepitante de Mylar para emergências do pacote maior e cobriu a menina para mantê-la aquecida sob o sol escaldante. Em seguida, verificou se havia alguma coisa em sua garganta que pudesse estar obstruindo a sua respiração – não havia nada. Com um olhar desesperado para Mambo, que fumava o seu charuto, ele entrelaçou as mãos e inclinou-se sobre o peito da jovem a realizar uma reanimação cardiopulmonar. O médico ignorava o seu cérebro, que exigia saber o que diabos ele estava fazendo.

Depois de cinco bombeadas, ele tirou um pedaço de plástico do pacote menor e o colocou sobre a boca da menina, para que ele não a infectasse com qualquer coisa que ele pudesse ter. Colocou a boca sobre a dela para jogar ar em seus pulmões e ficou surpreso ao perceber que seus lábios estavam quentes. Ele se afastou, duvidando do que acontecia, mas o azul dos lábios da moça era inconfundível. Exalando profundamente em sua boca, ele voltou para o seu peito e fez pressão sobre o coração, duas, três, quatro, cinco, inalar... exalar dentro dela, de volta para o peito...

De repente, a menina teve um espasmo e tossiu com força. Se eles estivessem em um praia, perto de uma piscina ou no fundo de um barco, um jorro de água teria saído de sua boca. Aqui, não houve nada. E, no entanto, quando ela se deitou, começou a tossir e respirar roucamente da mesma maneira que alguém que estava se afogando há apenas alguns segundos.

– Meu bom Deus – murmurou Aaron. Ele se virou para Mambo, com um olhar de temor e confusão. – Obrigado – disse ele.

Ela bateu em seu charuto e as cinzas caíram no chão imundo.

– *Se bon ki ra* – respondeu. – O bem é raro. – Com isso ela se virou e se perdeu na multidão que se fechava atrás dela.

Parte Dois

CAPÍTULO TREZE

Caitlin cedeu sua manhã de domingo com Jacob a um de seus colegas da escola, que viria visitá-lo para que ambos pudessem preparar um projeto de ciências. Determinada a não recorrer ao trabalho, Caitlin se viu sentada no sofá assistindo à TV – e ao rosto do embaixador Pawar, enquanto os microfones dos repórteres se eriçavam a sua volta. Mais cedo naquela manhã, toda a delegação indiana havia, coletivamente, deixado o edifício das Nações Unidas. Em poucos minutos, a delegação do Paquistão fez o mesmo. As negociações haviam implodido.

O embaixador Pawar apelou para a sua faceta diplomática enquanto lia um comunicado.

– De forma alguma isso serve de presságio para uma decisão final em nome de um ou outro país – disse ele. – Estamos simplesmente esfriando nossas cabeças para futuras discussões.

Caitlin esperava que houvesse alguma verdade naquilo, que as delegações tivessem simplesmente sofrido um esgotamento nervoso. No entanto, quando analisou o rosto do embaixador, ela viu seu maxilar travado de um jeito que só tinha visto quando ele estava falando dos problemas de Maanik. Ela suspeitava de que o rompimento das negociações havia sido causado por algo muito mais grave do que a exaustão. Ela pensou em ligar para Ben, que andava em silêncio desde a discussão que tiveram sobre o vídeo.

Então o celular tocou. *Falando no diabo.* A mensagem era de Ben, mas não havia texto algum, apenas o link para um vídeo. Quem o filmou havia postado com a legenda "Que doido é o Haiti!" e um emoticon que piscava. Caitlin clicou no link e engasgou. A primeira coisa que viu foi uma jovem haitiana, revirando os olhos para o céu, a mão esquerda longe do corpo, e o braço direito traçando um arco em torno de seu busto... precisamente o mesmo gestual de Maanik durante o seu transe.

Com um profundo calafrio percorrendo a sua espinha, Caitlin assistiu ao vídeo inteiro. A fala familiar e ininteligível – tinha que ser uma fala – era difícil de ser ouvida na gravação. Ela pensou ter reconhecido dois outros gestos, então a jovem começava a gritar e, alguns minutos depois, a gravação terminava. Caitlin imediatamente reiniciou o vídeo, inclinando para a frente no sofá, e se curvando sobre o celular.

O que diabos está acontecendo?, perguntou a si mesma. Duas mulheres jovens, geograficamente isoladas, culturalmente desconectadas, com os mesmos sintomas físicos e psicológicos? Se houvesse um desencadeador, ele tinha que ser encontrado. Se houvesse mais informações que pudessem ajudar Maanik, ela tinha que obtê-las.

Assim que registrou o silêncio atrás de si no cantinho de jantar, ela ouviu uma batida em cima da mesa. Virou-se e viu as duas crianças a olhando com preocupação. Embora seu aparelho auditivo estivesse ligado, Jacob havia batido para chamar sua atenção.

– Mãe, você está bem? – perguntou ele em linguagem de sinais.

– Estou bem – respondeu ela também em sinais. – Está tudo bem.

– Quem é que está gritando? – insistiu Jacob.

Caitlin percebeu que deveria ter colocado o celular no modo silencioso enquanto assistia ao vídeo.

– É uma menina. Uma cliente – respondeu ela, procurando precaver-se.

– Você vai ajudá-la?

– Se ela deixar – Caitlin gesticulou de volta e não estava mentindo: ela teria uma sessão com essa jovem, mesmo se tivesse que pegar um voo para o Haiti naquela noite. Caitlin deu um tapinha no ombro do filho e foi para o seu quarto. Jacob bateu na mesa novamente. Ela se virou.

– Você vai sair em breve? – Ele acenou com um suspiro.

Ela meio que riu e gesticulou em resposta.

– Bata antes de entrar na minha cabeça, garoto.

Ele riu também.

– Eu fiz isso – gesticulou ele de volta, para logo depois retomar rapidamente o trabalho com o amigo. Ele sabia que não podia pressioná-la para obter mais detalhes sobre seus "garotos", como costumava chamá-los antigamente.

O celular de Caitlin tocou em sua mão. A mensagem de texto dava um nome para a jovem mulher – Gaelle Anglade, com um endereço em Jacmel, no Haiti, e um número de telefone internacional. Havia também uma mensagem de Ben: *O escritório da ONU para o Desenvolvimento da Juventude diz que ela está bem. Foi levada ao hospital, e foi liberada em uma hora. Fala inglês.*

A última frase foi um pequeno empurrão. Ben conhecia Caitlin muito bem. Ela se sentou em sua cama, respirou bem fundo, e teclou o número do telefone.

– Alô, Anglade Aluguel de Barcos de Pesca – disse a voz de uma jovem mulher.

– Alô, Gaelle Anglade está?

– Gaelle falando – respondeu ela.

Isso era inesperado. A voz da jovem estava calma; Caitlin se certificou de que a sua soasse da mesma forma.

– Oi, Gaelle. Sou a Dra. Caitlin O'Hara e eu estou ligando de Nova York. Você tem um minuto?

Houve um breve instante de hesitação.

– Você precisa de um barco?

– Parece uma ótima ideia, mas talvez outro dia. – Caitlin deu uma risada. – Gaelle, eu tenho uma paciente que creio estar passando pela mesma coisa que houve com você ontem no mercado.

Gaelle ficou em silêncio por tanto tempo que Caitlin disse "Alô?" para ver se ela ainda estava na linha.

– Você é amiga do Dr. Basher? – A voz de Gaelle era plena de cautela, cheia de desconfiança.

– Não o conheço.

– Então... você viu o vídeo?

– Sim – admitiu Caitlin. – Foi uma terrível invasão da sua privacidade e eu sinto muito. Gostaria de ajudar.

Fez-se um silêncio, mas era um silêncio conectado. Ela não havia terminado a ligação.

– Como? – perguntou a jovem. Era mais um desafio do que uma pergunta.

– Minha paciente vem tendo crises repetidas, e ao mesmo em que as trato estou à procura de uma causa. Acredito que falar com você possa ajudar. – Caitlin fez uma pausa e continuou: – Estou tão preocupada com você quanto com ela, e muito interessada em saber se você também teve outras crises.

– Eu não tenho demônios – afirmou Gaelle. Ela parecia envergonhada.

– É claro que não! – respondeu Caitlin. – Meu Deus, não! – Ela estava bem a par do que a jovem podia estar enfrentando em sua cultura, na qual católicos, protestantes e os que acreditavam em vodus nem sempre estavam livres de atritos.

Caitlin ouviu a jovem falar longe do telefone em crioulo haitiano, enquanto conversava com uma voz masculina no fundo. Quando voltou para a ligação, ela pediu a Caitlin para que repetisse o seu nome lentamente para que ela o localizasse on-line.

Caitlin acatou e a ouviu digitando.

– Você vive em Jacmel?

– Sim.

– Posso perguntar por que você estava em Porto Príncipe ontem?

– Eu ensino mulheres no mercado a usarem smartphones. É uma combinação de programa de alfabetização com escola de informática.

– Você trabalha para uma empresa de telefonia?

– Não, para a minha madrasta. Ela leva pessoas para pescar. Também estou estudando para ser enfermeira. Gostaria de ser assistente social, por isso corro atrás de programas de visita e me ofereço para ajudar. Encontrei o seu site, doutora. – Sua voz cresceu. – Você é psiquiatra.

– É verdade. Trabalho com jovens adultos.

– Você acha que eu estou doente? Mentalmente?

– De modo algum. Acredito que você teve uma reação a algo...

– Como uma alergia? À comida? Não temos alergias alimentares no Haiti – disse ela com desgosto. – Não podemos nos dar ao luxo.

– Não acredito que tenha sido por algo digerido ou por contaminação aérea – respondeu Caitlin, como diria para uma colega de profissão. – Foi outra coisa.

– Entendo.

– Quero tentar descobrir o que era. Gaelle, posso visitá-la? Posso encontrá-la amanhã?

Ela ouviu a menina dizer "*Pas bon, pas bom*", mas não tinha certeza se ela estava dizendo "Isso não é bom" para ela ou para a pessoa que estava ao seu lado.

– Gaelle? – insistiu Caitlin. Ela não queria que a moça desligasse o telefone.

– Não, obrigada – disse Gaelle, na defensiva. – Eu fiz uma tomografia ontem, em Porto Príncipe. Não há nada de errado comigo. Isso ficou no passado.

– Gaelle, minha outra paciente teve várias crises esta semana. Parece que o passado nem sempre *fica* no passado. Temo que o que aconteceu no mercado *possa* acontecer novamente. Só quero me certificar. É por isso que estou disposta a voar até aí.

A menina ficou em silêncio. Caitlin se manteve paciente.

– Eu não estou doente – repetiu Gaelle. – Mas quero ser uma boa enfermeira. Quero ajudá-la com a sua outra paciente.

Caitlin não havia percebido que estava prendendo a respiração até soltar o ar.

– Obrigada. Eu não poderia pedir mais nada. Então você vai me ver?

– Vou.

CAPÍTULO CATORZE

Gaelle e Caitlin marcaram hora e lugar para o dia seguinte. Em seguida, Caitlin ligou para os pais em Long Island e seu pai concordou em ir até a cidade para ficar com Jacob. Ela logo entrou na internet a fim de reservar um voo para o Haiti que saísse bem cedo na manhã seguinte e retornasse tarde da noite do mesmo dia. Depois de fazer a reserva dos transportes que a levariam até os aeroportos e de volta para os mesmos, ela se concentrou na sua última necessidade, um guia e tradutor. Caitlin não pensou em ligar para Ben ou mesmo para o embaixador a fim de pedir ajuda, pois sabia que a maioria dos haitianos odiava a ONU. Eles achavam que um de seus acampamentos havia disseminado cólera no país pela primeira vez em um século. Milhares de pessoas morreram; uma ação judicial contra a ONU se arrastava no sistema judicial de Nova York.

Ela resolveu então ligar para Sharon Tanaka, da Organização Mundial de Saúde. Sharon era um osso duro de roer com orçamentos, mas um excelente contato. Ela concordou em encontrar uma boa pessoa para encontrar Caitlin na manhã seguinte em um hotel convenientemente localizado em Porto Príncipe e levá-la até Jacmel.

Logística resolvida, Caitlin foi até a prateleira mais alta do armário de seu quarto, onde guardava uma mochila de sobrevivência para emergências. E bateu na parede acidentalmente enquanto o fazia.

Jacob bateu de volta – gentilmente, lembrando a ela que devia relaxar.

Ela bateu de volta, mais calma. A sensação de urgência não havia ido embora, mas agora, pelo menos, tinha uma direção.

* * *

Acordando de um sono sem sonhos logo depois do amanhecer - e meia hora antes de seu alarme tocar -, Caitlin pôs sua mente para trabalhar a fim de remarcar seus compromissos. A Dra. Anita Carter estaria de plantão caso algum de seus garotos tivesse algum problema. Caitlin enviou um e-mail para a Sra. Pawar com o vídeo do Haiti anexado, explicando por que estava viajando. Ela acrescentou que, se houvesse mais uma crise e a senha não funcionasse, eles deveriam tentar aplicar um dos sedativos durante uma das fases em que ela estivesse mais falante, supondo que seu quadro evoluísse dentro do ciclo já demonstrado. Caitlin mudaria seu voo da volta, caso necessário.

A médica também ficou por um minuto dando uma olhada nas notícias on-line antes de Jacob acordar. As manchetes eram escritas em letras grandes, em um negrito feio e ameaçador. As tropas indianas e paquistanesas estavam se reunindo ao longo da Linha de Controle - uma linha divisória entre o Jammu e a Caxemira na Índia, e o Azad Jammu e a Caxemira no Paquistão -, bem como perto do Ponto Zero, que ficava entre os estados indianos de Gujarat e do Rajastão e a província paquistanesa de Sind. A cobertura era franca, os editoriais, suplicantes, os rostos nas fotografias mostravam cada sombra do medo, fossem eles de cidadãos, soldados ou políticos.

Uma faísca, pensou Caitlin. Bastava isso para incinerar aquelas fronteiras longas e bárbaras. Não necessariamente uma bala por lá, mas uma palavra errada por aqui. Ela tinha certeza de que os Pawar isolariam Maanik das notícias o melhor que pudessem, mas não havia como saber o quanto da ansiedade de seu pai estava sendo comunicada subconscientemente e se isso afetava a sua condição. Como não poderia?

Jacob veio por atrás dela e a abraçou. Ela se virou e beijou sua testa.

- Bom dia, querido - gesticulou ela.

- Eu sou um zumbi - respondeu ele com uma expressão sentimental.

- Então vá preparar um mingau de cérebros para nós. - Ela sorriu. - Pegou? Mingau... cérebros...

Ele mostrou que havia entendido a brincadeira com um grunhido, mas mesmo assim cambaleou até a cozinha para preparar o café da manhã.

Joseph Patrick O'Hara chegou pouco antes das sete. Tratava-se de um sujeito de grande estatura com uns poucos cabelos brancos e um sorriso contínuo em seus olhos. Jacob deixou a mesa do café para abraçá-lo pela cintura enquanto Caitlin beijava sua bochecha.

– Obrigada, pai – disse ela. – É bom ver você.

– É sempre um prazer – respondeu ele, afagando o cabelo de Jacob.

Essa costumava ser a duração de suas conversas sempre que ele vinha de carro de Long Island para "ficar de babá": ela estava sempre atrasada, ele sempre subestimando o tráfego, geralmente só se falavam enquanto ela saía correndo pelo corredor. O pai abraçou-a rapidamente enquanto ela se dirigia ao carro que veio pegá-la.

– Eu amo vocês dois! – disse ela na porta. – Jacob, você pode ficar acordado até tarde, mas nada de jogar videogames, navegar na internet, ou zumbis depois das 20h30. Vejo você na terça.

Caitlin ficou no seu tablet durante a maior parte do voo de quatro horas. Boa parte desse tempo foi gasta respondendo a e-mails de pacientes e colegas. Ela também acessou o site da ONU para o desenvolvimento da juventude, que havia publicado antes o vídeo no YouTube de Gaelle Anglade. Não houve relatos de nada semelhante, mas Caitlin não pôde deixar de pensar no menino do Irã que havia manifestado logorreia pela primeira vez, e depois pôs-se em chamas. Não havia menção a gestos no caso dele, mas talvez... talvez ela estivesse sendo precipitada. Ela sequer saberia que esse caso no Haiti tinha relação com o de Maanik até ver Gaelle de frente.

O aeroporto de Porto Príncipe era moderno, e a van que levava ao hotel em Pétion-Ville, um bairro rico no sul da cidade, era uma bolha perfumada com ar-condicionado. O "verdadeiro" Haiti começaria quando ela deixasse o distrito.

A recepcionista do hotel a conduziu até a parte coberta do pátio perto da piscina. Era lá que as pessoas encontravam convidados, disse ela.

As cadeiras e mesas de vime estavam envoltas por sombras profundas, em contraposição à luz radiante do sol do lado de fora. Caitlin ficou olhando em volta e viu um homem branco se aproximando e que parecia vagamente familiar. Ele estava usando um jaleco e havia acabado de se reunir com dois haitianos cujas vestes estavam mais para os mercados de Porto Príncipe do que para um hotel de Pétion-Ville. A dupla permaneceu sentada à uma mesa na sombra enquanto ele se aproximava.

– Sou Aaron Basher – disse o homem branco, estendendo a mão. De repente Caitlin o reconheceu como o médico de Gaelle no vídeo.

– Caitlin O'Hara – respondeu ela.

– Sharon Tanaka me pediu... na verdade, insistiu... em que eu a encontrasse e a levasse para Jacmel.

– Isso parece ser o seu *modus operandi*. – Caitlin sorriu enquanto o acompanhava até a mesa. Ela não perguntou sobre as pessoas que estavam ali. Ele os apresentaria do seu jeito.

– Nova Jersey? – perguntou ela, tentando adivinhar o seu sotaque.

– West Orange. – Ele acenou com a cabeça. – Vamos lá, Jets – acrescentou, fazendo uma piada um tanto ruim. Um estádio de futebol com camarotes equipados com poltronas de veludo era algo diametralmente oposto ao Haiti.

Os dois alcançaram os outros, que estavam excepcionalmente parados em seus assentos de vime.

– Dra. O'Hara, gostaria de apresentá-la a senhora Mambo Langlois. – Aaron apontou para uma mulher haitiana muito magra e deslumbrante. Ele enfatizou ligeiramente o "mambo" e lhe fez a mais sutil das reverências.

Caitlin captou a senha: ele esperava que ela soubesse o que era um mambo ou notasse o seu gesto de respeito. Ela se curvou levemente e agradeceu a mulher por acompanhar Aaron. A mulher não se levantou da cadeira nem falou, mas estendeu a mão para Caitlin. Ela aceitou o aperto de mão, que era uma espécie honra vindo de uma alta sacerdotisa vodu.

– E este é Houngan Enock Capois, filho da senhora. – O sacerdote vodu tinha cerca de 30 anos, e as mesmas maçãs do rosto pronunciadas de sua mãe. Ele estava usando óculos de sol espelhados e um antigo anel de mulher em sua mão direita. Aquilo parecia estranho, quase ridículo a princípio, até Caitlin notar que o ouro e as esmeraldas eram verdadeiras naquela que parecia ser a mais pobre das nações. Ele mal apertou a sua mão. Seu desprezo era claro.

– Então, vamos para Jacmel – anunciou Aaron com uma alegria súbita e evidente. O sacerdote e a sacerdotisa foram na frente, e Aaron conseguiu roubar um segundo de Caitlin enquanto pegava sua pequena mala. – Eles estavam esperando do lado de fora da minha casa hoje de manhã – murmurou.

– Isso é comum?

Ele assentiu.

– Eles parecem "saber" de coisas – prosseguiu ele, ainda cochichando. – Fofocas, provavelmente.

– Será que eles falam inglês?

Ele acenou positivamente.

Logo os dois estavam onde podiam ser ouvidos e entraram no Land Cruiser branco com quatro portas que Aaron havia tomado emprestado. Enock Capois imediatamente reivindicou o banco da frente, deixando Caitlin sentada com a mãe dele no de trás. Caitlin segurou o riso. Supor que havia uma hierarquia parecia um tanto esquisito, mas, de qualquer maneira, era preferível viajar ao lado da senhora.

Com Aaron dirigindo, a caminhonete começou a sua longa subida pelas colinas fora de Pétion-Ville. A Rota 101 ia para o sul e os afastava de Porto Príncipe. Era uma estrada de duas pistas razoavelmente pavimentada, demarcada com calhas de paralelepípedos e, por vezes, muros de concreto. Uma folhagem escura e radiante caía por sobre esses últimos, e tinha por trás palmeiras e um céu azul sem nuvens que parecia tão liso e plano quanto um tambor. Mas menos de dez minutos depois eles começaram a ver pedestres ocasionais andando pela beira da estrada, carregando jarros de plástico, sacolas, lonas azuis empacotadas e pneus de automóveis. Se houvesse um sinal universal de pobreza, seria este: adultos e crianças, em marcha, reciclando, reutilizando e reaproveitando itens que mal dariam para comprar uma única refeição.

A mãe e o filho pareciam pouco inclinados a falar, e Caitlin concluiu que não haveria mal algum em fazer perguntas a Aaron sobre a crise de Gaelle no mercado. Era por isso, afinal, que ela havia vindo.

Aaron relatou a incrível história – afogamento em terra firme, reanimação cardiopulmonar, a tosse que não botava nada para fora – sem omitir detalhe algum. Ele decidira não fazer qualquer julgamento e Caitlin gostou disso.

– Gaelle mencionou que fez uma tomografia? – perguntou ela.

– Sim.

– Fiquei surpresa ao ouvir que havia uma máquina tão prontamente disponível.

– Eu apressei os trabalhos – disse Aaron sem rodeios. – Nós geralmente precisamos da máquina nas noites de sábado ou aos domingos. Gangues costumam destruir as luzes que são abastecidas por painéis solares nos fins de semana para que possam agir na escuridão, de modo que todos os episódios de traumatismo craniano motivados por pancadas tendem a acontecer nesses dias.

A senhora Langlois se pronunciou:

– As pessoas estão com raiva.

Caitlin olhou para ela.

– Que pessoas?

– Todas elas. Você sabe o nome do mercado onde o vídeo foi feito? Croix-des-Bossales.

– O Mercado de Escravos – explicou Aaron.

– Mantivemos o nome para nos lembrarmos. Há sempre alguém que quer ser o novo mestre.

Seu filho estendeu a mão e virou o espelho retrovisor de Aaron, para que pudesse olhar para Caitlin sem ter que virar a cabeça.

– Você é psiquiatra? – perguntou ele. Seu sotaque era mais pronunciado do que o de sua mãe, mas seu inglês era tão refinado quanto.

– Sim.

– Eu também frequentei a faculdade – disse ele. – Você ensina as pessoas a não temerem o mundo?

– De certa forma. Eu as ajudo a ver que...

– É isso que você vai dizer para a jovem haitiana?

– Não saberei até...

– A natureza conspira contra o Haiti – prosseguiu ele. – Os governos do mundo conspiram contra nós. Nosso passado conspira contra nós. Ela tem uma vida tenebrosa pela frente.

Caitlin ouviu Aaron murmurar:

– Ele tem razão.

– É por isso que ela está tão agitada? – perguntou Caitlin, que olhou para a mãe do sujeito. – Será que alguém ou *algo* a escolheu para expressar a dor do Haiti?

Ela fez questão de deixar a pergunta bem aberta, na esperança de que eles se concentrassem no assunto. Aaron parecia tenso; a referência a "algo" abria a porta para deuses e demônios, as personificações de séculos de medo.

Enock não mordeu a isca. Ele apenas chupou os dentes. Aaron manteve os olhos fixos na estrada sinuosa e nos pedestres.

A senhora quebrou o curto silêncio.

– Eu soube que o Dr. Basher tratou de ferimentos de facadas depois da briga do Grupo Zero há duas noites.

De repente, Enock perdeu todo o interesse em Caitlin. Ele encheu Aaron de perguntas sobre as vítimas, até porque algumas delas, aparentemente, eram seus amigos. Aaron, com delicadeza, colocou seu espelho retrovisor no lugar enquanto explicava que os ferimentos não representavam risco de vida, e dirigiu um olhar de advertência para Caitlin.

Enquanto Enock processava as informações sobre seus amigos, a senhora olhou pela janela lateral.

– Você sabia que vodu, atualmente, é ilegal no Haiti? – perguntou ela, dirigindo-se claramente a Caitlin, embora não estivesse olhando em sua direção.

– Eu achava que ele era protegido pela constituição.

– A nova constituição, promulgada no ano passado, não incluiu essa proteção.

– Sinto muito. A liberdade religiosa não deveria ser opcional.

– Fomos atacados por conta da dança, por causa dos nossos ritos. Houve apedrejamentos de sacerdotisas vodu.

– Não sabia.

– Então você entende, com a pressão sobre nós, nós temos que ser... cautelosos.

Caitlin acenou uma, duas vezes com a cabeça. A mulher não estava se desculpando, simplesmente explicava as razões de sua reserva.

– Nós também estamos orgulhosos – acrescentou a senhora.

– Eu entendo, e minha preocupação com Gaelle é genuína – respondeu Caitlin. – Genuína e sem julgamento.

– Mas você não acredita em demônios – disse ela.

– Eu não acredito em rótulos – respondeu Caitlin.

A senhora balançou a cabeça e olhou novamente pela janela. Havia menos casas ao longo da estrada àquela altura, e a maior parte delas eram barracos. Os picos arredondados, desmatados ao longo do século anterior, pareciam carecas e famintos.

– Posso perguntar – disse Caitlin, pensando no que Gaelle havia dito e escolhendo as palavras com cuidado – se *você* acredita em espíritos?

A senhora não respondeu. O olhar desconfiado de Aaron no espelho lhe deu a entender que aquilo era um sim.

Caitlin insistiu, respeitosamente.

– O que você vê quando olha para fora? É apenas uma paisagem ou há algo mais?

A senhora enfiou a mão na bolsa, tirou um charuto, acendeu-o, e fumou por um tempo. Então disse:

– Na África, os elefantes ouvem os passos dos outros de sua espécie a centenas de quilômetros de distância. Eles carregam um mapa da terra em suas mentes que vai muito além do que qualquer coisa que possamos ter. Pombos também. O mesmo pode ser dito de vários outros pássaros e animais.

– Comunicação subsônica – disse Caitlin, fundindo os mundos da ciência e da magia.

A senhora deu uma tragada.

– Os seres humanos também têm isso. Só não a usamos.

– E você?

Aaron franziu o cenho para Caitlin.

– Eu só vejo o meu país cansado – disse a senhora. – Só isso.

Um silêncio foi dando lugar à calmaria. Caitlin deixou que o movimento do carro em meio às colinas a acalmasse e a deixasse em um estado meditativo – *observe e deixe rolar, maré que vem, maré que vai* –, mas ela esperava que, de alguma forma, as respostas, ou pelo menos as perguntas certas, se erguessem dessas profundezas. O tormento de Maanik, e agora o de Gaelle, não saíam da sua cabeça.

Pouco mais de uma hora depois, eles chegaram ao topo de uma colina e viram o Caribe reluzente abaixo deles. A costa sul, pontilhada de praias, era como uma flauta dando vazão aos fôlegos cansados do Haiti, suavizando o som. Feliz e infelizmente, as praias estavam sendo descobertas por investidores estrangeiros. Jacmel já tinha diversos resorts, incluindo um que era agressivamente pintado de branco. Caitlin tinha certeza de que aqueles que o planejaram haviam pensado nele como algo alegre e cintilante, mas, para um povo que construía principalmente com concreto cinza, a pintura era um insulto. No entanto, os turistas trouxeram dinheiro para refeições e para a educação. O escritório da Anglade Aluguéis de Barcos de Pesca estava escondido atrás das colunas elegantes, no estilo de Nova Orleans, de uma casa verde-clara. Ele não existiria se não fossem os turistas. Tampouco teria sido possível o estudo de Gaelle para se tornar enfermeira.

A porta do escritório estava aberta e Caitlin, que foi a primeira a entrar, viu Gaelle se levantar atrás de sua mesa, enquanto o pequeno grupo adentrava o lugar. A primeira coisa que Caitlin notou foram os olhos castanho-claros ligeiramente afundados de Gaelle. A jovem não vinha dormindo bem. Fora isso, seu cabelo havia sido recém-trançado, puxado para cima em um coque, e ela usava uma blusa amarelo-clara. Tudo relativo a ela e ao escritório estava impecável, arrumado, tão organizado quanto o balcão das enfermeiras em um hospital. E o jeito de Gaelle era firme, a um passo de ser abrupto.

A jovem não parecia muito feliz em ver o Dr. Basher ou a família vodu, mas os cumprimentou com cortesia e apertou suas mãos. Uma mulher de meia-idade, forte e surpreendentemente alta, com rosto enrugado e olhar de preocupação, veio de um quarto dos fundos. Ela tinha um ar de reticência que havia se desenvolvido em seu físico formidável como o de uma videira na parede. Gaelle a apresentou como sua madrasta, Marie-Jeanne, e ela foi cordial com a senhora, seu filho, um pouco menos com os americanos. Caitlin rapidamente pediu para se sentar a sós com Gaelle no pequeno jardim dos fundos. Marie-Jeanne concordou em tomar conta do escritório por alguns minutos, e Aaron levou a senhora e seu filho até a esquina para tomar um café. Eles foram de bom grado, e a senhora encolheu os ombros como se quisesse dizer: *Café grátis é café grátis.*

Gaelle deixou claro, por conta de sua postura nada relaxada, porém adequada, que ela não tinha o menor interesse em conversa fiada. Caitlin lhe fez algumas perguntas básicas sobre o histórico médico de sua família, e Gaelle as respondeu. Caitlin escreveu suas respostas em um pequeno caderno, nada intimidador.

– Quero me certificar de que você vai entender – continuou Caitlin – que não precisa se sentir constrangida ou envergonhada por causa da nossa conversa.

– Tudo isso aconteceu sem a minha intenção – respondeu Gaelle, friamente. – Do que eu deveria me envergonhar?

– Não estava me referindo à crise – disse Caitlin. – Estava falando das minhas perguntas.

Gaelle parecia envergonhada por conta de sua atitude defensiva. Por isso, tentou suavizar um pouco as coisas.

– Por favor, faça as perguntas necessárias para ajudar a sua paciente.

– Obrigada mais uma vez. Você disse que a sua mãe morreu poucos meses depois que você nasceu. Você foi criada pelo seu pai?

– Até eu fazer 16, quatro anos atrás. Agora ele vive na República Dominicana. Trabalha em um hotel.

– Por que ele foi embora?

– Ganha-se um pouco melhor por lá. Eu o encorajei a partir.

Caitlin sorriu. O que não surtiu nenhum efeito.

– O Dr. Basher lhe explicou o que aconteceu no mercado? Que você apresentou sintomas de afogamento e hipotermia?

Gaelle fez um único gesto afirmativo com a cabeça.

– Alguma vez você já esteve perto de se afogar?

– Não.

– Você sai com a sua madrasta no barco de pesca?

– Raramente. Tenho o meu trabalho e os meus estudos. Tenho pouco tempo livre.

– Você costuma nadar no mar?

– Como eu disse, há pouco tempo livre.

– E quando você era criança? – insistiu Caitlin. – Algo pode ter acontecido naquela época?

– Dra. O'Hara, eu vim de uma cidade nas montanhas, onde andamos por uma hora para ter a nossa dose de água diária. Mudamos para cá em 2012. Uma organização se ofereceu para criar empresas de pesca para os haitianos.

– Então você estava no interior quando houve o terremoto de 2010?

– Sim. Eu não estava perto do tsunami que atingiu Jacmel. Só vi árvores caindo, barracos desabando sobre as pessoas que estavam dentro deles. – Ela fechou a boca e apertou os lábios com força.

– Gaelle, há alguma coisa que tenha acontecido recentemente... algo perturbador? – Caitlin estava pensando em Maanik e na tentativa de assassinato.

– A vida não é fácil aqui – disse ela. – Isso é perturbador.

– Entendo – disse Caitlin. – Eu estava perguntando sobre algo específico. Algo que a deixasse assustada, com medo?

Gaelle pensou um pouco. Sua expressão incomodada não era a de alguém que estava tentando se lembrar de alguma coisa. Em vez disso, ela parecia ter dúvidas do quanto compartilhar.

– Há gangues que saem à noite, de Porto Príncipe – disse ela. – Entramos para fugir dos insetos... mas depois, os outros caçadores, eles sabem onde nos encontrar.

Caitlin sentiu uma onda de ansiedade se intensificar enquanto ela se imaginava com medo de andar na cidade durante a noite, com medo de estranhos.

– Você se machucou?

Gaelle balançou a cabeça bruscamente.

– Se sentiu ameaçada?

– Eles tocam, eles empurram, eles pegam – disse ela com certo desgosto na voz. – Às vezes demais. Isso não é novidade. Estou bem.

Gaelle não estava bem, e Caitlin sentia por ela ao mesmo tempo em que se ressentia por sua própria impotência. Mas a psiquiatra aceitava que ela não estava chegando a lugar nenhum com aquela conversa. E pior, ela sentia que Gaelle estava erguendo a ponte levadiça. Ela tinha que tentar algo mais direto.

– Gaelle, você está familiarizada com o hipnotismo terapêutico? Usar um transe para acessar o seu subconsciente?

– Um pouco. Pesquisei na internet sobre psiquiatria na noite passada.

– Porque...?

– Gosto de saber das coisas – respondeu ela evasivamente.

– Eu também. – Caitlin sorriu.

A moça sentou-se com o rosto impassível. Ela não queria criar laços.

– Gaelle, tenho usado esta técnica com a minha outra paciente. Gostaria muito de experimentá-la com você.

Antes mesmo de fazer o pedido, Caitlin já sabia que Gaelle diria não. Aquela jovem mulher lutara por controle em um país que proporcionava pouco. Ter o tempo estruturado e uma mente estruturada eram o mais perto que ela poderia chegar de se sentir segura.

– Antes de você responder – interpôs-se Caitlin –, quero explicar que não estou pedindo isto levianamente. Se eu achasse que havia qualquer outra maneira de identificar a causa da sua crise, eu a sugeriria. Isso aqui é medicina psiquiátrica de emergência.

Gaelle olhou para ela e pôs a mão em seu queixo.

– Você acredita que eu seja uma doente mental?

– Já lhe disse no telefone que não – disse Caitlin, enfaticamente.

Gaelle a encarou por mais tempo, e em seguida se levantou.

– Vou discutir o assunto com a minha madrasta. Por favor, volte daqui a meia hora.

CAPÍTULO QUINZE

Caitlin passou o tempo olhando as ondas batendo na praia. Ela sempre gostou de ir a Coney Island ou a Jones Beach quando era criança, mas naquela época o oceano era uma aventura. Agora era um mistério. Ela se lembrou de seu sonho, da onda negra que rolava em sua direção.

Será que esse é o paradoxo final da vida, perguntou a si mesma, *que o universo deve se tornar menos claro com a idade?*

Sim, resolveu a doutora com um último olhar admirado para o mar, enquanto tirava areia do traseiro. E olhou para um grão entre tantos grãos na ponta do seu dedo indicador.

– Você estava aqui antes de nós – falou.

Caitlin não tirou a areia do corpo, mas a deixou, como uma segunda pele, e voltou para a casa verde-clara. Agora, longe da brisa fresca do mar, ela estava começando a suar sob a blusa. O calor da tarde ultrapassou os 32°C, típicos para outubro no Haiti. O pôr do sol e os ventos mais fortes do Caribe trariam algum alívio ao anoitecer, mas, em compensação, mosquitos e pulgas se tornariam abundantes. O universo tinha um senso de humor cruel.

Uma dúzia de pessoas havia se agrupado na rua, perto do escritório dos Anglade, não muito perto da varanda. Eram todos haitianos e estavam vagamente divididos em dois grupos, os que olhavam em silêncio para a casa e aqueles que conversavam entre si. A história de que os Anglade estavam tendo visitas aparentemente havia se espalhado, mas será que eram Caitlin ou o clero vodu da cidade que estavam chamando a atenção? Assim que uma pessoa no meio da multidão a avistou, todos viraram suas cabeças, caíram em um silêncio sepulcral, e ficaram observando-a se aproximar. Não houve sorrisos, apenas olhares cautelosos e queixos levantados na defensiva.

Um homem com colarinho de sacerdote a abordou em francês ou crioulo, não sabia ao certo em que língua. Ela apenas respondeu: "*Excusez-moi.*" Embora o tivesse ouvido repetir a abordagem, Caitlin não diminuiu o passo em direção à porta. Não era o momento de conversar com outra pessoa, não agora.

A porta do escritório estava aberta, de acordo com a etiqueta tropical. A senhora Langlois, seu filho e Aaron haviam chegado antes dela. Houngan Enock estava conversando fervorosamente com Marie-Jeanne; ele parou quando Caitlin entrou. A senhora estava empoleirada em um canto, segurando sua bolsa de lona azul no colo, e exercia a paciência que se ganha com a maturidade. Aaron estava em seu celular no cômodo atrás do escritório. Ele estava falando com a clínica e se hidratava com uma garrafa de dois litros d'água.

Enquanto Caitlin seguia pelo recinto, ela viu Gaelle, que estava sentada em sua mesa com o semblante de alguém em um dia de trabalho normal, enquanto uma xícara de chá de jasmim fumegava em cima de um pires próximo. A jovem estava desenhando em um pequeno bloco de anotações e Caitlin se inclinou para observar mais atentamente. Ela viu marcas crescentes na forma de triângulos, agrupadas dentro em de um triângulo maior. Os símbolos não significavam nada para ela, mas não havia muito tempo para examiná-los. Gaelle empurrou o bloco para o lado e colocou um panfleto em cima. A guarda de Gaelle estava de volta, e Caitlin pensou melhor se devia perguntar sobre o desenho que ela acabara de esconder.

– Está tudo bem? – perguntou ela.

Gaelle acenou positivamente.

– Você já teve tempo de pensar por conta própria? – Caitlin não deu muita ênfase às três últimas palavras, mas seu significado era claro. – Esta decisão é *sua* – acrescentou.

Gaelle balançou a cabeça e parecia prestes a falar, mas Houngan Enock a interrompeu.

– Nós não damos valor à solidão no Haiti, doutora.

– O que isso significa exatamente? – indagou Caitlin, contendo sua crescente atitude defensiva.

– O que eu disse. Estamos aqui para ajudá-la a tomar essa importante decisão.

Ouviu-se então um barulho crescente vindo da rua. Caitlin olhou pela janela. O grupo do lado de fora havia aumentado em tamanho e intensidade.

– Você certamente está trazendo bastante "ajuda" – disse Caitlin calmamente.

Gaelle deu um quase sorriso. *Finalmente, uma conexão*, pensou Caitlin.

A madrasta de Gaelle falou em crioulo. Gaelle traduziu para Caitlin.

– Ela está dizendo: "Não culpe os nossos visitantes. Uma vez que o vídeo foi parar na internet, temos visto muitos estranhos se aproximarem. Alguns haitianos, alguns brancos."

Caitlin falou:

– Eles lhe disseram alguma coisa, Gaelle? Fizeram alguma coisa?

– Só conversaram – respondeu a moça, com tristeza. – Não importa.

– Importa, sim. Você não deveria ter que viver com isso. – Cautelosamente, Caitlin estendeu uma das mãos por cima da mesa em sua direção. – Por favor, deixe-me ajudá-la.

– Para que eles falem mais? – desafiou Enock.

– Para que eu possa ajudá-la a deter uma crise como a última, caso ela venha a acontecer novamente.

Gaelle olhou para Caitlin e depois para a sua mesa até balançar lentamente a cabeça.

– Devo lhe dizer que não, doutora.

– Mas por quê?

A madrasta de Gaelle disse algo rapidamente e gesticulou como se tivesse um machado nas mãos. Gaelle traduziu, embora fosse desnecessário.

– A decisão está tomada.

Enock sorriu e se instalou na beira da mesa, entre Gaelle e Caitlin. Ele começou a enfiar a mão em seu saco plástico e tirou pequenas caixas e bolsas. Caitlin tentou chamar a atenção da senhora mas ela estava impassível, observando seu filho.

A médica se levantou e deu um passo para o lado. Era claro o que estava prestes a acontecer.

– Gaelle, é o seu desejo buscar ajuda através de uma cerimônia vodu? – perguntou ela.

Eles ouviram um canto repentino entoado pelas pessoas na rua e, em seguida, várias vozes cresceram e começaram a cantar um hino cristão. Marie-Jeanne e Enock começaram a falar rapidamente em crioulo, mas Gaelle os cortou.

– Não, *eu* vou sair daqui – disse ela enfaticamente.

Gaelle se levantou e seguiu em direção à porta com elegância. Da janela, Caitlin a viu se aproximando do padre católico. Não havia sinal de que ele possuía um significado especial para a jovem, mas ela foi respeitosa e destemida. As pessoas que estavam mais próximas do sacerdote lançaram olhares desconfiados em sua direção.

Aaron, agora encostado no batente da porta do cômodo dos fundos, abordou Caitlin.

– As pessoas estão no limite – disse ele.

– Claramente.

– Não é só isso. No início de novembro há geralmente um forte aumento da violência em Porto Príncipe. São os dias sagrados do vodu. Ladrões de túmulos profanam territórios vodu, atiram pedras em seus representantes, esse tipo de coisa. Às vezes, há tumultos, embora eu acredite que isso não passe de uma espécie de válvula de escape, por conta da pobreza daqui.

Caitlin entendeu imediatamente o que ele quis dizer: qualquer coisa poderia provocar aquela multidão. Especialmente se achassem que alguém havia sido possuído. Foi por isso que Gaelle os rejeitou tão rapidamente quando começaram a falar.

– E ainda tem o preconceito dos brancos – vociferou Enock. – Eles vêm aqui e nos dizem que somos primitivos, embora não tenham noção da nossa fé. Pessoas apavoradas espalham mentiras ultrajantes... como por exemplo que foram vodus que provocaram o terremoto, que fazemos barganha com os demônios. Nós não fazemos isso de "magia negra"! – Ele fez a acusação mirando Caitlin, pessoalmente.

– Jamais diria que vocês fazem tais coisas – respondeu Caitlin.

– Suas perguntas no carro foram... superiores.

– Eu nunca quis...

– Não. Sua espécie tem agido assim! – Ele empinou o queixo furiosamente na direção da multidão e do padre. – A manipulação arrogante que vocês fazem da realidade é uma magia mais negra do que a nossa! – Ele bateu com um pote de pó vermelho na mesa ao seu lado. – Nós olhamos mais profundamente a realidade. Vocês... vocês só a distorcem.

– Como? – perguntou Caitlin, tentando se manter focada e compreensiva.

– Vocês ficam ciscando, como galinhas na hora da refeição. Estudam pedaços em vez da totalidade. Isso não é uma cura! Isto é... – ele levou um momento para encontrar a palavra certa – o que vocês chamam de dissecação. É uma autópsia.

Contra a sua vontade, os ânimos de Caitlin começaram a esquentar. Mas ela manteve a boca fechada.

– Pelo que eu conheço do vodu – disse Aaron sem se referir a ninguém em especial –, ele é uma maneira de reunir as pessoas, trazer os seus problemas à tona, compartilhar alimentos, dançar e fazer com que as pessoas se sintam como parte de algo maior.

– Sua explicação é como a superfície do mar – retrucou Enock com uma careta, fazendo com a mão o movimento das ondas. – É exatamente o que o forasteiro branco vê.

– Você não me entendeu – disse Aaron. – Eu acho que todas essas coisas são essenciais para as nossas almas.

– Eu lhe digo, vocês não sabem de nada – zombou Enock. – Nenhum de vocês.

– Então nos ensine! – disse Caitlin.

Rapidamente, Marie-Jeanne disse algo para Enock que fez com que ele parasse. Depois de uma pausa, ele, casualmente, traduziu o que ela dissera para Caitlin.

– Ela disse que sabe o que provocou o surto de Gaelle no mercado.

Todos os olhares se voltaram para Marie-Jeanne. Ela estava esfregando a testa e olhando para o teto.

Enock continuou a traduzir:

– Você não precisa hipnotizar Gaelle. Ela irá lhe contar. Três dias atrás, um turista caiu do barco de Marie-Jeanne. Ela mergulhou e o salvou, mas quase se afogou. Quando Gaelle soube disso, ficou muito chateada.

Caitlin não disse nada. Sentia-se como se tivesse sido atingida no peito por uma daquelas ondas grandes na praia. Isso não podia ser uma coincidência.

Eles ouviram vozes crescendo de intensidade enquanto cantavam um hino na rua. Caitlin olhou pela janela e havia 35 ou quarenta pessoas do lado de fora da casa. Gaelle, ainda no meio deles, deu as costas para o padre e entrou no escritório, franzindo a testa.

– Eles são crianças, às vezes – disse ela. – Brigando, brigando, brigando por aquilo que é assunto dos outros.

Caitlin ouviu, mas não processou o que Gaelle estava dizendo. Sua mente ainda estava no que Enock havia traduzido.

– Gaelle, preciso falar com você. Vim aqui, inicialmente, para ajudar a minha paciente, em Nova York, para aprender...

– Não! – insistiu a moça antes mesmo de se sentar. – Tudo para agora. Nada de confissão, de hipnotismo, nada. Não estou doente, apenas cansada de todo esse absurdo aqui!

– Você está absolutamente certa – disse Caitlin, com súbita inspiração. Ela tinha que convencer Gaelle, tinha que lhe mostrar o que estava em jogo. – Não se trata de doença. É um *ataque* de algum tipo. – Ela pegou o celular e vasculhou os seus arquivos.

– O que você está dizendo?

– Por favor, eu posso lhe mostrar...

Caitlin encontrou a imagem icônica da menina de Hiroshima e passou o celular para Gaelle. Uma sombra de empatia e medo atravessou o rosto da jovem.

– Quem é ela? – perguntou.

– É uma garota que simplesmente sobreviveu a uma bomba nuclear. O olhar em seu rosto, a intensidade do sofrimento, é exatamente o que a minha paciente em Nova York está vivendo. E o que eu acredito que você tenha experimentado também.

Enock, Aaron e Marie-Jeanne, todos olharam por cima dos ombros de Gaelle. Por um instante, Caitlin achou que a jovem fosse chorar. Pouco tempo depois, ela passou o celular para a sua madrasta e falou em crioulo.

Enock se levantou de maneira categórica.

– Você está simplesmente a manipulando. A solidariedade não é uma revelação – afirmou. – E também não é ação. Vou mostrar para vocês duas.

Ele pegou o pequeno frasco com o qual havia batido na mesa, afastou duas cadeiras para abrir espaço no chão, e fechou a porta que dava para a varanda. A multidão do lado de fora reagiu imediatamente às suas atitudes como se soubesse o que estava por vir. Os tons de desaprovação aumentaram de intensidade até quase virarem um canto.

Mas o que *estava* para acontecer? Caitlin achava que havia tocado Gaelle de alguma maneira, que estava chegando a algum lugar, mas será que aquele silêncio seria a única reação da moça? Será que ela se submeteria a Enock?

O Houngan começou a bater o pó vermelho de seu frasco, traçando uma longa linha no chão. Caitlin sentiu um cheiro levemente familiar. Era de pimenta-caiena. Enock terminou a primeira linha e começou a tracejar uma segunda, perpendicular à anterior.

Caitlin se levantou para conversar com Aaron quando a senhora Langlois se levantou e, depois de entregar sua bolsa de lona azul para Caitlin, voltou seu olhar feroz para o filho. Em crioulo, ela vociferou contra ele, que respondeu na defensiva. Caitlin achou que havia reconhecido a palavra "pai" e perguntou a Aaron sobre isso.

– Pai Legba é o *loa* que guarda o portal entre o nosso mundo e o deles – sussurrou ele em seu ouvido. – Nenhum espírito pode atravessá-lo sem a sua aprovação.

– Não entendi – sussurrou ela de volta. – Enock ia tentar entrar em contato com ele?

– Não sei – admitiu o médico.

De repente, a senhora resolveu seguir para a sala dos fundos e ordenou que seu filho a acompanhasse. Enock bufou, mas virou-se e deu um empurrão em Aaron ao passar por ele. Deixando a porta da sala dos fundos aberta, eles começaram uma discussão em crioulo. Gaelle parecia levemente aliviada.

– O que há de errado? – perguntou Caitlin.

– Ele ia traçar o símbolo do espírito do Pai no chão – explicou a jovem. – Seu *veve*.

– E por que a senhora Langlois o deteve?

– Porque ele é sempre feito com farinha ou fubá, não com pimenta. Ela está perguntando por que ele tem tanta caiena, em primeiro lugar. É cara. Ele está dizendo que a pimenta é mais poderosa. – Gaelle parou e escutou. – Ela diz que o poder vem de quem invoca, não do pó. Usar a caiena vai deixá-lo fraco... – Ela procurou uma palavra. – Esquecido.

Apesar da situação dramática daquele momento, Caitlin não conseguiu conter um sorriso. A deles era como qualquer briga de família em qualquer canto do mundo.

– Você é corajosa – disse Aaron.

Caitlin ergueu uma das sobrancelhas.

– Por segurar a bolsa de uma sacerdotisa vodu. – Ele sorriu.

Caitlin havia se esquecido da bolsa, atenta que estava no debate da sala ao lado. Pela porta aberta, ela pôde ver a senhora levantar a mão de seu filho com o anel, e depois jogá-la para baixo. Caitlin se perguntava se essa briga faria com que Gaelle se sentisse mais ou menos inclinada a ouvir o conselho de Houngan, se a senhora lhe permitiria ter um pouco mais de liberdade de movimento.

De repente, os olhos de Caitlin se voltaram para a bolsa de lona azul. Ela a sentiu se *mover*. Fora algo infinitesimal, mas definitivamente real. E se moveu de novo, um pouco mais vigorosamente. Ela agarrou a bolsa com força para não deixá-la cair.

– Senhora – sussurrou ela, sem emitir som algum.

A senhora Langlois se voltou para Caitlin, avaliou a situação com um olhar e entrou na sala imediatamente. Enock veio atrás, mas ela apontou em sua direção, e ele se sentou na cadeira mais próxima. Assim que recuperou a bolsa, a senhora, suavemente, a ergueu duas vezes, como um dono de mercado julgando o peso de um saco de uvas.

– Isso é muito interessante – murmurou a senhora para Caitlin. – Damballa está ativa em sua vida.

Caitlin não sabia quem ou o que significava "Damballa" e não se sentia disposta a falar. Permaneceu absolutamente imóvel.

– Ela protege os enfraquecidos – prosseguiu a senhora. – Foi por isso que eu a trouxe.

Caitlin percebeu que ela não disse "os fracos" e sim "os enfraquecidos". Era uma distinção interessante. A mulher colocou sua bolsa em cima da mesa de Gaelle e remexeu em seu interior. Lentamente, e com ambas as mãos, ela tirou de dentro uma sacola branca e limpa que se parecia com uma fronha de travesseiro de hotel. Sua extremidade estava torcida, enrolada, e fixada com fitas brancas.

– Enock – disse a senhora.

Seu filho se levantou rapidamente, olhou ao redor e pegou a garrafa d'água da qual Aaron havia bebido. Pegou o pires sobre o qual estava a xícara de chá frio de Gaelle e derramou algumas colheres de água em seu interior. Depois, pôs o pires perto da senhora e voltou para o seu lugar.

Enquanto a senhora Langlois desatava as fitas brancas, Caitlin sentiu um medo frio se apoderar de sua garganta e do seu coração.

– Medo é respeito – disse a senhora, como se estivesse distante.

Ela abriu a fronha e, lentamente, quase carinhosamente, tirou de seu interior uma cobra bem enrolada.

Caitlin mal estava respirando.

– A serpente está com dor – disse a senhora para Caitlin. Então, ela se inclinou sobre o réptil e murmurou: – Damballa é grato pelo seu sacrifício.

Caitlin não conseguia tirar os olhos da cobra. Não era um bicho muito grande, e suas escamas eram de um cinza esbranquiçado com manchas cor de cobre parecidas com as de um leopardo. A doutora se lembrou de ter lido em um dos projetos de Jacob que uma cobra só ficava firmemente enrolada quando estava com muito medo. E percebeu uma leve tremedeira na pele da cobra. Será que era isso que ela sentira quando estava segurando a bolsa? Mas ela era tão grossa... A senhora colocou a cobra perto da água, mas o animal não fez nenhum movimento em sua direção, e nem botou a língua para fora a fim de sentir o ambiente.

– Por que ela está agindo assim? – perguntou Caitlin. – Você a está torturando?

– Essas pequenas mãos não podem ameaçá-la – disse a senhora. – Ela está fazendo o trabalho de Damballa.

Lenta e sorrateiramente, a senhora Langlois se aproximou de Gaelle. A jovem chorava em silêncio e se esticou para trás quando a serpente se aproximou dela. De repente, um líquido vermelho escorreu dos olhos, das narinas e da boca da cobra, e pingou no chão. Caitlin sentiu a bile subir para a sua garganta. Algumas cobras, pelo que ela se lembrava, eram capazes de sangrar de seus orifícios à vontade, bastava que estivessem na presença de um predador. E aquela serpente estava apavorada... especificamente por causa de Gaelle.

A lembrança de Jack London veio à mente de Caitlin.

A senhora se afastou da moça, mas a cobra continuava a sangrar. Ela apontou para a mão esquerda de Caitlin.

– Coloque os seus dedos sobre ela.

– Eu? – perguntou Caitlin, envergonhada.

– Sim, você que sabe tanto.

Meio hesitante, Caitlin levantou a mão e viu que a palma estava, literalmente, pingando suor. Ela pensou em resistir, fazendo algumas das inúmeras perguntas que passavam pela sua mente, mas cautelosa, e, de alguma forma, irresistivelmente, ela pousou a ponta dos dedos na camada mais aparente da pele da cobra...

De repente, Caitlin caiu para trás, sobre os calcanhares, e o mundo ficou vermelho. Ela se sentia asfixiada, sufocada em nuvens espessas e ondulantes de enxofre. Esforçava-se para respirar e tentava gritar. Sentia cada um dos músculos do seu corpo, dos mais importantes até os menores, se retesarem e se retorcerem, como se ela fosse a cobra se enrolando. E então sentiu algumas *presenças*. Essa era a única maneira do seu cérebro descrever a situação. Sombras, fantasmas, algo efêmero, mas que estava *ali*.

Pessoas? Túnicas infladas pelo vento? Clarões rubros de fogo e relâmpago iluminando pináculos afiados de rochas desbotadas.

Logo tudo se transformou, se retorcendo em círculos, em aros dentro de aros. E no centro havia um rosto terrível com olhos enormes. Sua boca gigantesca se escancarava para ela em um sorriso horripilante. Ela ergueu seu braço direito contra ele e, em um mero segundo, as vestes e o vento, o fogo e a pedra, tudo isso parecia correr pelo seu braço e sair pela sua mão...

Do outro lado da sala, Gaelle bateu com força contra a parede. *Será que ela havia sido jogada?* De repente, Caitlin podia ver novamente. Pôde ver Gaelle contra a parede, todo o seu corpo em espasmos. Seus braços se agitavam para os lados enquanto ela gritava palavras ininteligíveis. E então ela começou a gritar e gritar.

Marie-Jeanne gritou e correu até onde sua filha estava, na tentativa de acalentá-la em seus braços. Aaron veio logo depois, tentando apoiar sua cabeça. Ele gritava com a senhora:

– Pare com isso!

Lá fora, cinquenta vozes se elevavam, algumas em gritos furiosos, outras entoando canções desesperadas. Alguns bateram na porta da frente. Caitlin olhou para trás e viu rostos prensados contra a janela, gritando. E então reparou na senhora. A velha senhora estava sufocando.

Quase inconscientemente, Caitlin se levantou e correu até onde a senhora estava. Ela colocou a mão nas suas costas, na base do seu pescoço. A mulher estava congelando, arrepios subindo de sua nuca até os ombros. Por mais incrível que parecesse, a senhora ainda estava segurando a serpente com sua mão direita. Forçando os dedos dentro da boca da mulher, Caitlin tentou abri-la, em busca de algum sinal de obstrução – mas não havia nenhum. Até que, de repente, a senhora respirou profundamente, enchendo seus pulmões, e depois tossiu, pigarreando. Como se isso fosse uma ocorrência cotidiana, ela acenou com a cabeça em agradecimento. A senhora se pôs de joelhos e curvou-se sobre Gaelle. Segurando a serpente com firmeza em sua mão direita, ela colocou a esquerda sobre o tornozelo da jovem. Um tremor atravessou o corpo da idosa como um terremoto, mas sua mão direita segurava a cobra com firmeza.

Até que, abruptamente, tudo terminou.

Gaelle, curvando-se para longe de todas as mãos que estavam à sua volta, se comprimiu em posição fetal contra a parede e chorou. Alguém abriu a porta da frente com um empurrão e entrou correndo na sala. Era o padre. Ele não tocou em Gaelle, nem orou perto dela, só lhe dirigiu a palavra em voz baixa. Ele estava servindo como um amortecedor contra os olhos e as bocas que pairavam do lado de fora do escritório.

Meia hora depois, uma calmaria baixou no escritório da Anglade Aluguéis de Barcos de Pesca. Ela fora duramente conquistada. Houve uma épica guerra de nervos e gritos entre a multidão e dois policiais, e outra entre o padre, Marie-Jeanne, Enock e Aaron, todos discordando entre si sobre o que Gaelle precisava a partir daquele momento. Até mesmo a senhora chegou a erguer sua voz, indignada, a certa altura, mas nisso ela tinha o apoio de Caitlin: as duas mulheres haviam conspirado juntas, valendo-se de uma mesma vontade e da interferência física, para tirar Gaelle do escritório e levá-la de volta para a sala dos fundos. Caitlin acomodou a jovem em uma cama improvisada feita com almofadas de barco à prova d'água.

Gaelle estava passando das lágrimas para a exaustão, e a senhora entrou no recinto para guardar a cobra de volta em sua fronha e a colocou sobre uma prateleira onde Gaelle não a veria. Caitlin afagou o cabelo e a testa da moça e enxugou seu rosto até ela adormecer.

– Ela irá protegê-la – disse a senhora, apontando para a cobra, e depois para Gaelle.

Caitlin acenou positivamente. Ela não entendeu o que havia acontecido, que papel a cobra exercera, mas não podia negar as forças poderosas em ação. Ela tivera pesadelos depois do encontro com Maanik, e eles lembravam muito as visões que teve por aqui. Qualquer que fosse o agente, era forte o suficiente para saltar de um subconsciente para outro.

Agora, mais do que qualquer outra coisa, Caitlin queria se deitar e dormir também. Ela sabia que tal desejo não vinha apenas do cansaço, mas do medo. Só queria fingir que nada daquilo havia acontecido. Mas ela sabia que dormir não seria possível, nem por questões logísticas, nem na prática. Quando tentava fechar os olhos, a lembrança do rosto maníaco que vira a mantinha acordada.

– Você está bem – disse a senhora Langlois para Caitlin.

Caitlin não tinha certeza se a mulher queria dizer que ela era saudável ou aceitável. De qualquer maneira, agradeceu. Pouco depois, ela a encarou e disse:

– Eu me sinto mal pela cobra.

A senhora Langlois acenou com a cabeça.

– Eu também. Há alternativas.

– Elas são perigosas? Tanto para Gaelle quanto para a cobra?

– Não. Vou fazer um *wanga*, o que vocês chamam de feitiço. Ele fará o trabalho da serpente. Vou fazer isso hoje.

Caitlin acenou lentamente. Fossem deuses domésticos no antigo Egito, totens no folclore nativo americano ou ícones católicos, ela sempre entendeu que as pessoas acreditavam que objetos inanimados tinham grande poder. Como o efeito do placebo, suas crenças podiam mudar suas mentes e atitudes, alterando assim as suas situações. Mas talvez houvesse mais em jogo. Ela sentira o poder através da serpente, e ela vira a senhora lutar contra esse poder e administrá-lo. Se a senhora também infundisse poder a um objeto...

Mas você não acredita em nada disso, seu lado racional lhe dizia. *Cobras não interceptam a energia mais do que sapos causam verrugas ou que os olhos pulverizados da salamandra fazem alguém se apaixonar. Aquela mulher estava apertando a pobre criatura, sufocando-a, dando um show que fez com que Gaelle reagisse. E isso fez com que* você *reagisse. Tudo não passava do poder da sugestão. Você trouxe de volta o seu pesadelo porque estava em um estado receptivo, enfraquecido.*

Talvez sim, disse Caitlin para si mesma. *Mas talvez não.*

Hesitante, ela perguntou:

– Será que um objeto inanimado consegue lidar com tanta... o que quer que seja... Energia? Dor?

– Vai exigir algum esforço – admitiu a senhora, que depois sorriu inesperadamente de um jeito muito cansado. – Vou ficar aqui com ela. E se tiver que ser, vou me esforçar um pouco. – Ela deu de ombros. – Essa é a responsabilidade. Esse é o trabalho.

Caitlin sorriu, fechou os olhos e apoiou a cabeça na parede. Ela ouvia pessoas falando do lado de fora, provavelmente turistas, fazendo perguntas em uma miríade de línguas. Aquilo refletia a confusão que ela sentia por dentro. Só havia uma coisa que ela sabia com certeza: como o próprio universo, o escopo daquele mistério continuava a confundir, se aprofundar e expandir.

– Doutora – disse a senhora Langlois.

Caitlin abriu os olhos para ver a senhora arrancando uma folha de um pequeno bloco de anotações. Ela lhe deu a página – era o desenho de Gaelle com os triângulos crescentes.

– Leve-o – ordenou a senhora. – Isto não é vodu.

CAPÍTULO DEZESSEIS

Caitlin acordou sobressaltada dentro do avião.

O zumbido dos motores do lado de fora da janela teve um efeito calmante enquanto ela recostava e voltava ao normal...

De quê?

A face horripilante da sua visão no Haiti havia violado sua mente com uma surpreendente ferocidade... e desprezo. Ela vinha sonhando com familiaridades domésticas: estava alimentando o peixe de Jacob enquanto ele estava em uma festa do pijama. Então a *coisa* terrível aparecia, olhando de soslaio com o seu sorriso medonho e seu olhar sem vida, queimando o seu cérebro como se fosse um tição.

O voo noturno do Haiti para Nova York estava quase vazio, e ela tinha total privacidade na escuridão. Por mais que voasse com frequência, Caitlin não gostava; ela desejava que houvesse alguma maneira de viajar do lado de fora do avião, com ar de verdade em vez daquele ar encanado, e uma vista ampla e desobstruída. Ela virou para o lado e colocou os pés em cima do assento vazio ao lado, ficando curvada em posição fetal como Gaelle havia ficado contra a parede.

A respiração de Caitlin era rápida, superficial e apavorada, e ela tremia; sentia-se como se estivesse usando um casaco pesado de inverno, com o zíper fechado até a garganta. Tentou então tocar delicada e repetitivamente as laterais de suas órbitas oculares com as pontas dos dedos, e passar a mão levemente curvada sobre o esterno, para poder se concentrar em desobstruir as vias aéreas. Nada disso funcionou, e ela sentiu que poderia começar a chorar a qualquer instante. Caitlin havia tido diversas discussões no meio da rua com namorados, colegas, um perseguidor e décadas de motoristas de táxi; e Jacob, quando era pequeno, não tinha a menor vergonha de chamar a atenção para si em restaurantes quando se sentia frustrado. Ao longo dos últimos dez anos, Caitlin foi ficando muito mais tímida quando se tratava de exposição pública.

Ainda tremendo, ela gentilmente descansou a cabeça nas palmas das mãos. Não vieram lágrimas. A magnitude do que ela vivenciara a sobrepujou: *Como faço para ajudar essas garotas? Será que suas experiências têm alguma relação entre si – e, se tiverem, qual o mecanismo concebível por trás disso? O que estou deixando passar?*

E então havia o vodu.

Uma mulher excêntrica e um filho inquieto e arrogante. Uma cobra encantada, ou se tratava de um réptil possuído ou drogado? A coisa toda poderia ser uma fraude, a senhora ou seu filho poderiam estar orquestrando algum tipo de trapaça, enquanto Caitlin era distraída por Gaelle. Até mesmo a visão, aquele rosto, pode ter sido induzido por uma combinação de sugestão com drogas queimadas ou pulverizadas que Caitlin poderia ter cheirado ou ingerido. Ela não aplicou qualquer tipo de metodologia científica à experiência. Os dados não serviam para nada.

Isso é demais para mim, pensou ela. *Vou entregar esse caso a uma outra pessoa, e indicar Maanik para um outro tipo de especialista*. Talvez do que ela precisasse, do que ambas precisassem, era exatamente o que a senhora havia fornecido: uma figura de fé, que não fosse racional.

No entanto, outra parte dela estava tentando absorver uma mensagem.

Você tem uma opção.

Era o mesmo tipo de opção que ela dava para cada um de seus pacientes em algum estágio de sua terapia, pois se tratava de um elemento fundamental que fazia parte do ser vivo e humano: você tinha que escolher entre ficar com medo ou com raiva.

O medo era uma reação natural, mas se ela optasse por ele, acabaria sendo tolhida. Ela tinha que parar com aquilo antes que entrasse em um caminho sem volta. No entanto, ela não era ingênua. Por todas as razões evolutivas e bioquímicas, o pensamento positivo e frases de estímulo como "Você consegue, Caitlin!" sozinhos não iriam fazer mágica. Eles não tinham força suficiente para gerar a velocidade de escape necessária.

Então ela optou pela raiva. Não uma fúria automática e arrogante que poderia sair pela culatra e deixá-la desconcertada, mas um instinto protetor claro e decisivo. Seja lá qual fosse a causa dessas crises de Maanik e Gaelle, ou o que ela tivesse sentido, aquilo estava resultando em certa tortura, e isso era inaceitável.

Ela se ajeitou na cadeira e acendeu a luz de seu assento. Depois que abaixou a bandeja à sua frente, sacou uma caneta e algumas folhas com coisas impressas que estavam em sua bolsa. Virando seus versos, ela se preparou para usá-los e fazer algumas anotações. O que as crises de Maanik e Gaelle tinham em comum? O que elas tinham que lhe era familiar, cujo tratamento lhe *seria* prático?

Comece com o que você conhece, pensou ela.

Freud acreditava que os sonhos tinham um conteúdo manifesto e latente. O conteúdo manifesto era lembrado imediatamente ao acordar e vinha para mascarar o verdadeiro significado do sonho: os elementos proibidos e subconscientes.

Ela se viu não escrevendo, mas desenhando. Antes que pudesse perceber, ela havia recriado, com precisão, o rosto enorme e o sorriso aterrorizante que havia se manifestado no Haiti e a acordado há poucos instantes. Agora ele estava à sua frente. Sua mente vinha se valendo de todos os tipos de palavras para descrevê-lo – "de outro mundo", "maléfico", "alienígena". Mas o ponto saliente era que o visual era realista. Lá estava ele, bem à sua frente.

O que é você? Ela exigia uma resposta.

De repente, os pelos de sua nuca se eriçaram e ela sentiu um calafrio por todo o corpo. O medo estava de volta – o mesmo tipo de medo que ela havia experimentado do lado de fora do prédio de seu consultório, quando tinha certeza de que estava sendo observada. Sua pele se arrepiou, e pinicava toda. Ela se ajeitou em seu assento e olhou lentamente ao redor da cabine escura. O zumbido dos motores era a única coisa que parecia sã e segura. A escuridão era exatamente o oposto. Um de seus professores chegou uma vez a comentar:

– Os jovens e os animais, instintivamente, têm medo do escuro. Que direito nós temos de dizer que eles estão errados?

Eles não estavam errados. O silêncio e a escuridão sobre ela tinham o mesmo efeito de leves baforadas da morte. Sua luz de leitura dava escopo para a escuridão que estava por toda parte; a luz das estrelas salpicada revelava a vastidão da noite do lado de fora. Os sinais de luz eram como um mapa para Caitlin: a amplitude de que ela sabia contra a expansão do que lhe era desconhecido. Isso era por si só aterrorizante.

Talvez alguém *estivesse* olhando. Talvez fosse a aeromoça. Ou quem sabe o rosto do transe induzido pelo vodu.

Caitlin, naquele momento, havia arregimentado a sua raiva e optado por não se importar. Eles, quem quer que fossem, poderiam ficar vendo tudo o que queriam, desde que não interferissem. Ela tinha um trabalho a fazer. Logo, voltou a examinar seu desenho e sacou o rascunho que Gaelle fizera para estabelecer uma comparação. O triângulo de crescentes parecia algo celta, e em nada se assemelhava ao desenho. Ela guardou o esboço e ficou olhando novamente para aquele rosto do pesadelo durante vários minutos. Ela não conseguia afastar a sensação de que havia algo familiar nele. Fechou os olhos e vasculhou todas as culturas que ela já havia conhecido através de viagens ou pesquisas. Aquilo não se parecia com uma máscara, não tinha nada a ver com a figura chifruda e com presas do Hannya do teatro Noh. Intuitivamente, ela sentiu que poderia ser algo entalhado. As estátuas da Ilha da Páscoa? Não, não era isso. A boca não era a mesma. Esta tinha lábios indicados por uma curva que abrangia em torno de oito ou nove dentes grossos e ovais. Em algum lugar no Havaí? Na Nova Zelândia, seria algo dos Maoris?

Figuras de Tiki?, lembrou com um sacolejo. Elas tinham bocas grandes e olhos muito semelhantes àqueles. Ela sacou o celular; tirou uma foto do seu desenho, ficou sobressaltada por conta do brilho do flash; e a anexou a uma mensagem de texto que enviou para Ben: *Eu vi no contato com Gaelle. É uma longa história. Influência polinésia?*

Então Caitlin fez o que havia evitado anteriormente. Começou a repassar toda a viagem, desde o momento em que desceu do avião, fazendo anotações detalhadas sobre tudo o que conseguia se lembrar, sem edição, sem explicações, com apenas uma hesitação momentânea ao alcançar a sua experiência com a força que havia jogado Gaelle contra a parede. Do que ela poderia chamar isso? Energia? O impulso vodu? Ela se perguntava se uma força elétrica poderia explicar aquilo. Valia a pena pesquisar depois. Ela escreveu até sentir câimbras nas mãos, até terminar. Dobrou as folhas com cuidado, numerou-as caso elas caíssem, e as guardou antes de tentar dormir mais uma vez. Sua mente reuniria forças; não alimentaria o demônio do seu sonho, não se ela pudesse evitar. E, em seguida, apagou a luz.

Seu último pensamento foi sobre algo que ela viu através da janela do Land Rover, quando voltava para Porto Príncipe – um canteiro de novas árvores plantadas em uma das encostas montanhosas. O governo havia anunciado recentemente que iria replantar as florestas dizimadas do Haiti. Caitlin esperava que a senhora e seu filho os vissem, em seu caminho de volta à cidade, e acreditassem que os seres humanos desastrados e cheios de defeitos podiam, de vez em quando, criar soluções.

Caitlin chegou em casa às duas da madrugada, mas seu pai estava acordado para abrir a porta, possibilitando que ela entrasse em uma cozinha iluminada e lhe desse um abraço. Ela largou sua bolsa na mesa de jantar e se sentou.

– Como ele está? – perguntou ela.

– Tudo bem, tudo bem – disse Joe. – Um pouco quieto demais, talvez.

– Quando?

– No começo da noite. Ele meio que ficou olhando pela janela durante uns... dois minutos mais ou menos. Eu o deixei. Ele acabou saindo de lá.

Caitlin sentiu um arrepio. Dois minutos. Seu transe bizarro durou mais ou menos esse tempo.

Seu pai deu uma risada.

– Vou lhe contar. Ele vangloriou-se como Peter Pan quando me fez comer couve.

Caitlin voltou sua atenção ao presente.

– Comeu e gostou?

Joe sorriu.

– Foi melhor do que eu esperava. Não conte para sua mãe.

Caitlin riu. Ela abriu a bolsa e começou a arrumá-la, separando coisas que deixaria lá dentro e outras que guardaria.

– Cai, por que você não desfaz a mala amanhã de manhã? Você parece estar precisando ter uma boa noite de sono.

Ela balançou a cabeça e continuou separando itens.

– Como foram as coisas por lá? – perguntou ele.

Ela parou e olhou para ele de lado.

– Pai, qual foi a coisa mais estranha que já aconteceu com você? Algo que não teve uma explicação.

– Hãã... – Ele se recostou e refletiu, olhando ao redor da sala do mesmo jeito que Caitlin fazia quando precisava pensar. Tratava-se de um homem alto, de ombros largos, com olhos azuis meio juntos e uma certa juventude permanente. – Bem – disse ele –, para ser honesto, foi você.

Caitlin o encarou, surpresa.

– Você já tinha personalidade própria desde o dia em que nasceu – continuou. – Bem, talvez um dia depois que nasceu. Você sempre foi uma grande observadora, tinha olhos grandes que ficavam estudando tudo à sua volta, e muito pouca coisa para dizer.

– Mamãe dizia que eu estava sempre quieta.

– Quieta, mas não... digamos... não era apática e nem devagar. Você estava sempre alerta. Dava para ver algo em seus olhos. Respondendo o que você perguntou, posso dizer que não sei de onde vêm as almas, mas sei que elas existem. Eu vi a sua.

Caitlin sentiu lágrimas nos olhos, as lágrimas que haviam se recusado a cair antes.

Seu pai colocou a mão em seu ombro.

– O que você tem? O Haiti mexeu com você?

Caitlin sacudiu a cabeça. Ele deu um passo para trás. Sabia que não podia se intrometer, e ela ficou aliviada quando ele mudou de assunto.

– Lembro que você amava histórias de fantasmas quando era criança. Você lia todas que chegavam às suas mãos. Sempre me perguntei se você havia visto um.

Caitlin riu.

– Sério? Lembro-me dos livros de mitologia, Edith Hamilton, coisa e tal. Ah, e de Nancy Drew e do farol, da fazenda assombrada ou algo assim.

– Ah, claro. Paramos de permitir que você os lesse quando começou a ter pesadelos.

Ela se virou em sua direção.

– Eu tinha pesadelos?

– Coisas normais de criança – disse ele. – Isso é o que o médico nos dizia. Acabamos nos desfazendo de todos os livros e eles pararam.

Foi a vez de Caitlin se dizer:

– Hãã. – Ela colocou seus papéis na pilha de coisas que deviam ser guardadas. O desenho do rosto estava no topo, e Joe o pegou para olhar mais atentamente. Ele riu.

– Onde diabos você viu isso? – perguntou.

– Você reconhece isso? Eu acho que é uma espécie de figura de Tiki da Polinésia.

Ele sorriu.

– Não é sempre que eu posso lhe dizer que você está errada.

– O que você quer dizer com isso?

Ele acariciou a mão da filha e ergueu o desenho.

– Isso aqui pertence ao seu passado remoto, garota.

CAPÍTULO DEZESSETE

Flora Davies, presidente do grupo, de 40 anos de idade, estava trancando a porta estanque do seu porão na Ninth Street. O fundador do grupo, Otis Davies, havia comprado aquela grande mansão na esquina da Fifth Avenue, no início do século XX. Batizado de Clube dos Exploradores Globais, ele era, aparentemente, um lar para os viajantes que chegavam à cidade e precisavam de um lugar para descansar antes de partir. Lá eles podiam relaxar entre outros amigos aventureiros, compartilhar histórias, estudar mapas e os livros raros da biblioteca, ou deixar tesouros que haviam encontrado para serem resgatados em uma data futura. Tesouros que o grupo examinava cuidadosamente. Estátuas, vasos, tabuletas e outros achados que pudessem ter escritos ou imagens, entalhes ou pinturas que se encaixassem nos interesses particulares e servissem às necessidades altamente secretas do grupo. Isso havia se revelado um sistema compensador. Todos os resultados dos esforços do grupo, antes espalhados por todo o mundo em cofres de bancos e armazéns secretos, estavam agora reunidos naquele porão.

Flora saiu pela lateral do prédio e subiu os degraus que davam em uma rua tranquila. Ela estava indo para o seu apartamento com a intenção de tirar uma soneca há muito adiada antes de Mikel chegar com o seu mais recente artefato vindo das Malvinas. Outros membros viriam em poucas horas para examiná-lo, e haveria muito o que fazer. Cada nova descoberta era uma chave, e essa, em particular, poderia muito bem ser aquela que expandiria exponencialmente aquilo que eles já sabiam, confirmaria o que eles suspeitavam, e, finalmente, restringiria sua antiga busca.

Naquele momento, no entanto, a cabeça de Davies não estava no artefato. Ela parou no topo dos degraus que levavam do poço do porão ao nível da rua e olhou para o sul na direção do parque. Algo estava errado. Ela ouvia vozes no parque, o que não era incomum mesmo àquela hora, e cães latindo, o que também não era incomum. O que ela não conseguia entender era por que não via o imponente arco de mármore branco que fora construído para celebrar o centenário da posse de George Washington como presidente. Ele havia desaparecido.

Em um ritmo acelerado, ela caminhou em direção ao parque, onde o arco da praça Washington costumava ficar. Ao se aproximar, percebeu que estava errada; o arco estava lá. Só que não era branco. E não era de mármore.

Através do centro do arco, viu algo em torno de doze estudantes mais afastados, em pé ao lado da fonte mais ao sul. Eles estavam olhando, apontando, tirando fotos e filmando com os celulares – não que eles fossem conseguir transmitir a bizarrice que era ver, ao vivo, uma estrutura com quase 25 metros de altura coberta de ratos de cima a baixo.

Quando Davies percebeu do que se tratava, parou onde estava e engasgou. Devia haver centenas, talvez milhares de ratos. Ela nunca tinha visto ou ouvido nada como aquilo. Seu primeiro pensamento depois que seu cérebro descongelou era de que se tratava de algum tipo de publicidade, algo inventado para um reality show ou um projeto de cinema de protesto dirigido por alunos da escola de cinema.

Tem que ser isso. Não poderia ser real, ou poderia?

De repente, manchas cinzas apareceram sob o tapete ondulante. Primeiro vieram manchas pequenas e depois outras grandes, com formatos desiguais. Os estudantes do outro lado começaram a gritar e, no que Davies começou a perceber que os ratos estavam deixando o seu poleiro em grandes bandos ondulantes, alguém gritou em tom de brincadeira:

– Estourou a boiada!

As criaturas corriam em todas as direções, e uma onda gigantesca delas veio rolando inabalavelmente na sua direção. Um ataque cinza-escuro e peludo vinha pelo meio da Fifth Avenue e ao longo das duas calçadas. Ela ficou paralisada, não tanto por medo ou repulsa – embora tivesse tido ambas as sensações quando os ratos passaram sobre os seus pés –, mas porque os roedores eram reais e não havia câmeras. Embora seu coração estivesse acelerado, sua mente trabalhava mais rápido ainda, tentando entender o que diabos estava acontecendo.

Em um gesto de proteção, ela se virou na direção do clube, e foi aí que o verdadeiro horror se instalou.

A reentrância de concreto do lado de fora da porta do porão estava transbordando com pilhas e mais pilhas dos vermes afluentes. Será que estavam tentando abrir a porta à força? Eles guinchavam, arranhavam e se rasgavam uns aos outros para ganhar altura ao mesmo tempo em que formavam um triângulo agitado e turbulento no vão da porta. Sob as luzes da rua, ela pôde ver tufos de pelo flutuando mais acima e, ocasionalmente, um ou outro filete de sangue. Aqueles que não conseguiam entrar nessa pequena área fluíam para o jardim que estava defronte à estrutura. Todos os ratos que cabiam na escada estavam voltados para uma só direção, alinhados, tanto quanto possível, para o norte e para o sul.

Davies se aproximou o máximo que podia, tentando não encostar em nenhum dos roedores. Com dedos trêmulos, ela tirou o celular de sua bolsa a tiracolo e começou a fazer um vídeo. A atividade dos ratos era, de fato, inexplicável, mas o que a desafiava e a perturbava era que tal comportamento não era totalmente sem precedentes.

Enquanto as luzes se acendiam nos apartamentos vizinhos, as pessoas apareciam em suas janelas para conferir os gritos vindos do parque e as estranhas batidas e arranhões do lado de fora de suas portas, Davies terminou a sua filmagem e imergiu nas sombras.

Ela se lembrou da ligação que recebera de Mikel, quando ele desembarcou em Montevidéu. O agente de campo havia mencionado algo estranho – um bando de albatrozes vindo do norte voara bem na direção do avião.

Davies guardou seu celular e subiu os grandes degraus de pedra da porta principal do Clube de Exploradores Globais. Não conseguiria dormir naquela noite.

CAPÍTULO DEZOITO

Obedecendo as ordens de Joseph P. O'Hara, Caitlin foi autorizada a enviar exatamente um e-mail relativo ao desenho antes de ir para a cama.

– Muito bem, mocinha – diria seu pai com uma voz que ela reconheceu dos bons e velhos tempos em que ele a deixava fazer uma ligação telefônica ou comer um pedaço de torta antes de ir dormir.

Ela tinha que contar para Ben, e tinha que contar naquele minuto; não dava para esperar. Caitlin levou seu tablet para o quarto, sentou-se de pernas cruzadas encostada na cabeceira da cama, preparou um e-mail com anotações de sua viagem anexadas e uma foto do esboço feito por Gaelle, então escreveu o seguinte:

> **Você pode pensar que eu estou louca, mas esqueça a Polinésia. Não foi isso que eu desenhei. Papai o reconheceu: trata-se de um navio viking. Os dentes podem tanto ser escudos circulares no casco ou pessoas sentadas em seu interior; os olhos são os entalhes altos e curvados na proa e na popa. Ele andou pesquisando nossa árvore genealógica e descobriu que nossas raízes irlandesas estão todas misturadas com os escoceses e os nórdicos. Também ficou vendo algumas coleções de museus on-line e encontrou um broche cujo design é muito parecido com este. Gaelle também desenhou um símbolo – veja o jpeg – que me parece celta. Será que o navio pode estar ligado ao quase afogamento dela? Sei que parece loucura e você provavelmente está ocupado**

demais para me encontrar, mas ligue, se puder, amanhã. Quer dizer, hoje. Terça-feira. Obrigada. – beijos C.

Caitlin colocou o tablet no chão e desmaiou. Sua mente, sua energia e seu corpo haviam chegado ao limite da exaustão, e ela não teve problemas para dormir durante a noite.

Acordou se sentindo descansada, mas inquieta, pronta para sondar aquele mistério. Seu pai deixaria Jacob na escola antes de sair da cidade, e Caitlin foi olhar sua agenda de trabalho. Não havia nenhum compromisso até o meio-dia, mas depois disso o dia estava cheio. Para sua surpresa, Ben não só havia ligado mais cedo e deixado uma mensagem, como tinha tempo para encontrá-la. Ela ligou de volta assim que seus "rapazes" se foram.

Ele atendeu no primeiro toque.

– Oi, Cai.

– É boa coisa, certo? O fato de você ter tempo livre. – Não precisava perguntar; sua voz solene dizia tudo.

– Não mesmo. Os diplomatas mais graúdos não voltaram para a mesa. Eles enviaram seus funcionários subalternos, pessoas de confiança, basicamente, para meio que agirem como meros ocupantes de cadeiras. Como não podem dizer muita coisa, eles estão fazendo um monte de intervalos.

– Isso quer dizer que o mundo está mais próximo do abismo?

– Eu não diria mais próximo – respondeu Ben. – O precipício pode desmoronar a qualquer momento, basta um bom espirro. Depois lhe conto mais, pessoalmente – disse ele, com cautela. – Agora, por favor, vamos falar de alguma coisa que possamos de fato resolver.

– Entendido, e tenho que dizer que estou realmente feliz por você poder me encontrar.

Ben riu, mas seco.

– Você está no meio de uma crise ou está simplesmente feliz em me ver?

– Ambos. – Caitlin riu e se despediu.

Ela se serviu de um pouco de café preparado pelo pai e saiu. Era um daqueles dias amenos e abençoados que os finais de outono em

Nova York às vezes proporcionavam. Caitlin gostou daquela temperatura muito diferente do calor do Haiti e mandou uma mensagem para Ben sugerindo que saíssem para caminhar. Ele concordou prontamente.

Sentada no táxi para a curta viagem que faria, ela viu o já famigerado vídeo do bando de ratos no monitor do banco traseiro. Era assustador, e especulava-se que o fato da companhia de energia estar trabalhando no subsolo para substituir cabos fez que os roedores deixassem seus "lares". O que era ainda mais apavorante era o exército formado pelo pessoal do controle de pragas descendo a imponente a Fifth Avenue, ensacando ratos mortos e montando armadilhas.

Caitlin encontrou Ben e lhe deu um abraço caloroso que, momentaneamente, fez com que seu semblante esboçasse algo parecido com um sorriso. Os dois caminharam no sentido norte, saindo do prédio das Nações Unidas até o pequeno parque na Turtle Bay. A luz do sol brilhava sobre o East River e ambos desabotoaram seus casacos.

– Alguma novidade com Maanik? – perguntou Caitlin.

– Ela teve uma pequena crise – disse ele. – Hansa a encontrou conversando com o cachorro no meio da noite. O que foi estranho era que ele parecia estar ouvindo. Quando Hansa tentou levá-la de volta para a cama, Maanik começou a soluçar e se debater um pouco. Mas a sua senha funcionou.

– E como estão seus pais?

– Não falei com Hansa, mas o estado emocional do embaixador mudou. Ele anda menos ansioso, mas me parece mais... "triste" é a única palavra que se encaixa. Uma parte disso tem a ver com a sensação de que ele está falhando na concretização do processo de paz, mas também acho que se sente da mesma forma em relação à filha. Ele disse algo sobre ter que tomar algum tipo de atitude antes que ela fique assim pelo resto da vida. Eu disse que você estava tendo progressos. – Ben olhou para a amiga. – Está mesmo?

– Talvez. Tenho tanta coisa para compartilhar com você...

Ben colocou a mão em seu braço.

– Antes de chegarmos a isso, eu...

Caitlin sentia que ele estava lutando contra alguma coisa e pôs uma mão quente em cima da dele.

– Eu me sinto culpado por colocar você nessa história. – Ben olhou para a calçada.

– Continue. Sério. Você sabe que isso vai ficar entre nós.

– O.K. Há um rumor, e eu quero salientar que se trata de um *rumor*, de que alguns países estão pensando em fechar suas embaixadas na Índia e no Paquistão e trazer seus funcionários de volta. Entre esses países estamos nós, o Reino Unido e o Japão.

– Ah, meu Deus – disse Caitlin.

– Deus? – disse Ben. – Você vê *Deus* nisso*? Em algum lugar?*

Caitlin não respondeu. A pergunta a fez pensar em sua visão, em profetas xamãs e místicos que, ao longo de milênios, tiveram visões, dos debates em torres de marfim sobre a dificuldade de se distinguir a fé mais profunda da demência. Ela voltou ao assunto.

– O penhasco do qual você falou no telefone. Ele está prestes a desmoronar?

– Pode ser uma visão temerária, mas é daquelas que têm uma tendência catastrófica de assumir vida própria. Poderia ser algo vindo de políticos que querem testar o terreno para ver como todo mundo reage, se os delegados indianos e paquistaneses voltariam para a mesa mediante o impulso mais adequado. – Ele expirou e esfregou o osso abaixo da orelha. – Eu simplesmente não sei.

– O que você acha?

Ele hesitou.

– Acho que é um estratagema.

– É isso que você diria para mim de qualquer jeito, para que eu não me preocupasse?

– Não, Caitlin. Jamais brincaria com você.

– Tudo bem. – Ela apertou sua mão novamente. – Sabe aqueles guarda-chuvas do Magritte que parecem pretos para todo mundo, mas que por baixo são de céu azul e nuvens brancas? Vamos ficar embaixo de um deles. Porque se eu não ignorar o que você acabou de me dizer, não vou conseguir me concentrar.

Ele assentiu e deu um sorriso meio torto.

– Eu me senti como se fosse um dos seus pacientes ganhando um porto-seguro para contemplar.

– Foi o que fiz. – Ela meio que sorriu de volta, e depois começou a descrever sua viagem, terminando com a conversa que teve com seu pai. – Então, essa ideia maluca de que o meu desenho evoca os vikings, quando eu digo isso em voz alta, a coisa parece perder um pouco do peso, mas, Ben, ele tinha cem por cento de certeza.

– Isso não é uma loucura tão grande assim – disse Ben. – Meus programas de linguística conseguiram decifrar os fragmentos de linguagem que temos e eu fiz algumas comparações. Parte do que saiu da boca de Maanik parece estar enraizado no nórdico antigo.

Caitlin parou e ficou boquiaberta. Finalmente, algumas das peças estavam começando a se encaixar. E ela se permitiu dar um sorriso mais largo.

– Não fique tão feliz – disse Ben. – Há bastante mongol também.

– Ah. Mas o mongol e o nórdico não têm ligação alguma, pelo menos não que eu saiba.

Ele balançou a cabeça e riu.

– Nenhuma. Nem os trechos em japonês. Esse tipo de descoberta pode fazer história em certos círculos. Ontem à noite, quando confirmei a ocorrência de todas essas línguas, foi a mais emocionante da minha vida. Obrigado, Cai. Você fez isso acontecer.

– O que toda mulher adora ouvir! – Ela sorriu e deu-se conta de que estava flertando. Culpou o seu entusiasmo contagiante e voltou para o profissionalismo. – Você pode me dar detalhes?

Ele falou lenta e deliberadamente para deixar as coisas mais claras.

– Essa linguagem híbrida não deveria existir, mas existe. E ela faz sentido. Os gestos manuais são superlativos, mas eles se aplicam tanto a substantivos quanto a adjetivos. Por exemplo, se eu disser *hergha* – ele enrolou a língua no "r" e meio que eliminou a segunda sílaba – estarei dizendo "fogo". Mas se eu disser essa palavra enquanto estiver fazendo isso – ele traçou um círculo usando a mão, com a palma virada para o tronco e, em seguida, a empurrou para o lado exatamente como Maanik e Gaelle haviam feito em diferentes momentos –, estarei dizendo "o maior fogo", um incêndio.

– Podemos sentar? – Caitlin mal podia acreditar no que estava ouvindo. Ela precisava de um banco para absorver tudo aquilo. E balançou a cabeça não apenas porque estava estupefata, mas porque se sentia aliviada. Ver seu velho amigo fazendo aquele gesto sem dar um ataque, gritar ou se arranhar era profundamente reconfortante.

– Você é incrível – disse ela.

– He... é apenas um bom software. – Ele sorriu, tentando minimizar o elogio. – Eu só tenho cerca de 25 por cento das palavras traduzidas, e não temos muitas, para começo de conversa. Os substantivos foram mais fáceis. O que é mais interessante para mim é que a palavra para "fogo" e seu superlativo são muito parecidos com a palavra para "céu".

– Você tem alguma ideia do por quê?

– Bem, eu gostaria de ser cauteloso em relação à interpretação, mas duvido que a proximidade seja acidental. Isso se vê na China Antiga com o conceito de yin-yang, em que o céu é a força "fogo" e a terra é a força "água". Mas nessa língua, o superlativo de "fogo" também está muito próximo do que creio serem as palavras para "braço" e "dor". Então, talvez...? – Insistentemente, ele começou a dar uns tapinhas em seus braços como se estivesse apagando chamas.

– Meu Deus, é claro! – exclamou Caitlin quando lhe caiu a ficha. – Se faíscas incandescentes estivessem caindo nos meus braços e saíssem queimando a minha carne cada vez mais fundo, eu tentaria cravar as unhas, como fez Maanik. Tudo bem, assim, em termos mais amplos, que tipo de coisa faz com que haja fogo no céu? Ou é por meios fabricado, como um bombardeio ou um prédio em chamas, ou por uma causa natural. Relâmpagos? Um vulcão? Um meteoro?

– Tudo isso é possível – disse Ben. Ele repetiu outro gesto que haviam visto nos vídeos: apontou sua mão esquerda para longe, traçando um ângulo, enquanto cruzava o seu corpo com a direita. Ao mesmo tempo ele disse: – *Ogrusse*. Esse parece ser o superlativo de "água", significa "a *maior* água", e também parece estar muito próximo da palavra para "céu".

– Você quer dizer que são termos intercambiáveis? "Céu" e "água"? Porque são azuis?

– Não creio que seja isso – disse ele. – Acredito que signifique a água que toca o céu.

– Como um tsunami?

– Mais uma vez, se trata de um chute, mas é uma possibilidade.

Caitlin lembrou-se de Phuket.

– Você teria que estar sentado na praia para vê-lo exatamente assim, rolando e vindo do horizonte.

– Se estamos falando sobre tsunamis recentes, sim. Mas e se for um megatsunami? – Ele estendeu os braços como se estivesse segurando um barril. – Uma grande mãe?

– De que tamanho estamos falando? – perguntou ela.

– Em memória viva? – respondeu Ben. – Lituya Bay, Alasca, 9 de julho de 1958. Um terremoto de magnitude 8,3 causou um deslizamento de terra que trouxe 29 milhões de metros cúbicos de terra e gelo para a estreita enseada da baía. O resultado foi uma onda que atingiu 524 metros. Essa foi a mais alta megatsunami dos tempos modernos, e enfatizo "tempos modernos". Há uma boa quantidade de história que aconteceu antes de começarmos a fazer registros.

– Aparentemente – disse Caitlin. Ela balançou a cabeça, incapaz de processar tudo aquilo. Em parte por gratidão, em parte por consolo, ela abraçou seu amigo. – Obrigada, Ben. Não tenho como expressar isso de maneira suficiente, muito obrigada.

– *Indamuitacoisaasefazer* – disse ele dentro do colarinho da amiga.

Os dois riram da voz abafada de Ben e ela se afastou.

– Ainda há muita coisa a se fazer – repetiu. – Eu esperava que você trouxesse de volta um vídeo ou algo com mais linguagem haitiana, mas parece que você não teve muita oportunidade...

Caitlin soltou o ar.

– Não. Eu trouxe algumas coisas, mas não sei do que se trata.

– Mais escritos?

– Não.

– Caitlin?

– A visão vodu que eu tive por lá, e depois o pesadelo no avião. Quando eu fui atingida por... por sei lá o que, eu senti calor, eu vi fogo.

– Poder de sugestão?

– Bem, claro, talvez. Mas de quem? A senhora e seu filho não falaram nada sobre fogo. Quer dizer, eu estava asfixiada por causa do enxofre, Ben. O que faria isso, senão um vulcão?

– Mas você não estava ao redor de um vulcão naquele instante. Nem nunca esteve, certo?

– Eu já estive em torno de uma caldeira, uma vez, no sul da Califórnia.

– Certo, dormente por quantos milhares de anos? E quanto ao incenso, havia muito disso no Haiti? Algo que pudesse sugerir tal cheiro?

Ela balançou a cabeça.

Ben respirou fundo.

– Então, um vulcão. Como? Onde?

– Que tal *quando*?

– Não. – Ben balançou a cabeça. – Não acredito aonde você quer chegar.

– Para ser sincera, não sei aonde vou chegar, mas fica comigo. Sabemos que essas duas meninas vivenciaram alguma coisa... pesadelos, visões, alucinações, como você quiser chamar. E sabemos que não experimentaram coisas assim em nenhum outro momento de suas curtas vidas. Tudo que elas parecem compartilhar, e que se destaca, é que ambas têm um pai ou padrasto... de qualquer maneira, uma figura adulta próxima... que teve recentemente uma experiência de quase morte.

– E o garoto suicida no Irã, que você mencionou, ele não tinha um parente que havia acabado de morrer?

– Sim, um irmão que foi executado. Então, essas reações fisio-visual-linguísticas estão sendo desencadeadas por traumas familiares, mesmo que não haja uma linhagem direta.

– Que lhe diz o quê? – perguntou Ben. – Além de que algum tipo de estresse pós-traumático possa ser um possível gatilho. Onde está o vulcão físico? Onde está a água que toca o céu? Você está dizendo que todos vocês experimentaram uma parte disso. Onde?

– É exatamente isso – disse Caitlin. – Eu não sei.

– O que mais poderia ser, então? Impressão genética? Vodu? Alienígenas? – disse Ben.

Caitlin desmoronou. Ela pensou por um instante, e depois balançou a cabeça lentamente.

– Sim, eu também não vou tão longe. – Logo, porém, ela começou a ficar entusiasmada novamente. – Mas espera. Você acabou de falar em impressão genética. E se for algo semelhante? Jung falou sobre impressão genética: sentimentos, ideias que foram passadas pelos nossos antepassados. Talvez esses três vínculos familiares estejam criando um portal para esse inconsciente coletivo.

– Mas nós não estamos falando apenas de sentimentos vagos ou mesmo de ideias. Maanik e Gaelle pareciam ter sido transportadas, quase totalmente.

– E eu – disse Caitlin.

– Para onde? Para um vulcão em algum lugar no passado?

– Não só o vulcão, os vikings também – afirmou ela. – Uma língua perdida. – Em seguida, ela murmurou, quase como se viesse do seu inconsciente, seguindo o fluxo: – Não, não se trata de impressão genética. Isso é muito específico, de indivíduo-para-indivíduo, e Gaelle não tem relação com a sua madrasta, pelo menos não geneticamente. E quanto à memória racial, Ben? Experiências de grupo.

– Quer dizer, como vidas passadas?

– Honestamente, eu não sei o que quero dizer – disse ela. – Porque há algo que eu e as garotas compartilhamos, *meu* navio viking e o fator nórdico antigo em *sua* língua.

Ben balançou a cabeça negativamente.

– Isso é algo tênue, na melhor das hipóteses. E muito, mas muito específico. Além do mais, onde é que o mongol e o japonês se encaixam?

– Não sei, mas creio que estamos lidando com algo muito mais antigo do que qualquer um de nós, e que de alguma forma se manifestou aqui, agora.

– Não sei, Caitlin. Se você vai levar em consideração memória racial e vidas passadas, o que vai lhe impedir de levar em conta vidas futuras ou...

– Você tem razão. – Caitlin assentiu.

– Cai, eu não estava falando sério.

– Mas eu estou! Ben, *e se*? E se esses fenômenos, ou apenas um único e grande fenômeno, estiverem de alguma forma livres das limitações do tempo? E se houver algum tipo de fluxo comunal carregando imagens e linguagens, ou seja, informações de "algum tempo" até "agora" e nós estivermos aqui para recebê-las e passá-las adiante?

– Por que vocês quatro?

– Não sei – admitiu ela. – Preciso pesquisar sobre Pompeia, lembro que havia relatos de testemunhas oculares...

– Plínio, o Jovem – disse Ben. – Coisas arrepiantes. Um dos meus colegas de classe fez uma tradução da sua tese.

– Atlântida – murmurou ela.

– Cai, não.

Caitlin só estava escutando pela metade. Seu cérebro estava fazendo livres associações por todo o mapa e por todos os calendários que existiam e estavam por vir.

– Hora de aterrar seus fios novamente – disse Ben. – Isso está além de qualquer especulação.

– Estou lutando contra mim mesma.

– Hã?

– Um dos meus professores sempre dizia que a adivinhação era parte do método científico e, se você pula essa etapa, simplesmente continua vivendo na mesma caixa que foi entregue a você no nascimento. Eu nunca gostei realmente desse *bungee jump* intelectual, mas aqui estou, fazendo exatamente isso!

– E indo em direção às pedras – disse Ben. – Você se lembra do que sua colega de quarto do segundo ano costumava chamá-la?

– A menina com rebites – disse Caitlin. – Sim. Eu quero que as coisas façam sentido. E isso não parece que vai fazer, não é? – Ela acrescentou, em um tom quase sonhador: – Mas tem que.

Mais uma vez o celular de Caitlin tocou, indicando uma nova mensagem de texto. Era da Sra. Pawar: *Meu marido sugeriu que eu enviasse isso para você. É de Maanik.*

Caitlin clicou no anexo e um triângulo feito de triângulos crescentes encheu a tela.

– Ah, não. Não.

Ela virou o celular para que Ben também pudesse ver a imagem.

– Meu Deus – bafejou ele. – Isso é impossível.

– Vou até lá. – Ela se levantou, já escrevendo uma resposta para a Sra. Pawar. – Tenho algumas horas antes da minha primeira consulta.

Caitlin começou a caminhar na direção do prédio dos Pawar, mas se virou e falou enquanto andava de costas.

– Obrigada, Ben. Obrigada por tudo.

– De nada – disse ele. – Por tudo.

CAPÍTULO DEZENOVE

Caitlin ficou no corredor, do lado de fora do apartamento dos Pawar, por um tempo excepcionalmente longo. O corredor estava denso, ainda com a mesma atmosfera hostil que ela sentiu a última vez em que esteve lá. E então, ouviu-se um clique do outro lado do olho mágico: alguém havia levantado a tampa para ver quem estava do lado de fora. Quando a porta se abriu, Caitlin percebeu por que a Sra. Pawar estava usando aquele recurso. A esposa de um diplomata indiano não permitiria que a maior parte dos visitantes a visse usando um vestido de ficar em casa e sem maquiagem. A mulher, claramente, não estava comendo ou dormindo o suficiente. Quando elas se encontraram pela primeira vez, o estresse havia desenhado manchas escuras ao redor dos seus olhos, mas nesses últimos dias ele havia escavado suas bochechas. Caitlin ficou levemente chocada com a sua aparência.

– Sinto muito por você ter esperado – disse a mulher.

– Não se preocupe com isso – respondeu Caitlin, enquanto entrava no apartamento. Ela esperou até a porta se fechar para fazer a primeira pergunta: – Maanik está bem?

A Sra. Pawar trancou a porta.

– O "amoras", finalmente, funcionou – respondeu, sem dar nenhum indício de que estava aliviada.

– Finalmente? – perguntou Caitlin. Ela percebeu que Kamala estava em pé, de sentinela, alguns passos atrás. A doutora imaginou que a Sra. Pawar estava começando a administrar todos os mínimos detalhes da vida doméstica, tentando controlar tudo o que podia, em face de uma ameaça quase incontrolável à sua filha.

– Logo depois que eu enviei o desenho de Maanik, ela começou a correr pela sala, gritando – disse a Sra. Pawar, enquanto ambas caminhavam pelo corredor que dava no quarto de Maanik. – Ela não podia me ouvir. Ou não queria, não sei. Finalmente, seu pai conseguiu contê-la e eu pude usar a sua senha.

– Sinto muito que você tenha passado por isso – disse Caitlin. Ela segurou gentilmente a mulher pelo braço e fez com que andassem mais devagar. – Diga-me uma coisa, Sra. Pawar. Você ou o seu marido andam tendo pesadelos?

– Para se ter pesadelos é preciso dormir – respondeu a mulher, lutando, resoluta, para não chorar. – O nosso mundo parece estar desmoronando. Não há refúgio: nem no exterior, nem nesta cidade, nem mesmo em nossa casa. Não, Dra. O'Hara, não tivemos pesadelos.

– Entendo – disse Caitlin. Ela soltou o braço da Sra. Pawar e as duas continuaram seguindo para o quarto.

A proximidade e uma relação familiar eram, claramente, fatores do que estava acontecendo. Quaisquer que fossem os pesadelos que Caitlin estivesse tendo como resultado do convívio com Maanik e Gaelle haviam vindo de uma conexão feita através da hipnose... ou, possivelmente, do vodu. Forças que operavam em um nível sutil e subconsciente – mas mesmo aceitando isso, ela nem mesmo podia começar a ver como essas forças poderiam gerar o mesmo símbolo a partir de duas mãos tão diferentes.

No quarto de cores fortes de Maanik, o pronunciado aroma de flores e o odor ainda mais pungente da fragrância química não conseguia disfarçar o ar pútrido e estagnado. Caitlin avistou um purificador de ar conectado a um estabilizador que também alimentava o computador de Maanik. Cerca de uma dúzia de pequenos buquês estava espalhado ao redor do quarto, a maioria deles incluía bichos de pelúcia, o que sugeria que foram enviados pelos amigos de Maanik. Indubitavelmente souberam que ela iria perder uma semana de aula e perceberam que algo mais incomum do que uma gripe acontecia. Talvez os Pawar alegassem que era estresse provocado pelo ataque ao embaixador.

O embaixador estava sentado na cama da filha com o braço ao redor de seus ombros, que ao mesmo tempo em que a confortava, a protegia. Seu pulso direito recém-enfaixado estava sobre a palma da mão aberta do pai. E sua mão esquerda pousava sobre as costas de Jack London, que estava encolhido e roncava. O embaixador olhou para cima quando Caitlin se aproximou. Ele acenou com cortesia mas não trazia um sorriso no rosto. Maanik estava dormindo, respirando pela boca e emitindo um som arranhado. Diferentemente da mãe, ela estava com uma cara de quem vinha se alimentando bem: suas bochechas tinham uma cor saudável e seu rosto tinha um certo viço. Mas havia um quê de sombrio em seu semblante, algo incômodo nas sobrancelhas, que demonstrava angústia até mesmo no sono.

– Obrigado por ter vindo – disse o embaixador enquanto retirava delicadamente o braço de cima de sua filha. Ele se levantou, passando a responsabilidade de apoiar a filha para a sua mulher, e apertou a mão de Caitlin. Dava para ver que, por necessidade, ele estava escondendo seu mal-estar melhor que a Sra. Pawar. – Sinto-me tão impotente.

Caitlin impulsivamente colocou a mão sobre a dele.

– Sr. Pawar, *estamos* chegando lá.

Ele olhou de novo para a cama, que há tempos não era arrumada.

– Eu gostaria de poder acreditar isso.

Caitlin persistiu.

– Passei algum tempo com uma jovem que tem um problema parecido com o da sua filha.

– Você foi capaz de ajudá-la? – perguntou a Sra. Pawar, esperançosa.

– Eu pude aprender com ela – disse Caitlin. Ela vasculhou as fotos do seu celular e mostrou o esboço feito por Gaelle. – Ela também desenhou isto.

Ao vê-lo, os Pawar balançaram a cabeça, chocados.

– É para isso que está servindo esta fase do processo – prosseguiu Caitlin. – Para *aprender*. Não há uma explicação fácil de porque ambas as jovens estão tendo sintomas semelhantes ou porque ambas desenharam esse símbolo. – Ela guardou seu telefone. – E talvez não haja uma solução rápida e fácil para Maanik. Eu às vezes trabalho em uma escola para crianças de países em guerra. Elas viram coisas terríveis antes de os Estados Unidos lhes oferecer asilo político. Experimentaram traumas tão intensos quanto os da sua filha e levam meses, às vezes anos, para encontrar uma forma de serem adolescentes novamente.

– Eu não quero ouvir isso – disse o embaixador, como se o seu desejo de algum modo pudesse ampará-lo.

– Eu entendo – falou Caitlin –, mas vou lhes dizer uma coisa... vocês têm sorte, pois Maanik tem o seu apoio, o apoio de todos ao seu redor, *e* é uma guerreira.

O embaixador olhou para o chão.

– Entenda uma coisa também: eu não quero que a minha filha seja uma guerreira. Eu quero que ela seja a minha filha.

– Claro. Esse é o *meu* objetivo também – disse Caitlin, pacientemente. – E é por isso que eu tenho vários pedidos importantes para fazer.

– Que tipo de pedidos?

– Primeiro, gostaria de hipnotizar Maanik de novo.

A Sra. Pawar reagiu na mesma hora.

– Não! Minha filha não é um animal de laboratório!

– Nós não podemos protegê-la, Hansa – disse Pawar, ponderadamente. – Só podemos amá-la, e amá-la significa dar o próximo passo necessário. – Ele olhou de novo para Caitlin. – Tudo bem.

A Sra. Pawar ficou tensa quando ouviu a decisão do marido, mas não disse nada.

– Obrigada – disse Caitlin. – Eu não o farei agora, mas isso terá que acontecer em breve. E o meu segundo pedido é que Ben esteja presente durante o hipnotismo. Ele é conhecido de vocês e ainda mais de Maanik, suas habilidades linguísticas podem se mostrar valiosas.

Nesse instante, os olhos do embaixador buscaram o apoio de sua esposa. Ele o recebeu no simples enternecimento da expressão da Sra. Pawar.

– Eu confio em Ben como um filho – disse ele para Caitlin. – Pode pedir a ele.

– Obrigada mais uma vez.

A sobrancelha do embaixador se ergueu um pouco.

– Você já terminou os seus pedidos?

– Não exatamente.

– Admiro a sua determinação. Talvez você devesse tomar o meu lugar na mesa de negociação.

– Ben lhe diria, senhor, que eu nunca desisto.

Ele finalmente sorriu.

– Eu estava sentindo falta de ouvir alguém tão esperançoso.

Caitlin sorriu de volta com afeto.

– Segura o aplauso até eu terminar.

– Com?

– Pedido número três. Jack London.

O embaixador a encarou como se ela estivesse puxando a perna dele.

– O que tem ele?

– Quero tentar algo. Agora. Só vai demorar um minuto.

O embaixador abriu as mãos em um gesto de aprovação e se sentou na cadeira da mesa, na expectativa. Ele e sua esposa ficaram observando enquanto Caitlin se aproximava da cama de Maanik. Ela colocou, gentilmente, a mão por baixo de Jack London. O cachorro abriu os olhos e deu umas poucas lambidas nos dedos que estavam mais próximos de sua boca. Ela pegou-o e caminhou até o lado direito da cama, onde Maanik estava encostada à mãe. Caitlin pôs o cão perto da mão direita da menina, que estava em seu colo. No mesmo instante, o cão rangeu os dentes na mão de Caitlin, na direção dos dedos que ele havia acabado de lamber. A doutora se moveu a tempo de evitar uma mordida, mas teve que largar o cão, que rosnava. Ele caiu em cima da colcha de forma agressiva, como se quisesse armar um bote, latindo alto para a mão de Maanik, em depois pulou da cama e correu de volta para o outro lado do quarto. Ficou ali se sacudindo e latindo, embora também tentasse se aproximar da cama e de Maanik. Era um estranho cabo de guerra, como se mãos invisíveis o estivessem puxando em duas direções.

O cão parecia prestes a pular de volta para a cama quando a Sra. Pawar levantou a voz e Jack London congelou. Em híndi rápido, dirigido ao seu marido, ela parecia estar discutindo com veemência. O Sr. Pawar começou a discutir, mas se conteve e resolveu falar em um tom de voz baixo e ponderado.

Caitlin virou-se de costas para lhes dar um mínimo de privacidade. Acabou dando um tapinha na colcha perto da mão esquerda de Maanik. Jack London a olhou com cautela, mas logo pulou de volta para o lugar onde estava dormindo antes. Aconchegou-se ao lado de Maanik e enfiou o nariz embaixo da palma da mão de sua dona.

Caitlin ouviu o Sr. Pawar suspirar.

– Desculpe – disse Caitlin.

– Não precisa – ele respondeu. – Como você sabia que ele iria reagir daquele jeito?

– Eu percebi que ele estava sendo arisco da última vez, e, no Haiti, vi animais reagindo de maneira estranha quando se aproximavam da outra menina – disse ela. Ela pensou em mencionar os ratos da praça Washington, mas concluiu que eles já tinham horrores suficientes para enfrentar, e não havia, de qualquer maneira, nenhuma ligação aparente entre os incidentes.

O embaixador suspirou com tristeza.

– Minha mulher quer sacrificá-lo.

– Eu recomendo fortemente que não faça isso – falou Caitlin, prontamente. – Não sabemos qual é a conexão que existe, mas ela não deve ser quebrada. – Ela apontou para um quadro restaurado onde apareciam a dona e o cachorrinho. – Meu motivo para tentar fazer essa pequena experiência é mostrar que há um pouco de luz aqui, um pouco de compreensão. O cão está à nossa frente, reagindo a algo que ainda não compreendemos. Mas há esperança de que possamos aprender.

Os olhos do embaixador ficaram um pouco mais radiantes.

– Não sei ao certo o que você quer dizer, mas é bom saber que *você* pensa assim. Agora tenho que voltar para as Nações Unidas. Quando você volta?

– Esta noite, se eu conseguir me organizar.

– Vemos você mais tarde, então – disse ele para Caitlin.

O embaixador segurou a mão de sua esposa e ficou um tempo assim enquanto ela apertava a do marido. E então ele deixou o quarto.

– Com licença – disse a Sra. Pawar. – Tenho que dar algo ao meu marido antes que ele saia.

A mulher se levantou, delegando o peso de Maanik a Caitlin. Enquanto a porta se fechava, Caitlin, cuidadosamente, colocou a jovem em posição horizontal, enquanto Jack London se acomodava à nova disposição para ficar perto da mão esquerda de sua dona. Ao colocar a cabeça de Maanik com cuidado em seu travesseiro, Caitlin olhou para baixo e deu um pulo para trás.

Os olhos de Maanik estavam abertos, observando-a. Estavam claros, fixos e alertas. Incrivelmente fixos, como pequenas máquinas que haviam de repente a interceptado.

– Olá – disse Maanik suavemente. – Eu a surpreendi.

– Um pouco – admitiu Caitlin.

– Você também me surpreendeu. – Um sorriso débil surgiu na boca da menina. – Mas estou cansada demais para gritar.

Caitlin riu, nervosa.

– Acho que isso é bom, não? Você sabe onde está?

Maanik assentiu.

– Onde? – perguntou Caitlin.

A moça olhou em volta.

– Não é o Taj Mahal, então deve ser... o meu quarto.

Seus pais haviam dito que ela tinha senso de humor. Caitlin estava feliz por ver que ele havia retornado intacto.

– Certo. E você sabe quem eu sou?

– Acho que sim. Dra. O'Hara?

– Caitlin – disse ela, balançando a cabeça. – E estou feliz por conhecer você em um momento mais apropriado.

– Eu também – disse Maanik.

– Não estou acostumada a falar assim com você – admitiu Caitlin. – Só a encontrei durante emergências. – Honestidade, ela sempre acreditou, funcionava melhor com os adolescentes.

– Posso tentar assustá-la, se você quiser.

– Como você faria isso?

Maanik puxou um lado de seu rosto para cima e mostrou a língua.

– Que talz ashim?

Caitlin riu. Aquela era a garota tranquila que ela havia visto no vídeo da peça de teatro.

– Como você sabe sobre mim? *O que* você sabe sobre mim?

– Meus pais disseram que você é médica. Uma psiquiatra. Será que vou ser curada em breve?

– Estamos trabalhando nisso – disse Caitlin. – Quer que eu pegue alguma coisa? Comida? Água?

– Eu estou bem – disse a jovem. Sua mão esquerda procurou Jack London e começou a afagá-lo atrás das orelhas. Ele parecia normal, tranquilo. – Como estão os meus pais? Eles estão aqui?

– Sua mãe está na sala. Eles vêm se saindo muito bem, apesar das circunstâncias.

Tal informação, aparentemente, deixou Maanik triste, e Caitlin não queria isso. Ela também não sabia quanto tempo ambas tinham, se aquele período de lucidez se resumiria a um instante ou perduraria.

– Ei, você pode responder algumas perguntas? Eu tenho tantas.

– Vou tentar – disse Maanik. – Estou um pouco confusa.

– Totalmente compreensível. Eu também. – Caitlin puxou a cadeira da mesa para o lado da cama e se sentou. – Vamos tentar essa para começar. Você se lembra do que acontece durante as suas crises?

Maanik sentou-se, preparando-se para falar.

– Eu não me lembro de nada. Só sei dos gritos e das unhadas porque meus pais me contam. Ah, e... – ela levantou seu braço direito – porque estou enfaixada como uma múmia.

Caitlin riu.

– Então você não se lembra de ter feito isso?

– De modo algum.

– Ou de falar?

– Falar?

– Não do jeito que estamos falando agora – disse Caitlin. – Mais como... atuar.

– Não.

Caitlin não via vantagem em complicar a compreensão que Maanik tinha da situação mencionando outras línguas.

– Você geralmente está acordada quando as crises começam – disse ela. – Como se sente quando...

– Começo a perder a porra do controle? – interrompeu Maanik, de olho na porta, para se certificar de que sua mãe não ouvira aquele palavreado.

– Você não está errada quanto a isso – disse Caitlin, apreciando a energia da jovem.

Maanik desviou o olhar e continuava a acariciar o cão, cujos olhos estavam fechados.

– É estranho. Eu apenas, meio que... desapareço.

– Desaparece como? Meio como se você caísse no sono?

– Não exatamente.

– Você tem tonturas ou sente algo diferente visualmente ou com qualquer um dos seus sentidos?

– Bem... – Maanik franziu a testa, concentrada. – É como se eu desaparecesse. Não, isso não está certo. É assim: no começo estou em pedaços, pequenos pedaços, e depois eu desapareço.

– Não tenho certeza se entendi. Pequenos pedaços?

– Meus ouvidos estão escutando, meus dedos estão sentindo, meu nariz está cheirando, meus olhos estão olhando, mas meus sentidos não estão conectados. É como se todos os meus pedaços fossem velas em um bolo.

– Gosto dessa descrição. – Caitlin sorriu. – Continue.

A jovem, de repente, assumiu um semblante mais grave.

– Maanik?

Ela estava olhando para Jack London.

– Velas.

– O que há com elas?

– Oscilando. – Ela virou o cão com a mão esquerda e começou a fazer carinho em sua barriga. Ele bufava enquanto dormia.

– O que é isso? – insistiu Caitlin. – O que há de errado?

– Não sei – disse Maanik. – Simplesmente sinto essa tristeza.

Caitlin esticou o braço e segurou a mão da jovem.

– Você quer falar sobre isso?

Maanik não respondeu. O silêncio que se instalou no quarto lembrou Caitlin da quietude naquele corredor hostil e opressor.

– Maanik... você pode me ouvir?

A menina estava olhando para o cão.

– Você está preocupada com Jack London?

Ela não respondeu. Lágrimas começaram a cair no lençol. Eram lágrimas de tristeza, de uma grande melancolia. A jovem deu as costas.

– Maanik?

– Meu braço – disse ela em tom monótono.

Caitlin se inclinou um pouco mais para perto. Ela estava tentando olhar no rosto de Maanik, tentando fazer que a garota a visse.

– O que tem seu braço?

– Meu braço esquerdo – disse Maanik. – Já era.

– Isso não é verdade. Você está acariciando Jack London com ele. Seu braço está ótimo.

– Não.

Caitlin a deixou fazer uma pausa, sentindo que algo mais estava por vir.

– Meu braço está sangrando e foi arrancado, está uma bagunça. – Ela começou a se contorcer um pouco. – O animal... está morto.

– Maanik, ouça. O que você está vendo não é real.

Maanik parecia não ouvir.

– Eu estou desaparecendo, como pedaços de papel em um incêndio.

– Isso é um sonho – insistiu Caitlin em voz baixa. Ela mudou de posição em cima da cama e colocou os braços ao redor da jovem. – Você está bem aqui, em seu apartamento, em seu quarto, comigo.

– Não. Está acontecendo neste exato momento. *Socorro!*

– O que está acontecendo?

A mente de Maanik parecia estar procurando a palavra certa.

– O fim – disse ela, soluçando. – Esse é o fim.

CAPÍTULO VINTE

Pelo canto do olho, Caitlin viu a Sra. Pawar aparecer no vão da porta. E logo levantou a mão para impedi-la de entrar no quarto.

Os braços de Maanik começaram a se levantar e as palavras, a transbordar dos lábios da jovem – não era inglês e nem híndi. Mas Caitlin achava que ainda havia um pouco de Maanik em seus olhos. Eles suplicavam. Jack London saltou da cama e começou a girar e a latir.

A menina já não era mais capaz de responder a perguntas, e Caitlin não queria perdê-la de novo. Depois de estender o braço, ela tocou na orelha esquerda de Maanik e disse:

– Amoras.

Como cordas que haviam sido cortadas, Maanik perdeu as forças. Seus olhos se fecharam e ela caiu no sono, relaxando de vez. Livre de qualquer dominação que possa ter sofrido, Jack London se sentou sobre as patas traseiras e uivou.

Caitlin ouviu a Sra. Pawar respirando pesado na porta.

– O que aconteceu? – perguntou ela.

– Não sei – respondeu Caitlin. – Maanik acordou, parecia estar tudo bem, e em seguida ela teve uma recaída. Por favor, você tem que prometer que não vai fazer nada com o cachorro.

– Por quê? O que ele tem a ver com isso?

– Não sei, mas estou cada vez mais certa de que ele é importante. Por favor?

A Sra. Pawar acenou positivamente com firmeza.

Meio vacilante, Caitlin atravessou o quarto. E estava com uma sensação de culpa: será que ela havia feito alguma coisa para afastar Maanik? Será que a havia importunado? Ou sua proximidade desencadeou um ataque de pânico?

Foi a menção de velas que a afetou. Isso pareceu tê-la paralisado.

Será que fogo era uma metáfora para "tiroteio", a transformação de algo estranho e aterrorizante em um conceito que ela podia entender?

Essa não foi a primeira referência a fogo que Caitlin havia ouvido desde que fora apresentada a Maanik. Houve a interpretação de Ben da língua: fogo, braços, dor. Houve as chamas que Caitlin vira brotando na visão com Gaelle. E houve Atash, o rapaz que havia ateado fogo ao próprio corpo no Irã.

Ou isso seria um beco sem saída?, perguntou a si própria. Fogo não era exatamente incomum.

– Doutora?

Caitlin saiu bruscamente de sua reflexão.

– Sim?

– Posso saber no que você estava pensando? Sinto-me tão impotente.

Caitlin se virou para ela.

– Claro. Desculpe. – Ela contemplou o olhar cansado daquela mulher. – Sra. Pawar, como é que o seu marido lida com o estresse? Refiro-me ao mecanismo.

– Ele ora.

– No apartamento?

– Às vezes. Ele precisa ser visto em público, para se mostrar como um homem humilde, e vai a um templo aqui perto ou na Third Avenue, onde fica entre indo-americanos. No entanto, ele prefere orar na sala de estar.

– Na "paz de muitas escolhas" – disse Caitlin.

A Sra. Pawar se iluminou.

– Sim.

– Então você vai entender, talvez, o que estou prestes a dizer. Quando oramos, nós fechamos nossos olhos. Relaxamos nossos corpos.

Temos acesso a um lado espiritual que é impulsionado pela fé, e não pela lógica. Acredito que a sua filha tenha feito algo parecido, só que muito mais profundo. Ela me falou brevemente sobre como ela acha que "desaparece". Maanik pode ter criado o que julgava ser um lugar seguro para ela em si mesma, só que seus medos vieram junto. Eles se tornaram coisas reais feitas de fogo, perda, dor física.

– Minha pobre menina...

– Sra. Pawar, se esse for um transe autoinduzido, tenho que chegar "lá dentro" e trazê-la para fora.

A mulher assentia enquanto Caitlin falava. Havia uma ponta de esperança em seus olhos.

– Volto hoje à noite, com Ben – disse Caitlin. – Entretanto, quero que você faça algo para Maanik.

– Qualquer coisa.

– Cuide-se. Alimente-se bem, tire um cochilo se puder, dê um passeio, mesmo que seja apenas uma volta no quarteirão com Jack London.

– Mas olha como estou – disse a mulher. – Se eu encontrar alguém que conheço...

– Há grandes chances de que qualquer pessoa com a qual você venha topar por aqui tenha sido impactada pela situação na Caxemira. Elas vão entender e respeitar a sua privacidade.

A Sra. Pawar concordou e Caitlin olhou para o seu relógio. Ela tinha uma consulta às 12h30 e dava para chegar a tempo. Desculpando-se, ela saiu correndo do apartamento para o corredor. Enquanto esperava pelo elevador, percebeu que a atmosfera parecia diferente de antes. A sensação de presságio parecia mais perto.

Exponencialmente mais perto.

Enquanto corria para chegar em seu compromisso, Caitlin mandou uma mensagem para Ben pedindo que ele liberasse sua agenda à noite, e logo em seguida pegou um táxi. Ela vasculhava em sua mente o que lembrava do garoto iraniano. Seu irmão foi executado, ele ateou fogo em si mesmo, e depois foi hospitalizado. Ela o procurou novamente no boletim. Logorreia; nenhuma sugestão de linguagem ou gestos, mas aquilo era o Irã. Nem mesmo informações médicas saíam de lá intactas.

Teria Atash tentado disfarçar algum tipo de dor que estivesse sentindo, expressando-a como fogo, ou foi outra razão, algo mais profundo e involuntário? Ou ele estava simplesmente se rebelando contra o assassinato de seu irmão? Caitlin tentou fazer uma busca on-line para ver se ele ainda estava vivo, mas a corrida de táxi fora muito curta. Ela foi então submetida a várias horas ininterruptas de consultas com seus pacientes. Aproveitando-se de uma pequena pausa no final da tarde, foi procurar alguma informação sobre a infestação de ratos na Universidade de Nova York. Ela pareceu ter como causa uma antiga mansão na Fifth Avenue, um clube exclusivo para viajantes de todo o mundo. Não havia adolescentes no local, de acordo com a rápida checagem que fez antes da chegada de seu próximo cliente.

Enquanto seus compromissos transcorriam durante a tarde, os pacientes regulares de Caitlin pareciam estar surpreendentemente bem. A maioria deles teve que recorrer à terapia de grupo durante a sua ausência, grupos que ela havia montado há meses. Depois de seu último paciente, ela leu uma mensagem de texto de Ben dizendo que iria encontrá-la no apartamento dos Pawar.

Antes de sair do consultório, Caitlin ligou para sua colega, a Dra. Anita Carter, que a substituía quando havia emergências. Afro-americana e originalmente de Atlanta, ela tinha uma abordagem nova-iorquina clássica dos problemas: reconhecê-los, resolvê-los, arquivá-los e sair para jantar. Caitlin invejava muito a sua incrível capacidade de separar trabalho da vida pessoal.

– Só um aviso – disse Anita. – Você tem dois mãos de vaca que já manifestaram certo desagrado em relação ao seu recente período de indisponibilidade.

– Deixe-me adivinhar – disse Caitlin –, Lauren da administração hospitalar e Phil da Universidade de Nova York.

– A dama não é apenas um curandeira, é uma médium! – afirmou Anita.

– Eu aposto que eles usaram essas mesmas palavras. "Período de indisponibilidade."

– Por que dizer "ausência" quando você pode usar um termo maior e mais difícil? É só jogar panos quentes na situação, O.K.?

– Sim. Vou lhes enviar um e-mail, explicando que esses pacientes estão passando por um trauma profundo.

– Suicidas?

– Creio que não – respondeu Caitlin –, mas eles são altamente imprevisíveis.

– Bem, é só lembrar a Lauren e Phil da nossa obrigação, de comprometermos nossos bens... ou seja, você... para resolver o problema, que eles irão recuar – disse Anita. – Quer falar sobre disso?

– Talvez mais tarde – respondeu Caitlin, que não podia revelar o nome de quem estava tratando. – Estou cansada, só posso lhe dizer isso. Como está todo mundo?

– Estamos em uma fase bastante tranquila no momento – afirmou Anita. – Ainda temos algumas semanas antes que comece o estresse dos exames de dezembro.

– Então, você não tem visto nada fora do comum?

Anita balançou a cabeça.

– Você tem alguma coisa específica em mente?

– Não, só estava pensando.

– Mulher, você nunca fica só pensando. O que se passa?

Caitlin fez uma cara de "você me pegou".

– A tensão entre a Índia e o Paquistão. Isso parece estar tirando a paz das pessoas.

– Umas duas crianças mencionaram isso, mas há tanto exagero na internet que é difícil saber o que é verdadeiro ou um medo passageiro. Uma celebridade morre em um acidente de carro, as crianças ficam com medo de carros durante um, dois ou três dias. Falando nisso, quando você tiver tempo, eu quero falar sobre a criação de grupos de discussão sobre paranoia compartilhada nas mídias sociais e na internet.

– Eu gosto da ideia – disse Caitlin. – Angústia compartilhada.

– É que nem o que acontece quando um *bull terrier* fica chateado. Por conta disso, um outro cão fica chateado porque *aquele* cachorro está chateado, deixando o primeiro cão ainda *mais* chateado – explicou Anita.

– Certo, e você tem dois *jack russells*. Eles fazem muito isso?

– Toda vez que a campainha toca. O engraçado é que, apesar de todos os problemas que ela traz, eu abençoo a internet todos os dias, sem exagero. Quanto mais casos eu leio, quanto mais análises me são disponibilizadas, mais eu sinto que podemos ajudar as pessoas.

Caitlin lhe agradeceu novamente por sua ajuda e começou a caminhar até sua casa. Ela ficou feliz em saber que os cães de Anita não estavam tendo um comportamento fora do normal. Ela já tinha bastante problemas com gente, adicionar animais àquela confusão seria demais. Mas ficou pensando no que Anita havia dito em relação à ansiedade que atingia as massas.

Qual é o termo para quando um grupo vira numa direção e depois em uma outra ao mesmo tempo?

"Espírito de manada", era isso. Reunidos em bando, unidos para proteção de um perigo e de temores que persistam como um zumbido baixo e lento.

Como os Neandertais em suas cavernas, pensou ela. *Nossos cérebros evoluíram, mas nossos corpos ainda estão presos no pleistoceno.*

De repente, Caitlin começou a se sentir com tanto frio que era como se o vento de um inverno rigoroso tivesse percorrido a rua e vindo diretamente em sua direção, mas isso não se devia a pensamentos voltados para a Era do Gelo. Foi uma ideia inspirada no que Anita havia dito. Reunir-se em um grupo não acontecia apenas pessoalmente, como também através de computadores e telefones com acesso Wi-Fi. E se milhões e milhões de adolescentes tivessem se bandeado para a internet e as mídias sociais ao longo dos últimos vinte anos não só porque isso fazia com que eles se sentissem mestres de suas cavernas, talhando seu universo em partes administráveis. E se de fato *houvesse* uma ameaça externa, mal notada, e que estivesse motivando-as a se reunirem em bandos como os pássaros? E se Maanik, Gaelle, possivelmente Atash, e quem sabe quantos outros tivessem sido os primeiros a captar semiconscientemente esses sinais?

Meu deus, pensou ela. Será que eles estavam *tão* perto do precipício, como Ben havia dito? Será que o Paquistão era a ameaça iminente? Seria uma ameaça grande o suficiente para o tipo de reação global que ela estava prevendo? Ou eles estariam reagindo a uma outra coisa? Algo maior?

E se fosse o caso, o que diabos poderia ser?

CAPÍTULO VINTE E UM

Hospital Motahhari, Teerã

Atash Gulshan havia sido retirado da ventilação artificial no dia anterior, de modo que o quarto do hospital estava estranhamente silencioso. De vez em quando, os corredores ecoavam o som de um carrinho que chocalhava. Lá fora havia pouco tráfego; era um daqueles dias em que a poluição estava em níveis alarmantes e apenas os hospitais e os bancos ficavam abertos. Uma fumaça enjoativa, amarelada e cinzenta, encheu a janela, obscurecendo parcialmente as árvores que estavam no pátio mais abaixo.

O quarto tinha apenas um paciente. Duas enfermeiras com uniformes azuis e lenços pretos estavam mudando os curativos das pernas de Atash. Elas trabalhavam em silêncio, na esperança de não serem notadas e envolvidas em mais uma discussão sobre mulheres que cuidam de homens. Esse hospital relativamente pequeno não havia se saído bem no que dizia respeito ao combate do déficit no número de enfermeiros do sexo masculino. Contudo, o trabalho de mulheres junto a Atash ainda provocava debates com o médico, sempre que ele o visitava. O final da discussão era sempre o mesmo, o médico balançando a cabeça e dizendo:

– Para o irmão de um criminoso, creio que não importa quem cuide dele. Mudem as bandagens.

Atash não recebera visitantes, nem flores, nem colcha colorida, nem fotografias, nem nenhum toque de casa. Ele era considerado uma vergonha.

Uma hora antes, Atash havia recebido analgésico suficiente a fim de prepará-lo para a rotina de estimulação da circulação e de troca das bandagens que acontecia duas vezes por dia, deixando-o num estado como se estivesse sonhando acordado. Seu corpo estava apoiado por todos os lados, erguendo-o e quase imobilizando-o da cintura para cima. O cobertor havia sido puxado até o seu tronco, cobrindo os cateteres, mas deixando as pernas expostas para as duas enfermeiras. A que trabalhava na sua perna esquerda enfaixada manipulava lentamente a articulação do tornozelo de modo que ele tivesse alguma chance de manter toda sua amplitude de movimentos caso pudesse andar de novo. Já a enfermeira que trabalhava em sua perna direita estava removendo suas ataduras. Seu pé e sua panturrilha direita possuíam queimaduras de quarto grau. As camadas de pele que restaram eram negras. Seu calcanhar tinha queimado até os ossos e os músculos da panturrilha eram fibras expostas. Atash teve queimaduras em noventa por cento de seu corpo; era um milagre ele estar vivo.

– Ele vive para sofrer pelos pecados do irmão – murmurou um clérigo que estava de passagem depois de perguntar quem ele era. As únicas pessoas que tinham compaixão pelo jovem eram as duas mulheres que não deviam estar tocando-o.

Atash mal tinha consciência do milagre que era sua sobrevivência. Ele sonhava acordado que estava correndo atrás de seu irmão mais velho, Rashid – não, de algum modo ele pairava sobre e por trás de Rashid enquanto este corria e fazia *parkour* em estilo militar pela cidade, com corridas em um ritmo pesado, subindo paredes, pulando em escadas, saltando sobre fontes, o tempo todo perseguido pela polícia.

– Não corra, Rashid! – gritava Atash. – Isso só vai piorar as coisas! – Mas Atash já sabia qual seria o resultado do julgamento. A homossexualidade era o "crime" oficial, mas tráfico de drogas e sedição seriam adicionados para dar a impressão de que os homossexuais eram completamente degradados.

De repente, a figura atarracada de Rashid parou de correr. Ele virou-se para Atash, que agora estava no chão, encarando-o. Ele parecia, de algum modo, diferente. O ar à sua volta foi rapidamente preenchido com um tipo de fumaça, que se formava como se fosse uma tempestade no deserto. Só não se tratava de areia ou fumaça. A garganta e os olhos de Atash começaram a queimar como se o ar estivesse enevoado com ácido.

– Irmão! – gritou ele, apertando os olhos no meio da névoa.

Esse *era* Rashid? Tinha que ser. Era quem ele vinha perseguindo. Atash se moveu através das nuvens cada vez mais espessas na direção daquela forma indistinta.

– *Rashid!*

A figura se moveu no nevoeiro em sua direção em forma de silhueta. Atash era sufocado pelo enxofre asfixiante e ouvia ventos fortes passando por seus ouvidos. Ele estendeu a mão para a figura enquanto a fumaça o engolia.

– Venha! Agora é urgente! Temos que ir!

– Ir para onde? – disse o outro com uma voz que era como uma canção amarga, melodiosa, porém desafinada.

– Voltar – respondeu Atash. – Temos que voltar para o pátio!

Seu irmão gritava uma resposta, mas ao mesmo tempo em que Atash ouvia as palavras, ele não tinha ideia do que significavam. Algo sobre barcos... o mar...

– O que você está dizendo? – Atash exigia saber. – Eu não entendo!

Seu irmão estava agora completamente perdido na fumaça, mas Atash ainda podia ouvir sua voz – *uma* voz estridente e assustada.

– Eu estou dizendo que você e os Crentes... vocês são loucos!

– E você está cego! – gritou de volta Atash. Mas, dessa vez, não foi a sua própria voz que ele ouviu. Era algo maior, mais justo.

– Cego? Seus *glogharasor* é que são cegos!

Seu irmão havia entoado uma maldição em voz alta – que significava "sacrifícios estúpidos". Atash não tinha noção de como ele havia descoberto o significado, mas entendera.

Como do nada, a figura apareceu de novo através da fumaça, só que, definitivamente, não era Rashid, mas de alguma forma ainda era um irmão. Sua pele era pálida, suas feições, desconhecidas. Seu traje cheio de camadas ondulava ao vento forte, preso ao peito com um broche prateado curvado. A figura segurava um saco e agarrou Atash pela mão.

– Venha! – gritou a figura. – Agora!

Atash pegou o objeto pesado mais próximo, um picador de gelo que estava servindo de castiçal, e atingiu a cabeça de seu irmão mais velho – mas levemente, apenas com força suficiente para derrubá-lo. Em seguida, segurou-o sob os ombros e o arrastou pelas ruas. Mas – como Atash pôde perceber olhando ao redor –, aquilo não era o Teerã. Era outro inferno flamejante.

Enquanto seu irmão caía para trás, Atash pôde ver que ele sangrava por conta do ferimento na cabeça. De algum modo ele sabia para onde estava indo. Era uma distância curta até um pátio em meio aos vapores de fuligem e o mau cheiro, facilitada pelo fato do caminho estar vazio. Cinzas caíam, obstruindo suas narinas e secando sua garganta. Ele fez uma pausa para colocar um lenço qualquer na frente da boca. Atash ouviu gritos e correrias em outras ruas, mas então *os* viu, iluminados pelo fogo no centro do pátio, rodeados por colunas retangulares, altas e escuras. Os Crentes formavam o círculo sagrado, em que vestes brancas e amarelas giravam e se transformavam. Seus braços se moviam para cima, para baixo e ao redor. Atash puxou seu irmão para perto e mencionou que se juntaria ao círculo, mas um homem alto se adiantou e estendeu a mão, detendo-o.

Atash havia se esquecido do óleo. Ele deitou a cabeça e os ombros de seu irmão nas pedras lisas e depois correu para dentro da casa mais próxima e ficou vasculhando as prateleiras do estranho que lá devia morar. Encontrou um pouco, correu de volta para o pátio, e, proferindo palavras que eram familiares, mesmo que seu significado não o fosse, derramou o óleo por cima do irmão e depois sobre si próprio. Ele levantou seu irmão e continuou a andar em direção ao círculo de vestes esvoaçantes...

Mas já era tarde demais. Ele foi atingido no rosto e no peito por uma parede de calor tão poderoso, tão intenso, que o fez cair sobre suas costas e abalou as colunas à sua volta. Ele sentiu o óleo crepitando em áreas expostas da sua carne, e depois em todos os lugares de seu corpo em chamas. Ouviu o irmão despertando do estado de inconsciência com um grito estridente, e mais gritos no ar como se fossem fantasmas. Seus olhos – o que puderam ver antes de derreterem – não eram capazes de processar o caos e a dimensão do que estava por trás da onda de choque superaquecida.

As enfermeiras levantaram os olhos para tentar prestar atenção nos pequenos sons que eram emitidos pelo seu paciente.

– Ele está falando dormindo – disse uma delas em voz baixa.

– Fico imaginando quais são seus pensamentos – disse a outra.

– De arrependimento, imagino.

– Talvez ele esteja discutindo o segredo de como incinerar o óleo de girassol frio.

– Nem pense em fazer essa pergunta.

– Mas é impossível.

– Quieta! Você quer atrair acusações de magia negra?

A enfermeira curiosa se calou, e ambas continuaram a realizar seu delicado trabalho em silêncio.

CAPÍTULO VINTE E DOIS

Antes de se sentar para jantar, Caitlin preparou-se para a sessão com Maanik. Ainda havia algumas questões que ela tinha que resolver por si mesma.

Os eventos do dia e o seu retorno do Haiti haviam sido desnorteantes, no entanto, ela se surpreendeu com o quão trivial parecia o jantar com Jacob. Normalmente, sempre que ela voltava de viagens, seu filho a soterrava de perguntas sobre onde ela havia estado, quem ela havia visto e o que tinha feito. Ela sempre achou que isso era mais do que apenas a sua maneira de se reconectar. Era o seu jeito de sentir que não a havia perdido por esses poucos dias, que ela andara de alguma forma coletando informações e experiências para trazer de volta para *ele*.

Naquela noite, porém, Jacob não estava com o menor interesse no Haiti. Caitlin fez até mesmo um teste, tentando-o com algumas frases inacabadas sobre sua viagem, mas ele não mordeu a isca. Só estava interessado em manter um monólogo constante sobre *Vinte mil léguas submarinas*, que estava lendo para a escola, e como usaria o romance como base para um ensaio sobre animais ameaçados de extinção.

– O peixe de passeio mexicano está tão condenado – disse ele com um fervor que o levou a meio falar, meio fazer os sinais, a fim de botar para fora tudo o que tinha para dizer. – Como grandes criaturas tipo os peixes-boi e as orcas.

– Você tem um favorito? – perguntou Caitlin.

– Eu amo todos eles. Mas estava pensando, será que o Capitão Nemo seria um conservacionista dos oceanos se estivesse vivo hoje?

– Querido, ele nunca esteve realmente vivo, ele é um personagem de ficção.

Jacob rejeitou essa ideia com um aceno de sua cabeça.

– Todo personagem de ficção é baseado em alguém. Meu professor de inglês nos disse isso.

– Sério? – disse Caitlin. – E o Ursinho Puff?

– Ele era um ursinho de pelúcia de verdade – disse Jacob. – Só não era vivo.

Ele a pegou; era verdade.

Seu filho não estava diferente do que era em qualquer outra noite. Ela percebeu isso enquanto imaginava que o menino poderia agir de forma diferente só porque sua mãe havia passado por um monte de coisas. Mas não era ele que estava à deriva. Ela é que estava, e ele era a âncora.

Enquanto saboreava o seu sorvete, Jacob ficou falando que queria ler a segunda aventura de Nemo, *A ilha misteriosa*, quando Caitlin, impetuosamente, o interrompeu:

– Ei, você quer fazer uma experiência comigo? – perguntou ela, em linguagem de sinais.

Ele encolheu os ombros como um adolescente entediado, mas, ao mesmo tempo, cruzou uma perna e inclinou-se para a frente, mostrando-se interessado. Ela esperava que ainda se passassem alguns anos antes de ele descobrir a atitude de "descolado demais para a escola".

– O.K., vamos dar as mãos por um minuto – gesticulou Caitlin.

Jacob arregalou os olhos, revirou-os e fingiu que estava morrendo na cadeira.

– Não se preocupe – assinalou ela. – Não é nada piegas. Eu meio que quero ver o que acontece.

– Posso cronometrar? – sinalizou o menino, e ela lhe entregou o celular. Em seguida, a médica explicou que não queria que ele fizesse ou pensasse nada em particular enquanto estivessem de mãos dadas, e que ela faria o mesmo. Eles só iriam ver se alguma coisa acontecia por conta própria. Ele balançou a cabeça – a brincadeira não parecia nem um pouco interessante –, olhou para o celular e gesticulou: – Vai. – Ela segurou a mão direita do menino com a sua mão direita.

Nada aconteceu do lado dela. Caitlin ainda se sentia confusa. Jacob estava inquieto, mas como um típico garoto de dez anos de idade que se impacienta enquanto um minuto se passa. Quando o celular tocou, ela perguntou se Jacob havia sentido alguma coisa e ele disse que não.

– O.K. – disse ela. – Mais uma vez.

– É a última vez? – perguntou ele.

Ela encolheu os ombros, pois não queria se comprometer.

Desta vez, quando o menino começou a contagem regressiva, a mãe segurou sua mão esquerda com a mão esquerda.

Mais uma vez, nada aconteceu em seu coração, sua mente. A atenção de Jacob desviou para o celular e ela teve que impedi-lo de brincar com o telefone.

Depois do sinal, ela insistiu:

– Mais uma vez, por favor.

Ele bufou, mas acionou a contagem regressiva, e desta vez Caitlin pegou a sua mão esquerda com a direita. Nada aconteceu por alguns segundos. Até que, de repente, Jacob ficou mais concentrado, como quando ele vira um falcão voar perto da janela. Ela não sabia ao certo o que ele focava – ele parecia estar olhando para a mesa em vez da mão dela –, mas reconheceu o silêncio que se abateu sobre o seu corpo, acompanhado de uma expressão mais séria no rosto. Ela não sentia nada em sua mão ou em qualquer outro lugar, mas algo estava claramente acontecendo com ele.

De repente, Jacob cortou seu vínculo. Não violentamente, mas com alguma urgência, como se ele tivesse tocado uma alça de panela quente. O menino se inclinou sobre a mesa, colocou as mãos em suas bochechas e segurou sua cabeça. Olhando para o rosto de Caitlin, ele disse:

– Mamãe... – Como se estivesse afirmando que era ela.

– Estou aqui. Você está bem?

Ele afastou as mãos para falar por sinais, mas a prendeu com seu olhar.

– Sinto muito – disse ele, com gestos. – Não sou grande o suficiente para ajudar a segurar.

O olhar em seu rosto mostrava o sentimento de sua frase.

– Segurar o quê? – perguntou ela. Mas ele logo foi escorregando da cadeira, sem olhar para a mãe. Deu-lhe um abraço e foi para o seu quarto. Caitlin estava prestes a segui-lo quando foi interrompida pela chegada da babá, Theodora, que tomaria conta dele enquanto ela estivesse na casa dos Pawar.

Depois de deixar a babá entrar, Caitlin enfiou a cabeça no vão da porta de Jacob; sua mente não desistiria da conversa. Ele estava fazendo o seu dever de casa e segurava um desenho que havia feito do Capitão Nemo.

– Que lindo – elogiou ela em linguagem de sinais. E era. A barba de Nemo, em especial, estava encantadora, desenhada como se fosse uma onda branca congelada.

– Jacob, o que você quis dizer naquela hora com "segurar"?

Jacob bateu de leve com três dedos perto de sua boca, depois fez um movimento de alongamento com as duas mãos: "água" e "grande".

Caitlin sentiu um calafrio. Na mesma hora se posicionou para que pudesse ler seus lábios com clareza.

– Você quer dizer o oceano – perguntou ela, enquanto repetia os gestos que fez para "água grande". Jacob visitava o oceano várias vezes por ano com seus avós, em Long Island.

Ele acenou positivamente.

A médica relaxou um pouco.

– Você viu o oceano quando estava segurando a minha mão?

Ele balançou a cabeça negativamente.

– Então, como sabia que era o oceano?

– Ele era muito grande e estava se movendo.

– Movendo... como as ondas na praia?

Ele assentiu.

– Tenho que trabalhar agora, mamãe.

O menino se voltou para o seu trabalho escolar como se fosse uma miniatura da mãe. Ela ficou mais um tempo ali caso ele resolvesse dizer mais alguma coisa. Como não o fez, ela se curvou e lhe deu um beijo de boa-noite, que ele devolveu. Nada relacionado ao evento parecia o perturbar e por isso ela estava aliviada, mas a reação dele ainda a amedrontava. Por que o menino mencionaria uma onda? Será que ele, de algum modo, teve contato com as suas visões?

No meio da escada, enquanto saía de seu apartamento, Caitlin se lembrou de como, certa vez, havia descrito a psiquiatria para Jacob: ela ajudava as pessoas a deixarem seus problemas sob a luz até que elas pudessem resolvê-los. Talvez ele tivesse simplesmente pressentido a sua preocupação com as meninas traumatizadas e foi para um lugar onde *ele* sempre se acalmava – o oceano.

O chão estava mudando sob os pés de Caitlin, mais do que quando ela estava trabalhando com centenas de pessoas após o tsunami de Phuket. Aqueles faziam parte de uma multidão que vivia um momento trágico; estas eram duas jovens, dois indivíduos que ela conhecia e com os quais já havia conversado. Ela geralmente era tão equilibrada. Se de repente vacilasse, Jacob certamente perceberia.

No táxi em direção ao lado leste de Manhattan, Caitlin fez uma leitura rápida. Ao chegar no apartamento dos Pawar, ela pediu para ficar alguns minutos sozinha na varanda antes de ver Maanik. Kamala a conduziu até o lado de fora e fechou a porta. Caitlin olhou para as luzes dos apartamentos e dos postes que se propagavam pelo East River, olhou para as nuvens finas que passavam perto de uma lua cheia e brilhante. Apesar de Ben estar prestes a chegar, ela se sentia estranhamente sozinha. Talvez fosse porque a história de ambos era como um número de circo. Às vezes, eles estavam pendurados no mesmo trapézio, em outras, estavam em lados opostos da tenda e, em algumas ocasiões, caíam em cima da rede. Seu relacionamento não era exatamente algo ao qual podiam se agarrar.

Ainda assim, ela ficou feliz ao vê-lo de pé diante dela quando voltou para o apartamento. Ele tinha um sorriso afetuoso – e relaxado, pela primeira vez em dias – além de uma bolsa cheia de equipamentos: câmera de vídeo, gravador de áudio e tablet.

– Bom dia? – perguntou ela, esperançosa.

– Quase – sussurrou ele. – Os representantes se reuniram separadamente então eu não tive muito o que interpretar hoje.

Os dois montaram o equipamento no quarto de Maanik e a menina ficou os observando sem fazer comentários; ela parecia mais distante do que mais cedo naquele dia, mas não estava apreensiva. Resignada? Preparada? Era difícil dizer.

Caitlin sentou-se ao lado dela e explicou tudo o que iria dizer e fazer durante a sessão. Maanik ouviu tudo sem fazer comentários ou declarações. Ben ficou agachado a poucos metros de distância, pronto para ligar os dispositivos e fazer anotações em seu tablet. Os Pawar se sentaram lado a lado no outro canto do quarto, nas cadeiras da sala de jantar. Jack London ficou rondando nas proximidades, mas parecia mais interessado em cheirar a bainha da calça de Ben do que no que Caitlin estava prestes a fazer.

Caitlin ficou com um olho no cão enquanto fazia a contagem regressiva que levaria Maanik a um estado de hipnose. A única mudança no comportamento de Jack London foi ficar enfiando o focinho sob a bainha da calça de Ben para inspecionar a sua meia.

Maanik também estava tranquila. Ela entrou em um estado profundo e relaxado, sem resistência.

Caitlin havia questionado a si mesma se deveria dizer para Maanik que se trataria de uma simples sessão de hipnose ou de uma regressão. A expressão "regressão" ainda fazia com que ela se encolhesse um pouco. No entanto, ela havia estudado o processo e leu sobre ele mais uma vez no caminho até o apartamento, e ficou surpresa ao descobrir que era algo muito semelhante à hipnose comum. Ainda assim, Caitlin achava que ficar se reportando a expressões como "vidas passadas" atentaria para algo um tanto limitado. Ela queria que Maanik descrevesse o que estava vendo e experimentando sem restrições.

Ela começou pedindo a Maanik que escolhesse um lugar tranquilo, onde se sentisse segura e em casa. Ela poderia retornar para esse lugar a qualquer momento que quisesse.

– Você já encontrou um lugar? – perguntou Caitlin.

– Sim, já estou lá – disse Maanik.

– Fale-me sobre ele.

– Estou dentro de uma tenda rosa e amarela. Está balançando para frente e para trás. – Ela riu. – Fica nas costas de um elefante.

Todo mundo riu.

– Isso é maravilhoso – disse Caitlin. – Você se sente perfeitamente segura aí em cima?

– Ah, sim. – Maanik suspirou com entusiasmo. – Estou em uma fila na qual há homens em cavalos brancos na minha frente e estamos caminhando lentamente pelos campos e rumo às montanhas. Entretanto eles estão longe, não vamos chegar lá hoje à noite. Está quente, mas temos uma brisa agradável. E estou jogando cartas com a minha tia. Cartas redondas, todas pintadas.

Houve então uma exclamação tranquila vinda do canto onde os Pawar estavam. A Sra. Pawar disse:

– Cartas de Ganjifa.

O embaixador acrescentou:

– Para ensinar o Mahabharata, concebido séculos atrás.

Caitlin assentiu, mas manteve o foco em Maanik, que de repente falou em tom sonhador, como se estivesse fazendo uma citação:

– O corpo são cinzas, mas a respiração é imortal.

Ben sussurrou para o embaixador:

– Isso está nos Vedas?

O embaixador acenou afirmativamente, e a Sra. Pawar parecia surpresa.

– É dos Upanishads – disse a mulher. Ela olhou para sua filha e acrescentou: – Maanik nunca os estudou.

– Ela pode ter me escutado – disse Pawar, mas não parecia estar confiante nisso.

– Tudo bem, Maanik – disse Caitlin. – Lembre-se, você pode voltar para a sua tenda no elefante a qualquer hora que quiser. Entendeu?

– A-hã.

– Agora vou pedir que encontre um outro lugar, o lugar que você andou visitando. O lugar onde você tem tido tantos problemas.

O sorriso sumiu do rosto da menina.

– Eu não quero – disse ela no mais baixo tom de voz que Caitlin já havia escutado.

– Eu sei – disse Caitlin. – E sei que estou lhe pedindo um grande favor. Mas isso é para me ajudar a ajudá-la. Você poderia ser corajosa e fazer isso por você?

Maanik hesitou, mas depois acenou positivamente. Ela engoliu em seco e cruzou os braços sobre o peito em um instinto protetor. Caitlin podia ver os olhos de Maanik se movendo sob suas pálpebras enquanto olhava ao redor. Até que seu corpo inteiro estremeceu e seus olhos se abriram, mas ela não olhava para o quarto em que estava. Seus braços se abriram no mesmo instante, e ela começou a bater em seus braços enfaixados, de um jeito que fez Caitlin estremecer. Ela segurou Maanik pelos ombros e se inclinou para que a menina parasse de atacar a si própria. Maanik gritava novamente, em silêncio, enquanto sua boca se abria na forma de um grande "O". De repente, Jack London começou a uivar.

– Maanik, diga-me onde você está! – disse Caitlin com firmeza.

A menina parecia estar lutando para recuperar o controle de sua boca. Seus lábios torturados conseguiram se juntar e palavras desconhecidas verteram dos mesmos. Ela começou a gesticular fazendo os círculos largos e os golpes súbitos que Ben havia identificado como superlativos. Caitlin podia ver Maanik lutando para continuar falando, para dizer coisas com sentido – o que houvesse de sentido naquelas palavras –, mesmo quando seus olhos se contraíram rapidamente por causa do medo.

– Maanik, sei que você pode me ouvir – disse Caitlin. – Por favor, encontre uma maneira de me dizer onde você está.

– Eu vejo colunas altas. Tem uns pedaços se desprendendo, caindo à nossa volta...

– Postes? Feitos de madeira?

– De pedra. Entalhes. Há ondas mais além... Sinto cheiro de sal.

– O oceano?

Maanik não reconheceu isso, mas Caitlin pensou ter visto o cabelo da jovem se agitando levemente, não como resultado de qualquer movimento que ela tenha feito, mas levantado por algo que vinha por trás. A janela estava fechada por cortinas, e Caitlin não via frestas no piso ou no teto. Maanik parecia estremecer. Seus olhos se apertaram e se voltaram novamente para cima.

– O céu! *Está pegando fogo!* – disse ela.

– É o pôr do sol?

A cabeça da menina balançou lentamente.

– Não sei. – Sua testa se enrugou. – E-eu *acho* que não.

– Por favor, concentre-se – insistiu Caitlin. – É dia ou noite?

A cabeça da menina balançou na incerteza e, em seguida, seu rosto se contorceu em outro grito silencioso, aparentemente mais doloroso do que se ela estivesse berrando em voz alta. Seu corpo ficou rígido e seus pés debatiam-se sobre a cama.

O embaixador Pawar se levantou devagar.

– Por favor, Dra. O'Hara. Eu sei que concordei, mas insisto que pare com isso! – Sua voz estava tensa por conta da aflição.

– Sinto muito, mas eu quero que ela fique nesse estado tanto tempo quanto possível – retrucou Caitlin. – Temos de obter a informação.

– Nós? – perguntou ele.

– Sim, *nós*.

– Mas isso está machucando ela!

Caitlin virou-se o máximo que pôde para encará-lo. Ele estava de pé.

– Sr. Pawar, a sua filha vem passando por este trauma há mais de uma semana. Se ela fosse uma outra pessoa exibindo tais sintomas graves com uma causa desconhecida, eu a teria hospitalizado há dias. Mas aí iria tomar medicamentos fortes e o meu acesso a ela seria limitado. Não creio que nenhum de nós queira isso, *ou* a atenção!

Caitlin se sentia culpada por usar a publicidade como uma alavanca, mas estava desesperada e não queria interromper a sessão. Não agora. O embaixador ficou em silêncio.

– Cai – disse Ben, acenando com a cabeça na direção da cama.

Maanik estava se movendo como uma enguia, seu corpo se contorcendo, sua boca se abrindo e se fechando, dando gritos sem palavras.

– Não sabemos o quão profundamente podemos ir – disse Caitlin em um tom de voz suave, meio que se virando na direção dos Pawar.

– Ela não pode expressar plenamente. Se não formos capazes de compreender a condição de Maanik, não poderei, em sã consciência, mantê-la neste quarto por muito mais tempo. Mas se houver uma *chance* para que possamos entendê-la, para curá-la, temos que arriscar.

Os Pawar ficaram em silêncio, agoniados.

– Ela é forte – disse Caitlin, enquanto voltava toda a sua atenção para a jovem. – Vou continuar a falar com ela, enquanto eu puder.

Ela ouviu o Sr. Pawar se sentando pesadamente atrás dela.

– Por favor, concentre-se, Maanik – pediu Caitlin. – Você pode me dizer se é dia ou noite? Olhe ao seu redor.

A jovem fez força para usar palavras.

– É... noite. A lua... tão grande! A luz branca está sendo devorada pela luz vermelha.

– A luz vermelha. É o pôr do sol? Ou está mais próxima? Fogo?

– Chama – disse ela. Sua boca fez movimentos cortantes. – O dragão... ondas vermelhas. Tão *enlouquecedor*!

Os olhos de Maanik fitaram Caitlin só por um instante, mas por tempo suficiente para mostrar que ela ainda estava lá, ela mesma, embora pequena. Então Caitlin viu suas mãos voltando a fazer o gesto que fizera antes, quando Caitlin lhe dera caneta e papel. A única coisa que ela e Ben não haviam planejado. Caitlin percebeu que Ben colocava um tablet em suas mãos, com um aplicativo para desenhar já aberto. Caitlin deslizou tablet abaixo da mão direita de Maanik e, embora a menina estivesse gritando de novo, ela ao mesmo tempo traçou várias linhas longas e ondulantes na tela. Mas logo o deixou cair e atacou seus braços novamente, dessa vez com as unhas.

Enquanto Caitlin tentava contê-la, Ben sorrateiramente retirou o tablet das duas.

– Maanik, volte para o elefante! – gritou Caitlin.

Maanik empurrou seu corpo de volta contra os travesseiros, mas, em seguida, tão subitamente, ela relaxou completamente. Suas mãos caíram, seus olhos se fecharam, e ela inspirou longa e profundamente.

– Você está aí, Maanik? Está de volta à tenda rosa e amarela?

Demorou um bom tempo para que Maanik respondesse.

– Sim – disse a jovem.

Caitlin sentiu um arrepio percorrer seu corpo, por *inteiro*.

– Isso é ótimo, você está fazendo um ótimo trabalho, Maanik.

– Sim – disse ela novamente. Mas ela parecia estar repetindo a declaração anterior, e não respondendo ao elogio de Caitlin. – Sim, estou aqui.

– Estou tão orgulhosa de você – disse Caitlin, mas logo caiu a ficha: *seria* mesmo Maanik falando com ela?

– Ah, não – disse Maanik, com um terror repentino em sua voz. – Ele me encontrou. Está vindo para cá! Cinzas! – Seu corpo ficou tenso e ela deixou escapar um grito tão petrificante e agonizante que a Sra. Pawar arquejou e os olhos de Caitlin se encheram de lágrimas. Sufocada em um soluço, Caitlin se inclinou, tocou a orelha de Maanik, e disse:

– Amoras.

A menina caiu de volta, mas foi um movimento grotesco, como se todos os seus ligamentos houvessem sido rompidos.

Fez-se um silêncio horrível, mais que horrível. O silêncio nauseado que sempre pairou fora do apartamento dos Pawar estava agora do lado de dentro. Para Caitlin, era quase possível sentir o seu gosto, era mortal. Ela se virou ao ouvir o som de Jack London vomitando no tapete sob a mesa de Maanik, enquanto seu pequeno corpo entrava em convulsão. Mesmo quando Maanik começou a respirar quase normalmente, Caitlin ainda estava em estado de alerta. Ela estava com medo de olhar em volta, de dar crédito a algo que vinha sentindo: que *algo* havia voltado junto com a jovem.

CAPÍTULO VINTE E TRÊS

Caitlin ficou com Ben enquanto ele desmontava sua estrutura modesta de câmera e tripé. O Sr. Pawar estava debruçado em sua cadeira, esfregando a testa com três dedos, enquanto a Sra. Pawar estava sentada na cama com a filha adormecida, depois de ter chamado Kamala para limpar o vômito que Jack London havia deixado no tapete.

Caitlin observava o cão atentamente. Ele quase saiu do quarto, mas parou perto da porta.

O que está acontecendo com você?, perguntava Caitlin para si mesma.

Ela percebeu que o cão estava tentando ficar longe de onde havia vomitado, mas que não queria abandonar Maanik. Ao ver que Kamala ou Hansa não o repreenderiam, Jack London voltou para o quarto, seguindo pela beirada das janelas, cheirando tudo enquanto seus ombros estavam tensos no modo "guarda".

Caitlin fazia sua própria análise menos óbvia do que a rodeava. O ar viciado que sufocara a área ao redor da cama havia se dissipado um pouco. A proximidade do que sentira, como se algo a estivesse pressionando, também havia se desvanecido; ela se sentia quase leve agora, do mesmo jeito que ficava quando tirava as caneleiras depois de uma corrida. Caitlin suspeitava que Jack London sentia a mesma coisa. Ainda assim, ele agia com muito mais cautela ao se aproximar da cama – e de Maanik, que fora o epicentro de tudo o que o cão havia experimentado. Quando finalmente saltou para a cama e farejou a área ao redor de sua dona, ele mostrou certa aversão não apenas à mão direita, mas também à cabeça. Foi apenas um recuo ínfimo. Logo Jack London se enrolou aos pés de Maanik, mas permaneceu em guarda, olhando para a parede atrás de sua cabeça.

– Uma coisa boa – disse Ben, em voz baixa.

– O quê? – perguntou Caitlin.

– Tenho certeza de que a Caxemira ficou bem longe dos pensamentos do embaixador durante a última meia hora mais ou menos.

Caitlin acenou positivamente.

– Às vezes, qualquer pausa é uma boa pausa – disse ela em voz baixa. – Você prestou atenção no cabelo de Maanik durante a sessão? – Ela estava tentando não induzir a sua resposta.

– Eu o vi se mover – respondeu Ben. – Como se tivesse pegado uma brisa que não estava lá.

Ela soltou mais ar do que achava que estava prendendo. Ben sorriu.

– Pode deixar que eu lhe informarei caso você esteja ficando louca, Dra. O'Hara – disse ele.

– Bom – devolveu Caitlin, depois de rir um pouco –, porque eu estou começando a ficar em dúvida.

– Cai, algo definitivamente aconteceu aqui, e, como você disse, nem tudo foi na cabeça de Maanik.

Caitlin e Ben saíram do quarto, e Jack London, que ainda estava olhando para a parede, apoiava a cabeça em suas patas. Os dois foram seguidos pela Sra. Pawar, que foi se sentar na sala de estar, claramente abalada. O Sr. Pawar ficou com Maanik. Caitlin se aproximou e ficou sentada com Hansa por um tempo, só ouvindo – a mulher precisava desabafar suas preocupações, não apenas com sua filha, mas também com o marido.

– Você não pode protegê-lo disso – disse-lhe Caitlin.

– Eu sei disso. Minha esperança é que ele possa lidar com tudo isso sem desmoronar. – Ela olhou para a doutora com olhos tristes. – Ele não esboçou nenhuma reação em relação ao atentado. É como se ele tivesse afastado completamente da sua mente.

– Por ora, o mais provável é que ele tenha feito isso mesmo – afirmou Caitlin. – Para ele, há outras preocupações maiores. – Ela sorriu. – Confie em mim, não haverá tempo para você cuidar dele.

– E quanto a Maanik? – perguntou a mulher. – Será que isso tudo a ajudou a entender alguma coisa?

– Tenho certeza de que sim, só preciso analisar as suas respostas. Vamos trabalhar nisso durante a noite. Já lhe disse, encontraremos uma solução para esse problema.

– Ele é um homem cuidadoso e dedicado – disse a Sra. Pawar, enquanto olhava para Ben.

– Muito. – Caitlin sorriu, agradecida.

A Sra. Pawar pediu água para Kamala e, em seguida, foi até a janela e olhou para a cidade. Caitlin implorou a Sra. Pawar e a Kamala para que deixassem as janelas do quarto de Maanik abertas pelo menos duas vezes por dia, e não apenas usassem aromatizante de ambiente, e para que levassem a jovem para se sentar duas vezes por dia na varanda, agasalhada contra o frio. A Sra. Pawar começou a fazer objeções, lembrando que havia outro terraço ao leste do qual poderiam ver tudo, mas Caitlin sugeriu que usassem um biombo japonês para que mantivessem a privacidade.

Caitlin deu mais uma olhada em Maanik e desejou boa-noite aos Pawar. Só quando estavam no elevador e quase chegando na portaria foi que Caitlin se permitiu relaxar e sair do modo profissional. Ela finalmente respirou depois dos ligeiros enjoos e tremedeiras.

– Você está bem? – perguntou Ben, notando o tremor em seus dedos.

– Vou ficar.

Mas tal sentimento só cresceu quando os dois chegaram à rua. Um cheiro de queimado a cercava, como se alguém tivesse acendido uma lareira dos edifícios que os circundavam. E então ela sentiu olhos novamente sobre si, e um frio tão intenso a ponto de fazê-la tremer sob o casaco. Ela parou assim que ambos alcançaram a calçada.

– Caitlin – perguntou Ben. – O que houve?

– Eu sinto que estou sendo vigiada – murmurou ela. De alguma forma, era mais difícil dizer *isso* para Ben do que qualquer um dos outros detalhes bizarros dos últimos dias.

Ben olhou em volta. Tirando algumas pessoas que estavam passeando com seus cachorros, a rua estava relativamente livre de pedestres.

Ele levantou os olhos para fitar as janelas inferiores do edifício. Não havia ninguém olhando para baixo.

– Eu tenho certeza de que se trata de algum tipo de abalo emocional – disse ela. – Paranoia. Vamos pegar um táxi.

– Pensando melhor... – disse Ben.

– O quê?

– Um chefe de segurança me disse uma vez que, se você acha que tem alguém te observando, não pegue um táxi. Você não sabe quem o está dirigindo, e também não sabe se eles estavam esperando por você fora do seu campo de visão.

– Mas eu não acho que alguém esteja *realmente* me observando.

– Não importa. Vamos a pé para o metrô.

Ele colocou o braço em volta dela e ambos rumaram para oeste. Havia uma brisa amena que trespassava toda a cidade e Caitlin não parou de tremer até chegarem ao Grand Central. Os dois entraram pela porta principal, em vez de optar por uma das entradas laterais. A abóbada de cor turquesa, as estrelas pálidas, o latão e o relógio de opala no centro a ajudaram a se sentir em terra firme novamente.

– Melhor? – perguntou Ben.

– Muito. – Ela sorriu. Havia um grande número de pessoas ali, e lojas ainda abertas. Estava tudo muito normal, um clima quase animado. Ela se aprumou; ainda não havia percebido que estava toda enroscada em Ben. Ele parou de abraçá-la, mas não completamente, deixando sua mão nas costas da doutora enquanto caminhavam para a entrada do metrô.

– Vamos falar sobre algo que não tem nada a ver com nada – sugeriu Ben.

Seu tom meio perturbado fez com que Caitlin risse, no que foi acompanhada por ele. Mas demorou cerca de dois segundos para que Caitlin pulasse de volta para a realidade que mais lhes importava.

– O cabelo dela – disse ela enquanto se dirigiam para os degraus do metrô. – Aquilo era simplesmente impossível. Quer dizer, não há outra palavra para isso.

– Cai, deixe o seu cérebro em outra sintonia por um tempo – disse Ben enquanto tirava o MetroCard da carteira. – Sei que você quer se reportar imediatamente ao problema, mas ambos sabemos que, se não dermos um descanso para o nosso cérebro, um descanso de verdade, o para-brisa vai embaçar.

– Você está certo, seu sabichão – disse ela sorrindo. – O.K. Vou me desligar. Você vai pegar a linha 6 para sua casa?

– Não, vou levar você em casa antes.

– Não precisa.

– Eu sei. Mas caso *haja* olhos sobre você, é melhor que eu te leve em casa.

Caitlin sentiu um certo desconforto com o cavalheirismo dele – mas ignorou. Ela sabia que tinha uma chance muito melhor de desligar caso ele estivesse ao seu lado, bem alerta.

Enquanto caminhavam para a plataforma do trem, Caitlin olhou para todos os rostos ao seu redor, permitindo-se apenas vê-los, não lê-los. Este tipo de observação passiva era basicamente uma atividade do lado direito do cérebro, e era isso que parecia tão relaxante para ela, mas também deixava que brotasse o amor simples entre as pessoas, a admiração dos seres humanos que a fazia tão feliz por viver em uma das maiores cidades do mundo. Em pé na plataforma, ela bebia daqueles rostos como se fossem água pura e fresca. E em seguida, depois que entraram no trem e encontraram uma barra para se segurarem, ela se concentrou no rosto de Ben enquanto ele estava ali ao seu lado – aquele rosto doce, estudioso e que destruía corações, tudo em uma pessoa só. O rosto que estava com ela durante alguns dos piores eventos que ela já havia vivenciado.

O sistema de comunicação do trem soou um alarme e logo ela ouviu a velha e familiar gravação que dizia "afastem-se, as portas estão fechando". Ben estava olhando para o tablet de alguém que estava de costas, lendo tudo o que ela estava lendo. Caitlin se aproximou do rosto de Ben, que agora estava meio amassado. Ele lhe deu um meio sorriso, mas não a encarou, pois estava com a intenção de terminar de ler a página antes que o passageiro rolasse para a próxima.

Que pena, pensou Caitlin quando puxou delicadamente sua cabeça para baixo e o beijou. Ele não ligou para a interrupção. Pelo contrário, era algo pelo qual ele vinha aguardando pacientemente – não hoje, mas desde que pôs os olhos nela pela primeira vez. Ele lhe deu a maior das atenções e de repente os dois estavam envolvidos na mais completa privacidade e sossego. Seus lábios pareciam fogo, água e ar em uma coisa só, até que o trem fez um movimento súbito, seus narizes se bateram e ambos começaram a rir. Mas só por um instante, porque Ben logo a puxou para perto com um braço e a beijou pelos vinte anos que a conhecia.

Muitos beijos longos depois, os dois chegaram à porta do prédio de Caitlin. Ben hesitou na calçada.

– Bem, isso é estranho – disse ele, tentando brincar com a situação.

– Você pode subir – disse ela, virando o rosto para encontrar seus olhos.

– Tem certeza?

– Sim. Mas...

– Eu sei. – Ele sorriu. – Temos que segurar a onda.

– Hã? – disse ela, antes de perceber o que ele queria dizer. – Não. O desenho de Maanik. Eu quero dar uma olhada nele *agora*.

Os dois riram enquanto ela o conduzia pelos degraus de arenito, com as costas queimando ardorosamente sob o seu olhar.

Jacob estava dormindo, assim como a babá, que foi embora um tanto sonolenta. Ben sentou-se à mesa e tirou o tablet da mochila, trazendo à tona os rabiscos de Maanik. Caitlin – que imediatamente voltou a se preocupar com o quebra-cabeça – percebeu que ela queria muito que o desenho significasse alguma coisa. Porque ela também sabia que o que havia dito aos Pawar era verdade: ela não poderia justificar a permanência de Maanik dentro de casa por muito mais tempo.

Ela e Ben se debruçam sobre a tela brilhante. O desenho não parecia relacionado nem ao navio viking nem ao símbolo de crescentes. Suas linhas bambas pareciam ondular da esquerda superior para o inferior direito com um suposto propósito, mas as linhas eram em si organicamente em forma de gelo ou os bordos de uma mancha. Direcional... textural... eles pareciam não ser casuais.

Mas as aparências não eram necessariamente a realidade, como ela bem se lembrou. Poderiam ser nada mais do que rabiscos aleatórios nos quais ela estava tentando forçar o reconhecimento de certos padrões.

– Alguma ideia? – perguntou ela.

– Ou muitas ou não o suficiente – disse ele, enquanto apertava algumas teclas. – Há dois anos, mesmo um ano atrás, teria sido um inferno descobrir o que era isso. Agora, com a evolução dos recursos de pesquisa de imagem...

Ele terminou de fazer o upload da imagem e logo começaram a fazer uma busca. O "melhor resultado" que obtiveram foi um tipo de sardas com formas irregulares – um indício de carcinoma, o que baixou o entusiasmo dos dois. Ben lentamente vasculhou uma longa lista de possíveis correspondências: desenhos de crianças; várias ilustrações malfeitas mostrando praias, o que lhes deu uma pausa; e um bom número de imagens microscópicas de células epiteliais. Até que Caitlin encostou o dedo na tela.

– Peraí. Isso. O que é isso?

Ben tocou na imagem e esta encheu a tela. Era um mapa, amarelado e antigo. Ben o colocou ao lado do desenho de Maanik e ambos sentiram a temperatura da sala despencar quando perceberam que a imagem se encaixava perfeitamente no formato da Antártida, combinando com o antigo esboço de mapa com notável precisão.

– O mapa de Piri Reis – leu Ben. – Do começo do século XVI.

– Já ouvi falar dele – murmurou Caitlin. – Ele mostrava os contornos da Antártida antes de o continente ser coberto de gelo. O que é impossível.

– Certo – rebateu Ben. – É por isso que diz aqui que ainda existe uma disputa em curso. As melhores explicações são de que o mapa mostra algo totalmente diferente, possivelmente uma combinação de dois ou mais mapas que foram pensados para ser contíguos.

Caitlin não respondeu. Pegou a pasta onde arquivava o material relacionado a Maanik, que estava no topo da pilha desde que conheceu a menina, e folheou suas páginas. Passou pelo desenho que ela fez do navio nórdico, pelas suas anotações sobre o Haiti, até o fundo, onde encontrou o desenho que Maanik havia feito com a mão direita, sua mão que não era a dominante – o desenho que Caitlin achava que se assemelhava a um penhasco íngreme com água descendo. E o mostrou para Ben.

– O que é isso? – perguntou ela.

– Um iceberg – disse Ben instantaneamente.

– Desenhado por Maanik durante uma de suas primeiras crises – disse Caitlin. Ela colocou o papel em cima da mesa e ambos ficaram olhando para as imagens. Então Caitlin acrescentou o desenho do navio. – Os vikings chegaram até a América do Norte. Talvez eles tenham ido ainda mais longe. Para o sul.

– Para a Antártida?

– Por que não? Talvez não tenham sido exatamente os vikings, mas seus antepassados. Já estamos neste planeta, e, provavelmente, navegando, há um bom tempo.

– Sim, mas ainda é uma grande distância, Cai. De *qualquer lugar* para a Antártida.

– Não necessariamente – disse ela.

– O que você quer dizer?

– Deriva continental – disse ela. – As massas de terra, outrora, estavam mais próximas.

– Durante o Triássico sim, talvez você pudesse ir da Austrália até lá a pé. Mas não havia pessoas no mundo naquela altura. De fato, não havia mamíferos.

– Tudo bem, que tal... e estamos falando apenas por uma questão de argumentação... e se não foram vikings que vieram para o sul para encontrar a Antártida? E se foram pessoas que saíram da Antártida rumo ao norte?

– Cai... – advertiu ele.

– E se ancestrais dos vikings tivessem vivido lá e navegassem em navios primitivos para longe do gelo?...

– Esse é um grande "e se".

– Por quê? – perguntou ela. – Porque não encontramos vestígios de uma civilização no continente menos explorado da terra, onde o gelo congela e derrete e muda de forma de uma maneira que seria capaz de sufocar qualquer pesquisa arqueológica prolongada, ocultando quaisquer pistas?

– Não, veja isto. – Ele apontou para um texto na web. – O motivo do mapa de Piri Reis mostrar uma Antártida sem gelo recai na suposição de que a Antártida não tinha gelo algum por volta de 4000 a.C. A maioria dos cientistas tem certeza de que a Antártida foi coberta há pelo menos três milhões de anos. Os seres humanos mal haviam descido das árvores.

Caitlin ficou em silêncio.

Ben olhou para o seu reflexo no tablet. E acrescentou baixinho:

– Isso também não explica o que qualquer uma dessas coisas estaria fazendo na cabeça de Maanik.

– Não – concordou Caitlin. Sua voz estava pesada, suas palavras, caindo como pesos de bronze no ar. – Mas, você mesmo disse que Maanik está vendo, canalizando ou experimentando algo grande.

– Sim. É como um filme catástrofe da mente – disse ele. – Sendo que as palavras-chave são "da mente", uma espécie de sonho acordado. Eu mesmo, possivelmente, *talvez* comprasse a ideia de um sonho compartilhado. – Ele se voltou para Caitlin. – Por quê? Você quer retomar esse negócio de vidas passadas outra vez?

– Não sei se já estive lá – admitiu ela. – Eu simplesmente não sei mais o que pensar.

Ben sacudiu a cabeça.

– Mostre-me uma conexão mongol que eu vou me esforçar mais para aceitá-la. A linguagem definitivamente mostra traços de ascendência mongol. Mas mesmo assim, vikings da Antártida navegando rumo ao norte para a Ásia Central? Isso é muito, Cai. Cerca de 13 mil quilômetros.

– Sim – concordou ela. – Tudo bem, mas eu não tenho mais nada.

– Foi uma boa tentativa, no entanto.

– Claro, claro. Uma teoria unificada que explica tudo... e nada.

– Vamos encerrar por hoje – sugeriu Ben.

Caitlin recolheu os desenhos e guardou a pasta, tentando fazer que a mente parasse de pensar no problema. Quando ela se virou na direção de Ben, seu foco havia mudado. Ele estava ali sentado, olhando para *ela*, não para o seu avatar analítico, e estava muito tranquilo. Ela estendeu a mão direita e pegou a sua mão esquerda. Imediatamente ela sentiu uma cachoeira dentro do seu corpo, vagamente canalizada pela sua mão direita. Aquilo havia trazido uma sensação de imenso alívio, que fez que ela desse mais um sorriso. Ben também sorriu e respirou fundo, como se tivesse entornado um litro d'água e estivesse recuperando o fôlego.

– Jacob disse que não era grande o suficiente para ajudar a segurá-lo – disse Caitlin.

– Hã?

– O oceano.

– O que fez você pensar nisso?

– Nada – mentiu.

Ben ficou em silêncio, escolhendo as palavras com cuidado. Até que disse:

– Eu tenho um monte de espaço vazio. Para segurar coisas.

Caitlin olhou para ele, vendo todos os inúmeros momentos em que ele esteve sozinho durante a vida.

– Você tem espaço para minhas inundações, você quer dizer?

Ele ficou sem palavras.

Ela balançou a cabeça.

– Isso me preocupa. Esse negócio de contar com alguém, emocionalmente.

– Por quê? As pessoas ajudam umas às outras, Cai. É o que nós fazemos.

– Bem, as pessoas fazem um monte de outras coisas também, e algumas delas são muito podres.

Ben riu.

– E você acha que *eu* tenho um problema com compromisso.

– Eu nunca disse isso.

– Não com palavras – disse ele, sorrindo.

– Talvez tenhamos problemas complementares – disse Caitlin lentamente enquanto se aproximava dele, empurrando de leve seus ombros para trás e colocando uma das pernas no seu colo no intuito de montá-lo. Suas costas estavam escoradas na borda da mesa, seu corpo moldado ao dele.

– Até mesmo um encaixe doido é um encaixe – sussurrou Ben.

Ela encostou seus lábios nos dele, e ambos respiraram juntos, profundamente, enquanto ele punha as mãos em suas costas e a puxava para bem perto de si. Ben estava certo: era um encaixe doido. Mas, naquele momento, era um encaixe.

CAPÍTULO VINTE E QUATRO

O mundo noturno fora da mansão do Clube dos Exploradores Globais estava excepcionalmente calmo.

Mais cedo, naquele mesmo dia, os pombos evitaram a área logo ao norte do parque da praça Washington. Cachorros não pareciam ansiosos para andar na parte baixa da Fifth Avenue; eles chegavam na rua principal e paravam, recusando-se a seguir adiante. Gatos que em geral se sentavam nas janelas dos edifícios ao longo da rua evitaram completamente os seus poleiros.

Arni Haugan não havia notado nada disso. Ele vinha trabalhando no porão do seu caótico laboratório de química há catorze horas seguidas, desde pouco antes do amanhecer, quando Mikel chegou com o artefato. O principal agente de campo do grupo teve sua volta de Montevidéu adiada por conta de algo relativo a uma colônia de albatrozes e a problemas eletrônicos do jato particular.

– Você está ficando tão sensível quanto gente – murmurou para o seu tablet o jovem e bem-sucedido ex-estudante da Caltech, enquanto esperava os resultados de um teste de eletroforese capilar. Arni amava suas ferramentas; nem sempre apreciava era o seu temperamento.

Como agora. O computador insistia em que havia um problema com a corrente que estava sendo transportada por íons borato, e o campo elétrico homogêneo estava instável. O que significava que havia um problema com a configuração da eletroforese, o software, ou ambos.

Ele resmungou. Era hora de parar. Ele recomeçaria pela manhã.

Arni desligou o tablet e saiu da mesa com o seu habitual misto de alívio e frustração. O trabalho nunca acabava, mas era bom deixá-lo de lado por um tempo. Ele precisava se ligar de novo no mundo real. O ar no porão do grupo era rigorosamente filtrado e purificado como parte da guerra de Flora Davies contra o pó – o "assassino silencioso e corrosivo das relíquias", como ela o descrevia –, deixando a atmosfera com um perfume quase elétrico.

Arni era sinestésico, pois sempre experimentava um sentido acompanhado por outro, especialmente cores com odores e sons. As crianças da escola primária costumavam chamá-lo de "maluco" porque ele usava seus gizes de cera para desenhar o que cheirava, ouvia e provava. Isso rendia pequenas obras de arte rapsódicas que ninguém entendia, mas com as quais todo mundo se identificava. Sua mãe sempre lhe disse que ele devia se tornar um artista. Ela era um dos poucos pais, ele suspeitava, que lamentava o fato de seu filho ter escolhido fazer doutorado.

Flora achava sua sinestesia fascinante e potencialmente útil. Ele estava convencido de que isso, e não seu currículo menos do que brilhante de pós-graduado, o fez merecer esse trabalho.

Isso, mais o fato de que ela precisava de alguém disposto a trabalhar em um ambiente diametralmente oposto ao de uma torre de marfim, pensava ele. *A adega científica.*

O cheiro lá embaixo havia sido registrado pela sua visão periférica na forma de linhas retas, metálicas, amarelas e brilhantes. Isso não o impedia de trabalhar e não o incomodava durante as suas oito horas de labuta diária. Depois disso, elas passavam a ser sufocantes, como barras de neon em uma prisão.

Arni colocou para tocar uma playlist de jazz em seu iPod a fim de poder acrescentar um toque roxo e nebuloso às linhas amarelas que rondavam sua visão. Mas depois desligou o aparelho, deixando o porão em um silêncio sepulcral. Outrora havia um relógio de pêndulo resgatado de um terminal de trem desativado, mas quando este quebrou de vez, Flora o substituiu por um display vermelho e silencioso na parede, como o relógio que faz contagens regressivas no Cabo Canaveral.

Arni se alongou e repassou o que seu dia de trabalho havia produzido: pouco mais do que a confirmação do que eles já sabiam. Ele tinha raspado uma lasca de rocha de um canto sem marcações da pedra, que, por sua vez, tinha o tamanho de uma carta de baralho, e agachou sobre o microscópio de luz para afirmar que, sim, como o peso e a locação haviam sugerido, tratava-se de um meteorito palasito com uma matriz de níquel e ferro além de cristais de olivina, e um pouco de cromita também. Ele havia cavado e obtido uma amostra minúscula da substância no interior dos entalhes, fez testes químicos, e concluiu que não, eles ainda não tinham a menor ideia de que tipo de ferramenta poderia tê-los fabricado. Não havia nenhum vestígio de pedra ou metal não-nativo, e nenhum indício de fio de algum tecido ou pelo que tenha sido usado para polir a pedra. Arni admitiu para si mesmo que havia uma vaga familiaridade quando ele comparou esse objeto com os outros que havia na coleção do grupo. Fossem em pedra, metal, argila, alabastro erodido ou até mesmo madeira podre, os entalhes eram todos parecidos em termos de tamanho relativo e profundidade. A única coisa que os diferia entre si era o arranjo dos entalhes.

Ainda vestindo suas luvas de látex, ele guardou o objeto em um grande cofre, junto com os outros oito objetos.

– *Cras morre novus est* – disse ele, citando uma das expressões latinas favoritas de Flora. – Amanhã é um novo dia. – Ela sempre fechava o dia de um jeito impenitente e imbatível.

Arni apagou a luz. Só mais uma parada no vestiário e ele estaria livre daquele ar viciado e dentro de um belo e pungente ônibus urbano.

Ele mandou um e-mail para seu amigo Bewan e disse que estava a caminho. Depois de pendurar seu jaleco, ele tirou uma camisa branca nova de botão do seu armário. Ele estava cansado, mas esse era o melhor estado para desfrutar da Uranium, uma reminiscência da década de 1980, com música disco e luz negra que fazia os coquetéis brilharem. Os sons e sabores se tornariam cores, sem impedimentos, e ele finalmente relaxaria.

Arni começou a fechar a porta do seu armário até que parou, e ficou imóvel.

Os componentes eletrônicos. No avião. No laboratório.

Um maldito *meteorito*!

De todos os testes que foram feitos nos objetos entalhados, eles não checaram para ver se eram radioativos. Não havia nenhuma razão para isso. Todo mundo sabia que os meteoritos palasito não eram radioativos – não o suficiente para que isso fosse citado. Mas "todos sabiam" eram palavras mortais na pesquisa científica. Não demoraria mais de um minuto para se pegar um contador Geiger no balcão e passar o bastão sobre o objeto.

Arni optou por não trocar de roupa novamente. Voltou para o laboratório, acendeu as luzes e encontrou um dos contadores Geiger do grupo. Pegou o meteorito e o colocou sobre a mesa de trabalho, para em seguida passar o bastão do contador sobre o mesmo. A contagem de íons – evidência de radioatividade – deu um resultado quase nulo. O contador emitiu uns dois cliques sem graça em um ritmo quase morto, claudicante até, gerando uma ou duas leves manchas marrons nos cantos da visão de Arni. Nada animador.

Arni ouviu o seu telefone tocar no vestiário. Não importava. Provavelmente era Bewan dizendo que ele iria encontrá-lo no clube, que já estava na fila. Arni tinha que correr. Resolveu então fazer uma última varredura com o contador. De repente, gotas marrons começaram a tamborilar no campo de visão de Arni como se fossem chuva. Ele ouvia cliques abafados em um ritmo bem rápido. O ponteiro do contador Geiger estava começando a se agitar à direita do medidor – muito embora isso fosse impossível. Um objeto não podia de repente *desenvolver* radioatividade.

Então sua sinestesia criou uma névoa cinza fina com bordas pretas em sua visão periférica.

– O.K., isso é loucura – disse ele.

A névoa cinza era a sua reação invariável a vozes faladas e gravadas, e não aos cliques que emanavam do contador Geiger.

– Não – disse ele em voz alta. *Estes não são cliques vindos da máquina.*

Eram vozes suaves, insípidas... vindas da pedra? Ele se aproximou, inclinando-se mais para baixo. Não havia nenhuma dúvida quanto a isso. Eram como vozes no vento – o cântico dos anjos veio à mente. Arni não praticava religião alguma nem acreditava em seres sobrenaturais, mas lá estavam as vozes.

Ele respirou fundo, enquanto os entalhes começavam a pulsar, não com suas luzes sinestésicas mas com uma luminescência interna, branco-marfim. Os símbolos se acendiam em uma ordem não linear, sendo que cada entalhe exibia um pulso visual suave a cada som correspondente. Os próprios tons estavam ligeiramente mais altos. Para Arni, eles lembravam audiocursos de línguas, em que a pronúncia dos termos nativos era acentuada para que os aprendizes pudessem entendê-los, mas ele imediatamente afastou tal pensamento. A propensão humana para a personificação intuía que qualquer som que se assemelhasse a uma verbalização não identificada seria automaticamente interpretado como palavras e linguagem. Isso era desejoso, não científico. Ele enfiou a mão no bolso para pegar o celular. Tinha que gravar aquilo...

Mas o telefone estava no seu armário. Ele resolveu estender a mão e reiniciar seu tablet. Também possuía um gravador de áudio instalado.

Enquanto a máquina iniciava, Arni pegou o meteorito e o virou, tentando ver se havia um ponto de origem para o zumbido. Descobriu que a pedra estava vibrando, mas não de uma forma que pudesse produzir aquele tom. O zumbido era mais parecido com uma corrente elétrica suave do que com um telefone celular. Não era desagradável ao toque; era tranquilizante até. Fez com que ele *quisesse* segurá-la. A corrente parecia se ampliar em seu corpo, como se estivesse ativando seus próprios centros de energia – o topo do crânio, a testa, a garganta, o coração...

Seus pensamentos de repente pareceram meio turvos, e algo começou a pulsar por trás dos olhos, forçando-o para a frente. Algo em movimento, algo totalmente *diferente*. Era vermelho-ferrugem e girava em um cone ciclônico, como dava para ver de cima, e ia se tornando mais fino à medida que descia. E agora formava uma paisagem. Uma paisagem fabricada de cúpulas e torres incorporadas entre o que pareciam ser elementos naturais, com longas curvas e encostas. As partes naturais eram enormes, fazendo com que os componentes artificiais parecessem pedaços de um trem ou de um presépio de Natal – pequenos.

Muito pequenos. E era quase tudo branco, como se a imagem inteira estivesse sendo de alguma forma iluminada por trás ou por baixo; como se os raios de luz estivessem se estendendo para a imagem, contudo nenhum desses raios era visível.

É você ou eu?, perguntou ele ao artefato.

Novamente Arni ouviu as vozes. Sua orientação em relação à imagem mudou. Ela se inclinou de repente, numa sintonia estranha com os sons, de modo que Arni estava olhando para cima: especificamente para um pilar de pedra cuja altura equivalia a um prédio de três andares. Em sua ponta havia algo com um brilho verde que o fez pensar nos cristais de olivina no interior do meteorito. Ele olhou ao redor e viu que pilares de pedra semelhantes circundavam a cidade...

E então o céu parecia que ia se irromper em vermelho por toda sua enorme extensão. A paisagem se deslocou, revelando uma rua, uma via, no fim da qual havia um movimento desordenado em tons brancos e azuis. Aquilo não tinha nada a ver com ele, com as suas reações sinestésicas. As cores, as imagens, os sons, tudo estava vindo da pedra.

O que é você?, Arni exigia saber.

Mas ele jamais obteve a resposta, nunca viu o que havia no final da rota. De repente, os lados direito e esquerdo do seu cérebro pararam de funcionar ao mesmo tempo. O lado direito continuava a ver a imagem. O esquerdo morreu, e não dava mais para fazer qualquer racionalização sobre o que ele via. O lado direito de seu corpo se encolheu tão rapidamente que ele caiu no chão. Cores de todo o espectro inundaram a sua visão, mas ele não podia mais invocar a capacidade de gritar. Então, de repente, todas as cores pararam, cada sensação parou, e ele não mais sentia seu corpo tocando o chão, nem ao menos sentia o seu corpo.

Arni sentiu um desejo incontrolável de dormir. Seus olhos estavam fechados, mas ele ainda olhava – só por mais um momento. Então, sua medula derreteu, assim como seu corpo caloso, seu tálamo e seu córtex, e ele parou de respirar enquanto sua frequência cardíaca explodia.

Instantes depois ele estava morto, e um fio de sangue e líquido cerebral escorreu de seu nariz, manchando a gola da nova camisa branca.

Parte Três

CAPÍTULO VINTE E CINCO

Ben ouviu o zumbido suave de seu celular, estendeu a mão em sua direção, e só pegou o vento.

Aquela planta não estava em sua mesa de cabeceira e o cheiro em seu nariz não era...

Aquela não era a sua cama. No escuro, podia ver o contorno dos ombros nus e dos fios de cabelo de uma mulher.

Ele se lembrou... Caitlin... ontem à noite... Seu telefone tocou novamente. *Onde diabos eu o deixei...?*

Ele se sentou com cuidado para não acordá-la, olhou em volta e depois para baixo. O bolso de trás da sua calça que estava no chão pulsava nos tons azul e branco. Ele se inclinou em sua direção, tirou o telefone do bolso com dois dedos e sentou-se na cama de forma a proteger Caitlin do brilho do visor enquanto ele lia duas mensagens de texto. A primeira havia sido enviada às 3h02: *Hangout assim que possível.*

A segunda veio um minuto depois: *Sob fogo agora.*

O remetente era Ignacio de Viana, um amigo uruguaio de Ben – um civil que, durante o ano passado, fora um dos cem integrantes da comitiva da ONU em Jammu, na Índia. A expressão "hangout" não tinha nada a ver com "vamos nos encontrar", mas "sob fogo" era uma descrição literal, não era brincadeira.

Ben mandou uma mensagem de volta: *60 segundos.*

Ele vestiu a calça e saiu do quarto de Caitlin. O apartamento estava frio e escuro, com a iluminação fraca vinda da rua, que atravessava as finas cortinas, e fazia parecer que a noite em si estava extenuante, cansativa. Ben cambaleou pelo terreno desconhecido, encontrou sua mochila e colocou seu tablet em cima da agora familiar mesa de jantar. Felizmente ele havia deixado o computador em modo de suspensão em vez de desligá-lo, por isso pôde acessar rapidamente o Google Hangouts. Enquanto chamava Ignacio para um vídeo chat, Ben aproveitou o breve intervalo para ativar um programa que iria gravar a conversa. Ele rapidamente pegou os fones de ouvido de sua bolsa, para evitar que o som vazasse para o corredor. Tremendo de frio, jogou uma manta de lã que estava por perto sobre os ombros nus.

Enquanto era feita a conexão para a chamada, Ben se levantou. O fogo de metralhadoras explodiu em seus ouvidos e ele deu um pulo para trás, com o estômago na garganta. Levou um instante para ele perceber que os sons vinham dos fones de ouvido, não do quarto.

Ignacio apareceu na tela, mas o ângulo da câmera estava torto, pois só mostrava parte do seu rosto e a sala de estar de alguém. A fumaça cinzenta se espalhava por todo o sol da tarde. Ignacio estava gritando em urdu para alguém atrás dele: "Saia de perto da janela!" Alguém gritou algo de volta que Ben não entendeu direito. Ele veria o vídeo de novo mais tarde, com o som melhorado.

Quando Ignacio finalmente ajeitou a câmera para enquadrar o seu rosto, Ben viu que uma das lentes dos seus óculos havia sumido e a outra estava rachada. O cabelo normalmente bem penteado do jovem estava rebelde, emaranhado e, de um dos lados, manchado de sangue. Havia um brilho vermelho em seu couro cabeludo, que dava a entender que o ferimento era recente e ainda não havia sido estancado.

– Jesus Cristo – exclamou Ben. – Onde...

– Bazar Raghunath – gritava Ignacio em meio à uma artilharia intermitente. – Não sei quem começou o ataque, se foram os soldados indianos ou os paquistaneses, mas estão *todos* enlouquecidos, Ben. Eles estão atirando em civis ao acaso.

Ouviu-se então um estouro fora do quarto, e Ignacio abaixou-se, sumindo da tela. Ben ouviu gritos vindos da esquerda e da direita, vozes diferentes, vozes furiosas. Houve mais estalos e depois veio o silêncio. Será que eles haviam sido atingidos? Ou estavam apenas se protegendo?

Ben observava tudo com ansiedade, enquanto quadros caíam da parede por toda a sala. Em seguida, o som de uma granada explodiu em seus ouvidos. Ele deu um salto para trás e suas mãos voaram e arrancaram o fone dos seus ouvidos. Depois de um segundo, quando recuperou o fôlego, ele os colocou novamente.

– Ignacio, você está em segurança? – gritou ele.

Após uma demora preocupante, Ignacio se pronunciou:

– Sim – Ele ajeitou sua imagem na tela. – Eu estou do outro lado da rua onde está acontecendo o combate, no andar de cima. Há confrontos por todo o lado. Ben, você tem que dizer na assembleia que isto está acontecendo! É como se estivéssemos no maldito Afeganistão. Não há Estado de Direito por aqui. Nada.

– Onde está o resto das forças de paz?

– O núcleo principal está a cerca de 16 quilômetros. Dez de nós estávamos fazendo uma inspeção de rotina quando uma bomba explodiu.

– Espera aí – disse Ben.

– Eu não vou a lugar algum, pode acreditar.

Ben mandou uma mensagem para o embaixador Pawar. Um minuto depois, ele já havia adicionado o diplomata à conversa. A câmera de Ignacio, por estar na sua mão, estava com uma angulação bem inclinada, enquanto ele se levantava. Dava para vislumbrar as sedas de um sári, e uma mulher puxando-o pelo braço.

– Ignacio, estou com o embaixador Ganak Pawar, você pode vê-lo?

– Sim – disse Ignacio, tossindo. – Disseram-me que temos que sair daqui, que a fumaça na sala está ficando mais densa.

– Sr. de Viana, você consegue chegar a um lugar seguro? – perguntou o embaixador.

– A mulher que mora aqui está dizendo que vamos sair pelos fundos, rumo à estrada principal, onde as pessoas estão formando caravanas.

A câmera de Ignacio deu outra guinada e Ben ouviu uma mulher gritar em urdu:

– O chão, o chão! – A imagem da câmera desapareceu; Ignacio deve ter se ajoelhado novamente para se proteger. Uma janela apareceu no quadro, mostrando as cúpulas esburacadas dos templos e alguns telhados destruídos. Em seguida, a lente se voltou para os barracos de varejo na frente dos templos e toda a amplitude da rua. Pareciam que eles haviam sofrido um terremoto – havia estilhaços por toda parte e gente esmagada por pedras de uma estrutura adjacente. Ben viu cinco corpos, manchas largas e escuras de seu sangue nas ruas, e outras vítimas que ainda estavam agachadas e feridas, gritando na porta de um cinema. Seis soldados corriam pela área, com armas nos quadris, prontos para atirar a qualquer momento. Um deles parou, se virou e atirou nas janelas de um sobrado acima de uma loja.

– Soldados paquistaneses e indianos entraram na cidade – disse Ignacio. – Agora eles estão atirando uns nos outros.

Ben olhou para o rosto do embaixador no canto da tela; o horror o deixara congelado.

Do lado de fora da janela onde Ignacio estava, um pedestre de repente apareceu e correu para um beco, mas se encolheu de medo no meio do caminho, e se protegeu perto de um carrinho de alimentos enquanto uma saraivada de balas disparadas por um soldado lançou tigelas de grãos e frutas secas, despedaçadas logo acima da sua cabeça. Uma nuvem amarela e biliosa de especiarias flutuava no ar. Ben sacolejou tão logo outra bomba explodiu em seus ouvidos. Um pedaço do telhado de um templo se despedaçou diante dos seus olhos, lançando fragmentos e fumaça preta no ar. A explosão veio de dentro. Terroristas, mais provavelmente – instigadores locais explodindo suas próprias casas para que pudessem matar forasteiros.

– Meu Deus – Ganak arquejava.

Ignacio virou seu tablet para o rosto, mas antes que pudesse falar suas mãos oscilaram e a câmera balançou violentamente, batendo no chão. Ben engasgou. Será que ele havia levado um tiro? Mas o quadro se manteve, e mostrava Ignacio rastejando para longe da janela. Ele alcançou uma mulher que estava estirada nas proximidades, agarrou-a pelos braços e, ainda de joelhos, arrastou seu corpo em espasmos através de um arco que dava na sala de estar. A mulher gritava, com a barriga para cima, enquanto o sangue jorrava de sua boca e manchava seu sári amarelo. Eles podiam ver a mancha vermelha se espalhando por um lado do seu peito. Ignacio rastejou de volta para o quarto e logo estava de frente para a câmera novamente, gritando:

– Tragam as forças da ONU para cá agora! Eu não tenho a autoridade... Façam com que a maldita ONU se mexa!

Então, ao longe, ouviu-se outra explosão. A imagem sumiu e a conexão caiu.

Ben fechou os olhos. Ele estava suando, tremendo como se tivesse com uma febre alta. Globos de luz estavam explodindo por trás de suas pálpebras – lembranças vivas das bombas caindo sobre Bangladesh durante uma noite em 2001. Ele ouviu o seu nome ao longe, abriu os olhos e viu que Ganak o estava chamando.

– Ben...?

– Sim – disse ele. – Estou aqui.

– Eu só gravei a partir do momento em que entrei na conversa.

– Eu lhe mando a gravação completa.

– Obrigado. Temos que nos encontrar imediatamente. Você pode chegar em meu escritório em meia hora?

– Claro.

Os homens terminaram a sua conversa sem se despedirem. O embaixador já estava se mexendo para entrar em contato com oficiais militares. Ben mandou o vídeo por e-mail e depois se sentou e se sacudiu, enxugando a umidade da testa e dos olhos. Ele queria que todo aquele inferno por lá terminasse, que *toda* loucura que os humanos infligiam sobre em si mesmos desaparecesse.

Enquanto isso, no quarto, Caitlin acordava num sobressalto.

Ela jogou as pernas para fora da cama e só então lembrou que seu velho amigo Ben havia passado a noite toda ao seu lado.

Ela vestiu um roupão, saiu andando pelo corredor e parou em frente ao quarto de Jacob, para ver se ele havia acordado cedo. Como não ouviu nada, ela seguiu para a sala de estar, onde viu Ben sentado com as mãos na cabeça, encolhido sob a sua manta, no mais completo desespero. *Será que ele está arrependido do que aconteceu ontem à noite?*, pensou ela, mas logo ela viu seu tablet, sua conta do Google aberta e uma janela de chat de vídeo vazia.

– Ben – disse ela, colocando uma mão no seu ombro. Sua respiração era pesada e irregular enquanto ele tentava estabelecer um ritmo, e manter um certo autocontrole.

– Jammu. – Ele deixou escapar. – Atacaram uma zona comercial.

– Oh, não – disse Caitlin, sentada ao seu lado.

– Desculpe, eu acordei você.

– De jeito nenhum. Tem alguma coisa que eu possa fazer?

Ele balançou a cabeça e se levantou, deixando cair o cobertor.

– O número de corpos disparou novamente – disse ele, de um jeito grosseiro, enquanto enfiava seu tablet na mochila com movimentos bruscos, de irritação. – Tenho que me encontrar com o embaixador. Essa coisa está mais do que fora de controle.

Ele correu às pressas de volta para o quarto de Caitlin, e já completamente destroçado.

Ela lhe ofereceu o seu espaço. Já conhecia esse lado de Ben – esse lado do trabalho que faziam. Ela pegou a manta e a envolveu em torno de si mesma, tentando se concentrar em outra coisa além do que Ben havia lhe dito. Ela não tinha notícias de Gaelle desde que deixou o Haiti. Sempre que ligava, ouvia a mensagem da caixa postal da Anglade Aluguéis de Barcos. E Maanik, Caitlin mal conseguia ter apoio para escalar o abismo que era a investigação *daquele* trauma. Ela quase invejava Ben por ter um alvo no qual podia se concentrar: os carnívoros territoriais que lutavam por causa da terra e da ideologia. O que diabos *ela* estava enfrentando? A sessão com Maanik mais provocara do que esclarecera. Era como se ela estivesse em busca de algo cauteloso e astuto, que não queria ser visto.

Se eu quiser ajudar essas crianças, se eu quiser dormir de novo, vou precisar de mais informações. Ben estava lidando com a sua crise, correndo em sua direção. Ela tinha que fazer o mesmo.

Havia um outro adolescente com quem Caitlin ainda não entrara em contato. Ela abriu o navegador do seu telefone e fez uma busca por

Atash. Levou algum tempo, mas encontrou um artigo escrito no dia anterior sobre a autoimolação no Irã. Ele se referia ao menino que ateou fogo ao próprio corpo em uma biblioteca. Pelo que o artigo dizia, ele estava em estado crítico em um hospital de Teerã.

Ainda vivo, pensou Caitlin, eufórica.

Ben adentrou a sala de estar esbaforido.

– Sinto muito. – Ele a encarou. – Desculpe, estou lidando com isso de um jeito tão... tão nojento.

– De jeito nenhum – respondeu ela. – Os dias têm sido infernais.

Ele concordou com um grunhido enquanto pegava o seu paletó e enfiava o braço em uma das mangas.

Ela tentou se conter, sabendo que, se dissesse qualquer coisa agora, provavelmente seria mal interpretada – mas tinha que ser dito antes que ela o perdesse para aquela crise.

– Ben, eu sei que o momento não poderia ser pior, mas preciso da sua ajuda.

– Com o quê?

– Tenho que chegar ao Irã o mais rápido possível.

As mãos de Ben escorregaram do zíper do paletó que ele tentava fechar. Ele parecia triste, mas quando falou soou feroz.

– Do que você está *falando*?

– O menino que ateou fogo a si próprio... ele está vivo.

– O.K... E?

– Você viu ontem à noite o que estamos enfrentando. Tenho que encontrá-lo.

– Eu preciso de *você* viva, não sequestrada, aprisionada e sabe Deus o quê. Vou procurar um tradutor e você vai poder ligar para ele.

– Não há nenhuma garantia de que o garoto possa falar. E, Ben, eu não tenho como ver uma brisa inexistente pelo telefone.

– Se ele não puder falar, se estiver tão gravemente queimado, a probabilidade de arrancar *alguma coisa* dele não compensa o risco.

– Você não tem como saber disso. Eu posso encontrar uma maneira de ir para o Irã com segurança se tiver a ajuda das Nações Unidas.

– Não através de mim, Caitlin. – Então, a compreensão passou longe da sua expressão. Ele se virou para encará-la. – E nem *de* mim, também.

– Desculpe?

– Você está fugindo de mim.

Ela ficou surpresa.

– Ben, juro por Deus, não estou. Tenho que ver esse menino *agora*. Ele pode não sobreviver...

– Já disse que não – vociferou ele, desistindo do zíper, sem encará-la, enquanto pegava a sua mochila.

– Ben, ouça. Ontem à noite, eu entendi... não, eu *senti* o que seria possível com você. Senti-me capaz de me apegar mais a você, e de ser mais forte porque já não estava mais sozinha.

– Não acredito. Você está batendo o cartão para ir sair como se eu fosse mais um compromisso.

– Por favor, ouça...

– *Não!* Eu não vou ajudá-la a ir para o Irã, Caitlin.

Ele saiu da sala e seguiu pelo salão que dava na porta da frente. Ela, por sua vez, gritou:

– Eu vou, Ben. Vou encontrar uma outra maneira de ir.

Não houve resposta, apenas o som de sapatos pisando em madeira de lei e da porta se fechando.

Caitlin caminhou até a mesa de jantar, pegou seu telefone celular, e ligou para o diretor Qanooni, da Organização Mundial de Saúde.

CAPÍTULO VINTE E SEIS

Algumas horas depois, Qanooni ligou de volta do escritório regional para a África, em Brazzaville, Congo. Ele estava trabalhando com o almoço em cima da mesa. Caitlin lhe disse que havia uma emergência médica no Irã e que ela precisava chegar lá o mais rápido possível.

– O escritório nacional na República Islâmica do Irã tem... como devo dizer?... uma influência nada substancial sobre o Ministério da Saúde.

– Estou ciente disso, Sr. Diretor, mas o estado de um paciente que está lá pode ter um grande impacto sobre pacientes aqui e no Haiti.

– Isso deve ser sério – disse ele, pensativo. – Você me chamou de "Sr. Diretor".

– Senhor...

– E agora de "senhor" – disse ele.

– ...isso é urgente – implorou ela. – Não tenho tempo para apresentar um pedido formal. Existe alguma maneira de fazer com que eu possa entrar no país?

– Com base em algo tão vago? Não. Se você puder escrever algo que possa, talvez, expandir o pouco que você me disse?

Expandir?, pensou ela. *As mentes dos jovens estão sendo atacadas por uma força que só os animais e eu podemos detectar. Por que eu não respondo* isso? *Diabos, por que eu simplesmente não estendo a minha mão direita em sua direção e transmito isso por* pensamento?

Nesse momento, chegou uma mensagem de Ben. Tinha apenas uma palavra: *Feito.*

Caitlin rapidamente se livrou daquela ligação e telefonou para ele.

– Ben... você está falando sério?

– Muito.

– Obrigada – disse ela. – Muito obrigada.

– Você pode agradecer a Mohammed Larijani, um tradutor na Missão Permanente. É ele que está fazendo isso acontecer. Está comunicando ao embaixador iraniano que uma médica americana precisa se consultar com médicos iranianos. É ótima propaganda para eles. Acho que você não se importa de ser usada dessa maneira...

– Nem um pouco. – Ela não teve tempo de refletir sobre o duplo sentido implícito em seu discurso.

– Espero que valha a pena – acrescentou ele.

– Vai valer – disse ela enquanto seguia até o seu quarto para fazer as malas. – Ben, você está bem?

– Estou bem. Meu amigo em Jammu está vivo, sua namorada está no hospital.

– Que bom. Mas quero dizer...

– Eu sei o que você quer dizer. Faça uma boa viagem.

– Farei. Ei, Ben?

– O quê?

– Uma psiquiatra entra em um bar iraniano. Ela pede uma dose de scotch com arrependimento.

Ben ficou em silêncio.

– Nem mesmo uma risada – perguntou ela.

– Agora não. Hoje não.

– Sinto muito que você esteja assim – disse ela com sinceridade. – Conversamos quando eu voltar.

– Vou passar por mensagem os dados da sua viagem. Mohammed acha que você pode pegar o voo da Aeroflot de duas horas. Tenho que ir agora.

Ela agradeceu mais uma vez, se despediu, terminou a chamada e fez o que sempre fazia quando havia um desafio: olhou para frente. Ligou para o seu pai e perguntou se ele poderia, por favor, voltar para Nova York. Ele concordou, evidentemente. Ele sempre concordava.

Caitlin se sentia péssima em todos os sentidos. Em parte era por conta da generosidade de seu pai, que estava sempre de prontidão. Além disso, havia o abalo secundário do que Ben havia lhe dito, e ela não conseguia impedir que sentimentos de culpa nublassem a sua mente. Ainda assim, ela tinha um trabalho a fazer.

Jacob não ajudou em nada sua autoestima. Caitlin nunca havia feito duas viagens tão próximas uma da outra. Ela não o levou para a escola para que pudessem passar metade do dia juntos, mas ele estava tão furioso que fez questão de ignorá-la – a princípio lhe dando as costas abruptamente, e depois agindo como se a mãe fosse invisível. Enfim, quando a hora dela partir se aproximou, Jacob simplesmente se retirou. Ficou sentado em seu quarto, com os olhos fechados e sem o aparelho auditivo. Se sentisse sua chegada no quarto para dizer adeus – e ele suspeitava que ela o faria –, ele não deixaria transparecer.

Caitlin havia aprendido anos atrás que, durante esses raros momentos de raiva, qualquer toque – fosse um tapinha carinhoso ou um abraço – equivaleria a uma surra. Isso não lhe deixava com muitas opções. Mas ela se sentou em frente a ele na escrivaninha por vários minutos para que o menino soubesse que a mãe estava presente. Suas mãos ficaram perto dele, sem tocá-lo, para que o garoto pudesse sentir o cheiro do seu creme de mão. E ela percebeu que seu tornozelo estava em contato com a perna da mesa, que tinha uma ligeira oscilação, e por isso Caitlin sabia que o filho sentia a sua presença enquanto ela escrevia um bilhete em seu bloco do Museu de História Natural, que tinha um dinossauro na capa, dizendo que estaria à sua espera quando ele abrisse os olhos.

Eu amo você, Jacob, dizia no bilhete. *Vou entrar no Skype para falar com você assim que conseguir uma conexão e não vou demorar a voltar. XOXO*

Seu pai lhe deu um grande abraço antes de ela sair e se dirigir para o carro que a esperava.

– Não se preocupe com Jacob – disse ele.

– Claro que eu vou me preocupar com ele – retrucou ela, suspirando.

– Estou falando sério, senhorita Caitlin O'Hara – reforçou ele, como se a estivesse repreendendo trinta anos antes. – Você tem que guardar toda a sua preocupação para si mesma nessa viagem. Quero que você tome muito mais cuidado do que o normal, está me ouvindo?

– Sim, estou.

– Nenhum risco. Não me importa quem precise de ajuda, encontre outra pessoa para ajudá-los.

– É apenas um menino em uma cama de hospital. Não há desastres naturais a serem evitados. – Ela tentou sorrir.

Ele beijou sua testa.

– Deus meu, espero que sim.

Pouco antes de Caitlin se sentar no Sedan que a esperava, Ben ligou com uma boa notícia: ela não teria que passar pelas Nações Unidas para pegar seus documentos. Não só a esposa do embaixador iraniano a encontraria no aeroporto, como Caitlin havia sido convidada para viajar com eles e sua equipe no avião do estado.

Um sorriso brotou no rosto de Caitlin. Ela o agradeceu novamente. Ele só lhe disse para não mencionar nada disso. E falava muito sério.

Ela chegou no JFK e foi recebida por um membro da equipe da missão, que a aconselhou a colocar seu véu na cabeça antes de embarcar. Caitlin enfiou a mão em sua bagagem de bordo e amarrou o véu – um presente que Ben trouxe de uma de suas viagens. Ele o comprou em um bazar nas proximidades depois que ela esquecera o seu no hotel, e as risadas que deram por conta de sua grosseira estampa sempre triunfavam sobre a sua vaidade. Ela foi, então, levada para o portão e atravessou a pista até chegar na aeronave que estava à espera. A esposa do representante permanente do Irã saudou Caitlin por ter se juntado a ela naquela viagem fortuitamente marcada que a levaria para casa a fim de prestigiar o nascimento de uma nova sobrinha. Após um período de cortesias e de bate-papo, Caitlin se ajeitou em um assento dobrável e suntuoso, colocou sua máscara e dormiu imediatamente. A exaustão finalmente a dominou, e as treze horas de viagem foram um presente dos deuses.

Ela dormiu durante o voo todo, a primeira vez em semanas que conseguiu descansar continuamente, até que o mesmo membro da equipe que a encontrara no aeroporto a acordou.

– Vamos pousar dentro de uma hora – disse-lhe o jovem.

Com o zumbido dos motores a jato fazendo muito barulho para ouvidos que ainda estavam cheios de sono, e o sentimento de culpa já começando a se fazer sentir novamente, Caitlin foi até o banheiro com a sua bagagem de mão. Ela pôs roupas que não usava há anos: jeans apertados; uma camiseta branca da Pink; e um sobretudo vermelho-vivo Yves Saint Laurent. Optou por um delineador preto com rímel e uma cor de batom forte, porém natural. Em seguida, se maquiou de um jeito um pouco mais exagerado do que de costume. Finalmente, vestiu botas de cano curto e salto de camurça preta e amarrou um véu Hermès vermelho e azul sobre o cabelo, amarrando cuidadosamente as extremidades em torno do pescoço. Aquele mais brega que Ben havia lhe dado não seria apropriado no Teerã. Não lhe escapou a ironia de que ela estava se produzindo mais para uma teocracia, do que jamais havia para qualquer homem.

Quando ela reentrou na cabine, a esposa do representante, que estava conversando em seu celular, sorriu e acenou com a cabeça em sinal de aprovação. Foi um gesto sutil, mas ela ficou feliz por ter acertado.

Eram 11h30 em Teerã. A preocupação de Caitlin em encontrar Atash o mais rápido possível havia traçado o seu caminho de Ben até Mohammed, e dele até o representante. A esposa do embaixador informou Caitlin que seu guia iria encontrá-los no aeroporto internacional Imam Khomeini e a levaria direto para o hospital. No portão reservado para as autoridades, ela foi apresentada a uma mulher que usava um véu sóbrio, preto e dourado, e óculos escuros de grife por cima da cabeça. Ela se apresentou como Maryam, sem sobrenome, e passou pouco tempo traçando coordenadas com a esposa do representante antes de conduzir Caitlin através da alfândega até um Sedan preto.

Os vidros fumê do carro eram quase opacos e Caitlin se perguntava durante o trajeto de meia hora se ela deveria fingir que não estava realmente ali, ou se a cidade é que não deveria estar à sua volta. Maryam, que estava ao seu lado no banco de trás, só deu uma rápida olhada nela para ver se estava tudo de acordo e passou o resto da viagem falando em persa no celular.

Caitlin vislumbrou o que pôde através das janelas, e, por um breve instante, lamentou o que não seria capaz de fazer naquela viagem. Em qualquer outra circunstância ela adoraria conhecer o Teerã, uma cidade que há muito tempo esperava poder explorar. Mas, na situação em curso, o motorista usou apenas vias expressas e a cidade não parecia muito diferente de qualquer outra. Havia avenidas mais amplas do que em Nova York, edifícios mais baixos, porém mais imponentes e com maiores proporções, algo mais amplo em relação às janelas, e menos fachadas envidraçadas. Mas ela não tinha tempo de se aproximar e efetivamente olhar.

A via expressa passou perto de uma avenida que estava abarrotada de gente, de uma calçada a outra. A cor verde se destacava nos cartazes e ela podia ouvir o barulho entoado vindo da multidão.

– É um protesto? – perguntou ela, embora Maryam ainda estivesse no telefone.

– Sim – disse Maryam. – Econômico. As motoristas de ônibus do sexo feminino não são pagas há um mês.

Mas, para os ouvidos de Caitlin, o protesto era bem mais agressivo e violento do que parecia. Ela se perguntava se aqui, também, as pessoas sentiam as tensões de um mundo que estava no limite.

Elas se aglomeraram em uma via um pouco menor e o mar verde cresceu entre os prédios. Um punhado de homens e mulheres se juntaram em um pequeno parque, movendo-se lentamente, valendo-se de uma sequência do Tai Chi. Caitlin ficou levemente chocada ao ver essa prática chinesa no Irã, e os movimentos deslizantes e angulares dos braços a remeteram imediatamente a Maanik e aos movimentos de Gaelle.

Uma possível conexão mongol bem ali, pensou ela, enquanto o Sedan parava em frente ao hospital. Conectar mongóis aos chineses seria certamente um passo menor do que ligar mongóis a vikings.

No hospital, Maryam sentou-se com ela na recepção enquanto Caitlin tentava falar com Jacob pelo Skype. Vestido de pijamas e tomando um picolé, o menino falava em sinais precariamente usando apenas uma mão.

Enfim, ela disse:

– Jacob, quero que você entenda uma coisa. É muito importante. O jovem que estou visitando... ele pode morrer. É por isso que eu tinha que vir.

Jacob não falou muito, mas ele parecia que tinha voltado a ser o menino simpático de sempre e mandou dois beijos para a mãe antes de terminar o bate-papo.

Assim que o tablet foi desligado, Maryam escoltou Caitlin até o andar onde estava Atash. Sua entrada no quarto de Atash foi barrada por um médico que não ficou feliz ao ver as duas visitantes mulheres – até Maryam erguer um cartão que parecia uma identidade. O médico não desenvolveu milagrosamente um espírito cortês, mas saiu da frente.

– Além disso, vou servir de intérprete para você – disse Maryam assim que entraram no quarto de hospital.

Caitlin não esperava pelo que as recebeu. Ela sabia que o jovem havia sofrido queimaduras de terceiro grau em mais de três quartos do seu corpo, e que estava totalmente envolto por ataduras. Ela sabia que ele estava sendo mantido vivo por um conjunto de tubos e de cateteres vasculares. Nada disto a surpreendeu. Mas Caitlin não havia previsto a sua tentativa de se virar em sua direção, usando os ombros, quando ela entrou na sala.

– Ele conhece você? – perguntou Maryam.

– Não... – respondeu Caitlin, com um traço de hesitação na sua voz, embora não soubesse o porquê.

Caitlin não se aproximou da lateral da cama, mas a circundou, para ver se seus movimentos a acompanhariam. E acompanharam. O coração da doutora sentia pelo menino e pela sua situação. Ela reconhecia o sentimento impessoal de um quarto que não recebia visitas, que não tinha flores e que abrigava uma pessoa mal-amada; um abandono muito pior do que as queimaduras que o haviam imobilizado.

Ele não só estava acordado, como também murmurando. Maryam inclinou a cabeça para escutar.

Depois de um momento, ela disse:

– Isso não é persa.

– Você reconhece isso?

A jovem balançou a cabeça uma vez, rapidamente.

Uma onda de energia arrebatadora percorreu Caitlin – ela sabia o que estava por vir, por que havia hesitado quando lhe perguntaram se o menino a conhecia. Ela já estivera aqui antes. Não nesta sala, não com ele, mas com Maanik e Gaelle.

As mãos de Atash se moviam tanto quanto os suportes permitiam. Seu braço esquerdo tremeu até o ombro enquanto sua mão se esforçava para apontar numa direção longe do seu corpo. Sua mão direita se movia na diagonal, apenas alguns centímetros, mas o suficiente para Caitlin reconhecer um dos superlativos de Maanik.

Ela pegou o telefone celular e o ergueu para gravar os gestos.

– Não! – vociferou Maryam.

– Por favor, isso pode ajudá-lo! Alguém mais tem que ver...

– Não, de jeito nenhum. – Ela não foi efusiva em relação à sua insistência, simplesmente foi firme de uma forma que disse a Caitlin que não adiantava discutir. Ela suspeitava de que aquela era uma regra destinada a beneficiar não o paciente, mas a paranoia de um regime totalitário.

Caitlin guardou seu celular, inclinou-se sobre Atash e escutou. Lá estavam as consoantes guturais, o zumbido dos "R" asiáticos.

– Peça a ele para falar em persa, por favor – disse ela.

Maryam se inclinou para a frente, mas, antes de terminar a pergunta, Atash mudou. Suas mãos se enrijeceram e suas declarações mudaram de tom. A linguagem superior desapareceu, substituída por grunhidos tranquilos e prolongados.

Impotente, Caitlin sentiu suas mãos se apertarem. Ela sabia que o jovem estava em agonia. Só conseguia pensar em uma maneira de se comunicar que poderia funcionar, mas ambas as mãos estavam enfaixadas. Ela estendeu a mão esquerda – a senhora no Haiti a havia instruído a usar a mão esquerda com a serpente; Jacob sentiu o oceano com sua mão esquerda – e tocou levemente uma das únicas áreas da pele de Atash que estava exposta, sua garganta.

Algo explodiu dentro da cabeça de Caitlin. Foi rápido e pesado e pressionou as laterais do seu crânio para fora, como o pulsar de uma dor de cabeça dolorosamente congelada em seu lugar. Em seguida, abriu caminho e saiu do seu corpo – a pressão ficou circulando à sua volta, forçando suas pálpebras a ficarem fechadas. Ela não podia abrir a boca para gritar, mas sentia o grito em sua garganta.

Ela se obrigou a abrir os olhos. O branco das paredes, das bandagens, havia sido transformado em rocha escura e gelo – torres irregulares do mesmo material ficaram em evidência bem atrás das colunas escuras e retangulares que estavam em sua frente. E um homem, um jovem de pele bem branca, se comunicava com as mãos, os braços e palavras estranhas, porém familiares – e inclinava-se para a frente com urgência, implorando, quase curvando-se por causa de sua súplica.

Caitlin não conseguia entender. Seus tímpanos estavam pulsando por causa da pressão que envolvia a sua cabeça, pressão que estava fechando sua garganta, bloqueando o som e a respiração.

O passado recente, o presente, seu mundo e a vida estavam todos fora de foco. Onde quer que ela estivesse, quem quer que fosse, fosse lá o que estivesse vendo, estava se erguendo perante ela com uma clareza cortante.

E de repente as palavras se tornaram familiares. As estruturas de colunas, altas e vastas, lhe eram conhecidas. Os edifícios mais além, escuros em meio a tufos de lavanda e folhagem verde, eram lugares que ela já havia visto. E, mais adiante, aqueles picos que pareciam menos com montanhas do que com explosões de gelo...

Ela olhava através de olhos que não eram os seus, para um mundo que não era o seu. O jovem pálido lhe implorava, do chão.

– *Salve o meu irmão, salve-me! Por favor! Mostre-nos como!*

– *Eu não sou mais um Guardião para ele ou para você* – disse ela com a voz de um velho, incapaz de controlar as palavras que saíam de sua própria boca. – *Você coloca a sua fé em coisas que não têm poder de verdade. Você moldou o seu próprio destino.*

– *Nós vamos nos arrepender, vamos falar o* cazh!

– *Não* – respondeu ela, com tristeza. – *Você vai morrer.*

O orador se virou e o jovem foi impelido do chão para cima e saiu correndo pela rua. O corpo de Caitlin correu para se juntar às outras figuras que usavam mantos e que estavam perto das colunas a uns dez metros de distância, com os braços levantados para o céu escuro. Com as mangas pesadas por causa do óleo, ela ergueu as mãos para completar a oração do *cazh* e deu um grito assustador. Suas mãos, de repente, estavam em chamas, seus dedos girando até ficarem em pedaços no ar, mesmo enquanto sinalizava uma palavra, a única palavra de que dispunha, um superlativo para "transformar".

Houve outro grito e de repente Caitlin estava no chão. Não um chão de pedra, mas o piso do hospital.

– Dra. O'Hara!

Caitlin abriu os olhos e viu o rosto de Maryam pairando sobre ela. Sua cabeça estava extremamente leve, as mãos, excessivamente quentes e o seu cérebro, extraordinariamente confuso. Por um momento, era como se ela tivesse esquecido como falar.

– Você gritou – disse Maryam.

– Eu... não. Não.

Não havia sentido em sequer tentar explicar. Ela não tinha certeza se *poderia* explicar, uma vez que não havia entendido direito o que acontecera. Caitlin se afastou de Maryam e se levantou do chão, agarrando-se à grade da cama de Atash. Ela estava cambaleando.

– Foi Atash – disse Caitlin, engasgando.

– O que você está dizendo?

Caitlin ficou em silêncio. Tal como acontecera com a serpente no Haiti, ela havia passado por algo que Atash estava experimentando. Ela se voltou para o jovem. Seus olhos avermelhados se fixavam em um canto do teto. Uma lágrima deslizava pelo seu rosto, e um filete de sangue escorria pela boca e sobre o queixo. Ela estendeu a mão para poder tocar em seu pescoço com a mão direita, em busca de um pulso...

– É melhor chamar o médico – disse Caitlin com tristeza.

– O que houve?

– Ele está morto – respondeu ela.

CAPÍTULO VINTE E SETE

Caitlin sentou-se novamente na recepção, uma sala espartana com símbolos religiosos nas paredes. Maryam estava em seu celular, sentada sob uma cimitarra de bronze suspensa com a ponta para cima. Uma luz suspensa lhe conferia certo brilho.

Com as mãos e os antebraços pesados, Caitlin abriu o seu tablet, mas ficou olhando para a tela escura. Ela sabia que deveria usar o Skype para falar com o seu pai, com Bárbara, ou até mesmo com Ben, mas o que ela testemunhara - não, o que ela *experimentara* - a havia deixado entorpecida.

Uma parte dela não queria conter a dormência. A dor de Atash se juntou a de Maanik e Gaelle com uma intensidade tão feroz que fez que ela se sentisse culpada por não ter vindo dias antes, quando ela poderia ter sido capaz de... fazer alguma coisa. Talvez pudesse ter trabalhado com ele em etapas, usado a hipnose, algo para fazer a mediação entre ele e a visão. Agora ele estava morto, e havia morrido em agonia.

E então o medo impregnou o torpor. *Será que a sua morte na visão provocou a sua morte corporal?* Se esse foi o caso, Maanik e Gaelle estavam correndo um perigo *mortal*. Ela começou a tremer.

Uma mão tocou o seu ombro, mas ela não respondeu. Depois a mão virou seu queixo para que ela pudesse fitar os olhos castanho-claros de Maryam. Eles estavam mais gentis do que antes.

- Dra. O'Hara, você precisa se concentrar.

Caitlin assentiu sem prestar muita atenção.

– Doutora, eu não sou uma mulher que seleciona o que vê. Eu vejo tudo. Quando sua mão estava sobre o rapaz eu vi a sua cabeça se movendo. Não assim. – Ela balançou a cabeça para trás e para a frente, e depois apontou para o véu da Hermès que Caitlin usava. – Sua cabeça se movia como se, por debaixo do lenço, seu cabelo estivesse vivo.

Suas palavras para Ben – sobre o cabelo de Maanik justificar a sua viagem – voltaram para ela. Assim como um pouco de força vital.

– Continue – disse Caitlin.

Maryam a encarou.

– Você não parece surpresa.

– Estranhamente, não – admitiu ela. – Por favor, o que mais você viu?

Maryam a olhou com ceticismo.

– Por favor – implorou Caitlin. – Toda informação é útil.

Maryam se sentou ao seu lado.

– Quando você caiu para trás, isto veio para a frente. – A jovem tocou em uma mecha de cabelo que havia se soltado do véu de Caitlin e estava emoldurando o seu rosto. – Eu a vi se mover como se um vento tivesse batido, mas as janelas estavam fechadas, não havia ventilador, nem brisa alguma. Eu não sou uma mulher imaginativa, doutora. Eu vi isso.

– Eu acredito em você – disse Caitlin. – Há coisas acontecendo que eu não entendo. Foi por isso que vim até aqui.

– Agora eu sei disso, por isso vou levá-la para ver alguém. Temos tempo suficiente antes do seu voo de hoje à noite.

A mente de Caitlin clareou um pouco.

– Essa é uma maneira educada de dizer que eu estou presa?

Maryam sorriu e olhou discretamente em volta do cômodo.

– Doutora, se esse fosse o caso, você não precisaria perguntar.

A jovem pressionou os dedos da palma da mão de Caitlin. Ela, por sua vez, notou que a parte de trás da mão de Maryam era acinzentada, muito enrugada, e quase tinha bolhas em alguns lugares. Era uma mão que, há algum tempo, havia sofrido queimaduras severas.

– Eu era uma menina durante a guerra com o Iraque – disse ela. – E fui paciente aqui neste hospital.

Os olhares das duas mulheres se encontraram e Caitlin pensou na força que Maryam deve ter feito para acompanhá-la, fosse movida por uma ordem ou voluntariamente, até este lugar que lhe trazia lembranças de dor, tristeza e medo. Caitlin apertou sua mão delicadamente.

- Continue.

- Há mais que você deve ver enquanto estiver aqui.

Maryam se levantou e Caitlin a seguiu até o Sedan que as esperava.

Quarenta e cinco minutos depois, elas pararam em frente a um prédio baixo de concreto. Caitlin seguiu Maryam até um dos apartamentos e se sentou em uma sala de estar com móveis esparsos e um lençol florido que servia de cortina. Ouviu tinidos suaves vindos de onde devia ser a cozinha e percebeu vagamente que Maryam não estava ao seu lado. Em frente a Caitlin, na parede verde-clara, havia um padrão elaborado que se erguia do chão e florescia em vermelho por toda a extensão – com pontos, estrelas, rodas como se fossem olhos, penas florescentes. Era como se fosse um design *mehndi*, um adorno pintado em henna nas mãos das mulheres indianas antes do casamento.

E jasmim – de repente ela percebeu um aroma contundente e familiar de chá de jasmim pairando no ar. Uma xícara e um pires haviam sido colocados na mesa baixa. O aroma aliviou a tensão que havia se instalado por trás de seus olhos e, inesperadamente, lágrimas começaram a descer pelo seu rosto.

– Uma xícara de lágrimas – disse uma voz masculina suave ao seu lado depois de ela ter soluçado longamente, por várias vezes. – Em algumas culturas, há vasos sagrados que nos permitem ficar de luto.

Caitlin enxugou os olhos com as palmas das mãos e respirou profundamente, estremecendo.

– É sempre jasmim? – perguntou Caitlin enquanto se recompunha.

– É o que precisa ser – respondeu ele.

Ao lado dela estava um pequeno homem hindu com cabelos grisalhos, que tinha algo em torno de 60 anos. Suas orelhas eram notadamente tortas e uma gentileza em seu olhar o fazia parecer alguém amigável.

– Sou Vahin – disse ele com um sorriso que a aqueceu e a confortou.

– Meu nome é Caitlin – respondeu ela. Ela olhou ao redor. – Onde está Maryam?

– Está lá fora – disse ele, enquanto se sentava em uma poltrona meio gasta à sua frente. – A doce senhora e eu temos ofícios muito diferentes nesta cidade, mas ela... cruzou barreiras, digamos assim? Ela achou que você e eu devíamos conversar.

– Sou grata a vocês dois. O que você faz, Vahin?

– Eu sou algo como um clérigo em uma comunidade hindu.

– Perdoe-me, mas você pode fazer isso por aqui?

– Temos uma pequena comunidade dentro e ao redor da cidade. O Irã tolera a nossa liberdade religiosa e a Índia permite que os muçulmanos xiitas que lá residem visitem o Irã. É um relacionamento mutuamente benéfico.

– Se você gosta de viver no ponto de tensão entre duas culturas diametralmente opostas...

– Alguns de nós têm essa vocação. – Ele sorriu, misterioso. – Mas agora, vamos à sua situação. Diga-me o que as suas lágrimas disseram para a xícara. Não esconda nada.

Enquanto Vahin tomava o seu chá, Caitlin lhe contou tudo, não só sobre Atash, mas sobre Maanik e Gaelle, as conexões com os nórdicos e mongóis, as reações de Jack London, e seus próprios vislumbres de visões impossíveis. Vahin ouviu tudo sentado, calmamente, acenando com a cabeça de vez em quando, e, ocasionalmente, virando a cabeça para o lado.

– E então – disse Caitlin quando terminou o seu relato –, quão doido tudo isso lhe soa?

– Nem um pouco – respondeu Vahin. – Por não ter como racionalizar, você tende a achar que o que experimentou é, portanto, algo irracional. Não é o caso. Não culpamos as palavras por serem insuficientes para expressar novas ideias. Nós simplesmente encontramos palavras melhores. Você sabe quem desenvolveu tal ideia?

Caitlin fez que não com a cabeça.

– Os nórdicos – respondeu ele.

– Vikings – disse ela, começando levemente.

– Sim. Eles entenderam que a energia que nos conecta, que nos liga uns aos outros, tornou-se manifesta em cada um de nós como pensamento... e foi pensada como linguagem. Mas foi o que você chamaria de uma via de mão dupla. Se você alterasse as palavras, poderia mudar a maneira que você pensava a energia. – Ele se levantou, levou as xícaras para a cozinha, e Caitlin ficou ouvindo novamente os sons chá sendo preparado. Ela decidiu ir atrás do cheiro, e assim que entrou no cômodo, ele sorriu e continuou. – Em 1984, eu viajei para Bhopal logo após a tragédia da Union Carbide. Você se lembra disso?

– Sim – disse ela. – A fábrica que acidentalmente liberou o gás venenoso.

– A fábrica estava fabricando um pesticida. O gás se espalhou pelas favelas em torno da fábrica e milhares e milhares de pessoas morreram. Foi terrível. Eu fazia parte do clero local ao qual foi pedido para que ajudasse a realocar os órfãos daquele desastre. Eu mantive o controle dos meus órfãos e os visitei sempre que podia ao longo dos anos. – Ele colocou outra xícara de chá nas mãos de Caitlin. – Uma xícara de chá fresco. – Ele sorriu. – Chega de lágrimas.

– Obrigada. – Caitlin sorriu de volta enquanto o acompanhava de volta para a sala de estar. Dessa vez, ele se juntou a ela no sofá.

– Quanto ao por que de Maryam ter trazido você aqui. Temos um amigo em comum, uma das crianças sob os meus cuidados, que estava no hospital com ela. Durante muitas décadas após a tragédia de Bhopal, ele se comunicava em uma língua exótica. Era involuntário, de modo algum vinculado a qualquer cerimônia religiosa. E ela me ouviu falar de outra criança, uma menina jovem, cujos braços costumavam, de vez em quando, se inflamar com assaduras que mais pareciam queimaduras químicas. Ela chamava isso de *motu-cazh*.

Suas palavras fizeram com que Caitlin recomeçasse. Dessa vez, ele notou.

– Você ouviu isso? – perguntou Vahin.

– A segunda parte parecia familiar – disse ela.

– Bem, eu discordei de um psicólogo que fazia parte do meu grupo. Ele argumentou que tais marcas se assemelhavam a estigmas, uma expressão fisiológica de aflição psicológica. Eu achava que era muito mais.

Caitlin bebericou seu chá e esperou pacientemente. Vahin parecia buscar as palavras para expressar seus pensamentos com precisão. Por fim, ele se inclinou para a frente e pôs o seu chá sobre a mesa.

– Deixe-me primeiro lhe falar de algo que está claro para mim – prosseguiu ele. – As atividades de mão esquerda e de mão direita que você mencionou. Com a esquerda que você absorvia uma força enorme da cobra, com a direita você empurrava uma menina contra uma parede, sem tocá-la. Isso é o fluxo natural das coisas.

– Tornar-se super-humana?

– Não – disse ele pacientemente. – Para ser um condutor para a energia do universo. A mão esquerda recebe energia, a direita a emite. Isso é um conhecimento muito antigo que vem do budismo tântrico. É semelhante à energia chi entre os monges Shaolin na China.

Ele colocou as mãos em torno de uma esfera invisível e a empurrou na direção de Caitlin. Uma sutil sensação de calor tomou conta de sua garganta.

– E-eu *senti* isso – disse ela, maravilhada.

Ele prosseguiu:

– O budismo, o hinduísmo, os Vedas, o taoismo chinês, o Tai Chi, o paganismo que gerou as crenças viking; as sementes de nossas mentes não foram plantadas em fileiras retas, com paredes entre elas. Cada cultura descobriu esse mesmo fenômeno de energia, tanto dentro de nós quanto nos cercando, e nos conectando o tempo todo.

– Você mencionou o Tai Chi – disse Caitlin, lembrando-se dos homens e das mulheres do parque.

– O Tai Chi é um exemplo de uma grande força utilizada para capacitar, não para destruir. – Ele moveu suas mãos de um jeito que fez Caitlin se lembrar dos gestos de Maanik. – O movimento instiga a energia dentro de nossos corpos, assim como nos abre para a energia que está do lado de fora. Quando essas duas energias se fundem, somos iluminados, elevados.

– Você está falando sobre a energia da vida ou... da alma? – perguntou ela, não inteiramente à vontade em usar o último termo.

– Das duas.

– Algo que sobrevive à morte.

Ele acenou com a cabeça uma vez e apontou para o chá que estava sobre a mesa.

– Quando as folhas se vão, o perfume permanece no ar... e na mente. Ele é reacendido, a memória é atualizada quando um novo chá é preparado. Por isso, é da alma. Com a morte, a alma paira até encontrar um novo corpo.

– Paira como? Para onde? – desafiou Caitlin. – Limbo? Céu?

– Eu prefiro chamar de plano transpessoal – respondeu ele. – Quanto a onde... – Ele parou e gesticulou, simplesmente: – Por aí.

Caitlin suspirou.

– Tenho problemas com essa ideia.

– Grande parte do mundo, ao longo da história, tem abraçado esse conceito de alguma forma.

– Não quero ser desrespeitosa, mas ainda existe gente que acha que a Terra é plana.

Ele sorriu com benevolência.

– Diga-me por que *você* a rejeita.

Ela reuniu seus pensamentos.

– Eu não acredito em um pontuador cósmico. Essa parece ser a concepção geral de Deus, com o céu servindo como uma recompensa para um comportamento subjetivo, que muda de cultura para cultura. Eu também não acredito que a alma é uma espécie de pen drive imaterial onde as coisas ficam armazenadas e depois são despejadas em...

Ela fez uma pausa.

– Sim? – Vahin sorriu. – Um corpo à espera? Um corpo enfraquecido por lesão ou trauma, um corpo com fome de energia forte e curativa?

Caitlin sacudiu a cabeça.

– Não. Eu não aceito isso. Isso não é o que está acontecendo.

– A autoimolação. Um pai quase assassinado. A madrasta quase afogada. A perda dos pais em um terrível envenenamento em massa.

– Isso é trauma e a empatia natural do ser humano – disse Caitlin. Vejo isso o tempo todo. Obviamente, *estou sentindo* isso, porém, não sofri um trauma.

– Ainda não? Você não partilhou dos traumas dessas crianças?

– Como eu disse, empatia. Isso não é a mesma coisa que experimentar as coisas em primeira mão.

– Na verdade, a sua experiência podia, de certa forma, ser pior – sugeriu ele. – Você está coletando essas experiências e as interiorizando. Elas podem estar se acumulando exponencialmente.

O.K., pensou ela. *Ele pode estar certo em relação a isso.* Caitlin sempre extraiu a forte ligação emocional da equação médico-paciente. Aquelas crianças a tinham feito mudar seu padrão.

– Mas você não está entendendo – prosseguiu Vahin. – Você está tentando me refutar antes que eu possa explicar.

– Sinto muito – disse ela rapidamente. – Sinto mesmo. Estou sendo... bem, estou fazendo o que sempre faço. Perdoe-me. Por favor, me esclareça.

Vahin levou um tempo para pensar na sua abordagem.

– Eu acredito que o elo comum entre essas crianças que você conheceu é o trauma, mas não apenas o trauma delas.

– O que você está dizendo? – perguntou Caitlin. – Que há outra coisa que os une?

Ele assentiu.

– O seu plano transpessoal? O lugar que está à nossa volta? – supôs ela, ainda não convencida.

– Você duvida – disse Vahin. – Mas aceite, por um instante, a verdade do que eu digo. Pense no vínculo que as almas dessas três crianças compartilhariam instantaneamente. Depois multiplique isso pelas incontáveis almas que você não conheceu pessoalmente. O que mais poderia levá-los a experimentar tal nível de angústia?

O sofrimento implícito na matemática apavorante dessa perspectiva a fez sentir um calafrio.

– Tudo bem – disse Caitlin. – Digamos que, considerando o argumento de que *há* almas traumatizadas em outro lugar, vamos definir isso como o seu plano transpessoal. Os ataques que eu testemunhei sugeririam que essas "incontáveis" almas estão, de maneira oportunista, buscando almas dentro dos corpos de jovens traumatizados.

– Correto.

– Então, supondo que tudo isso seja verdade, por que essas almas ruidosas e agressivas estão ficando mais fortes agora?

– Isso eu não sei dizer.

Caitlin se recostou, sem esperanças.

– Mas ao buscar o entendimento – prosseguiu Vahin –, tenha uma coisa em mente. Essas "almas agressivas", como você as chama, podem ser de um evento, almas que já estão poderosamente ligadas.

– Um evento? Mas onde?

– O plano transpessoal é ilimitado. Não os busque em outro lugar. Procure-os em outro tempo.

CAPÍTULO VINTE E OITO

Maanik e sua mãe se enrolaram em seus casacos de inverno, vendo o sol da manhã da varanda de sua cobertura. Enquanto os raios dourados aqueciam os seus rostos, a jovem dizia:

– É quase como o verão.

Hansa, tremendo, abraçou a filha, feliz por ela estar sentindo *alguma coisa*. Essa foi uma bênção inesperada depois das dificuldades dos últimos dois dias. Seu marido mal parava em casa desde o ataque a Jammu. Naquela manhã, quando Hansa acordou, ele já havia saído de novo. Maanik também havia acordado cedo. Hansa a viu deitada de lado, acariciando distraidamente Jack London, e ela logo concordou em ir para a varanda.

– O que você acha? – perguntou Hansa, olhando para a vista da varanda, querendo aproveitar bem o tempo com a filha. – Nós podíamos repassar um pouco da matéria do colégio aqui, tentar recuperar o atraso fazendo alguns dos seus trabalhos de casa.

Sua filha parecia sorrir, com a cabeça inclinada para o sol, e os olhos fechados.

– Maanik?

– Sim?

– O que você acha disso?

Maanik se movia lentamente sob seus holofotes naturais.

– Desculpe.

– Estudar matéria atrasada, aqui fora.

– Eu gosto da ideia – respondeu ela.

Hansa a apertou de leve e começou a reorganizar as cadeiras, tirando um par de vasos grandes de plantas do caminho. Ela se assustou ao ver como estava fraca e resolveu retomar sua rotina de caminhadas.

– Maanik, como você acha que eu vou me sair na esteira do seu pai?

Maanik deu uma gargalhada.

– Você está achando isso engraçado? – perguntou sua mãe, sorrindo. – Talvez, quando estiver se sentindo melhor, você possa me dar umas aulas.

– Ela me deixa cansada.

– A esteira? Você consegue correr mais que o seu pai.

– Vou voltar para a cama – disse Maanik.

– Você não quer ficar aqui fora mais um pouco? Parece tão feliz aqui.

– Eu quero me deitar. – De repente, ela parecia frágil.

Hansa andou em sua direção.

– Deixe-me ajudar...

– Pode deixar.

A mulher ficou olhando enquanto Maanik sumia por trás do vidro reluzente da porta da varanda. Depois, ela continuou reorganizando os móveis, caso Maanik sentisse falta do ar fresco e optasse por retornar.

Jack London começou a uivar dentro do apartamento. Hansa largou a cadeira que estava movendo e correu para o quarto de Maanik. A menina ainda estava no corredor, bloqueada pelo cachorro que latia, e que, de frente para a porta aberta do quarto, estava dando saltos curtos e titubeantes. Depois ele recuava se sacudindo, como se estivesse tentando atacar a entrada e evitá-la ao mesmo tempo.

– Jack London, quieto! – gritou Hansa.

Ele obedeceu em parte, e seus latidos se transformaram em grunhidos mais contidos. Hansa se voltou para a sua filha.

– Não! – ela gritou.

O braço esquerdo de Maanik havia endurecido e sua mão direita se estendido.

– Maanik, fique comigo – implorou sua mãe.

O cachorro começou a latir novamente.

– Silêncio! – gritou Hansa.

Kamala chegou, despertada pela agitação.

– Leve-o daqui! – vociferou a Sra. Pawar.

Kamala passou por elas e avançou lentamente na direção do beagle. Maanik fez um movimento rápido e impetuoso com a mão direita no ar e, sem ser tocado, Jack London voou pelo chão e bateu na parede à direita. Seus uivos se transformaram em pequenos latidos assustados e ele se encolheu perto da parede onde havia sido lançado.

– Maanik! – Hansa agarrou o ombro esquerdo de sua filha e a virou.

Os olhos de Maanik estavam fechados, e sua expressão era relaxada. Ela se livrou de sua mãe, e seguiu em direção à porta do quarto.

– Não entre lá! – gritou Hansa, enquanto tentava puxá-la de volta e virá-la para que não ficasse de frente para o quarto. Maanik ficou rija e conseguiu se soltar da mãe. Hansa ficou ofegante assim que viu sangue escorrendo dos pulsos e ao longo dos dedos da filha, muito embora seus braços ainda estivessem enfaixados debaixo do casaco. Os olhos de Maanik se abriram, e ela começou a andar para trás, levantando as mãos e esfregando os antebraços enquanto fitava friamente a mãe. Hansa a seguiu até o quarto, e tentou se aproximar do ouvido da menina, mas Maanik se afastou.

– Pare! – gritou Hansa, e novamente tentou alcançar a orelha de Maanik.

– Você não pode me trazer de volta – disse Maanik.

– De onde? Por favor, fale comigo!

– Quando ela queima, eu queimo – disse a jovem. – Tenho que ir para que isso pare.

– Ir para onde? – Hansa implorava por uma resposta. Ela estava tentando pensar como a Dra. O'Hara, tentando obter informações.

– Para cima – disse Maanik. – Essa é a única saída.

– Para cima onde? – perguntou Hansa, tremendo enquanto avançavam na direção do ar estagnado do quarto.

– Além... *fera-cazh*.

– Onde... o que é *fera-cazh*?

A resposta de Maanik foi um grito a plenos pulmões seguido dos arranhões nos braços que já faziam parte daquele ritual. Hansa tentou abraçá-la, porém, mais uma vez, Maanik saiu do seu alcance, e se encostou na cama. Concentrando seus esforços para se aproximar de seu ouvido, Hansa puxou com força o braço da filha para o lado – e foi jogada para trás. Cambaleando, ela viu uma nuvem de fumaça se erguendo da cama. Hansa circundou a área, frenética, e só então viu que a nuvem não vinha da cama, e sim da camisola de Maanik, sob o casaco. Com um silvo, outra nuvem se ergueu de um dos bolsos da menina. O cabelo de Maanik estava suspenso, não muito diferente das nuvens de fumaça – e Hansa notou que sentia o cheiro de cabelo queimado. Ela, então, jogou violentamente as mãos da filha para os lados, mergulhou os dedos na direção da orelha de Maanik, e gritou:

– Amoras!

Maanik cambaleou, mas não parou de gritar ou de estapear os seus braços.

– Deixe-me queimar! – disse ela, sufocando, antes da visível angústia por conta da dor física tomar conta novamente da sua voz, fazendo-a gemer.

A fumaça subia da mão esquerda de Maanik enquanto uma mancha negra se espalhava pela sua pele. Hansa estava tentando alcançá-la, quando de repente Maanik se virou e correu para a janela alta do quarto. Ela golpeou o trinco, abriu o caixilho, e bateu e arranhou a tela, em um esforço para rasgá-la. Hansa gritou, agarrou-a, e lutou para segurá-la, mas a jovem não parava. Maanik perfurou a malha preta e puxou o tecido com as duas mãos, abrindo um buraco enorme. Hansa gritou para que Kamala a ajudasse enquanto cinco manchas negras se abriam na parte de trás do casaco de Maanik, jogando fumaça em espirais para o teto. Então, de repente, Maanik enfiou a mão na moldura superior da janela e, procurando com o pé a moldura inferior, se alçou.

Hansa sentiu uma onda de energia e adrenalina diferente de tudo que já havia experimentado. Lançando-se para frente, ela agarrou Maanik pela cintura e a puxou da janela aberta. As duas caíram no chão. Ela rapidamente esticou a barra inferior do casaco de Maanik para cobrir as costas e a cabeça da filha e o puxou para baixo, a fim de proteger sua cabeça e seus braços. Abraçando Maanik com firmeza, ela a arrastou pelo quarto até a porta. Maanik lutava, chutava e Hansa podia ouvir seus gritos – mais uma vez na língua que ela não entendia. A mulher queria vomitar de medo, mas o odor nocivo do cabelo da filha e o calor impossível do seu corpo mantiveram-na focada. Kamala finalmente chegou no quarto e tinha arranhões no corpo que evidenciavam a luta com o cachorro. Juntas, elas fizeram força para arrastar Maanik pelo corredor até o pequeno banheiro que tinha uma ducha. As duas enfiaram a jovem no pequeno cubículo, Hansa girou brutalmente a torneira e uma água fria caiu sobre elas. Enquanto Kamala tirava as roupas da menina, Hansa conseguiu enfiar uma das mãos no meio daquela confusão, beliscou a orelha da garota e gritou:

– Amoras!

Maanik ficou sem forças.

CAPÍTULO VINTE E NOVE

Maryam foi com Caitlin até o portão de embarque da Iran Air. Foi uma despedida surpreendentemente emocionante, dado o pouquíssimo tempo que as duas mulheres passaram juntas, mas o que elas testemunharam mudou ambas.

Caitlin entrou na fila para o embarque. Quase na mesma hora ela recebeu uma mensagem de Ben: *M deteriorando. Fogo um perigo real.*

A pessoa atrás dela estalou a língua; a fila havia andado, mas ela não. Caitlin deu um passo para o lado.

Tentando equilibrar telefone, bilhete, passaporte e uma carta do embaixador do Irã dando autorização para que pudesse viajar de volta, ela respondeu: *Tenho novas infos. Irei direto do aeroporto.*

Ela esperou; nenhuma resposta. Pensou em ligar para Ben, mas sabia que as explicações não resultariam em uma conversa breve. Anunciaram a última chamada para o embarque. Caitlin, a última da fila, rapidamente mostrou a sua passagem e foi conduzida até a aeronave.

A Iran Air, Caitlin descobriu, não permitia que seus passageiros usassem o celular ou acessassem a internet durante os voos. Isso foi frustrante; Caitlin sabia que, durante treze horas, ela iria ficar se perguntando o que Ben quis dizer com "perigo real". Será que Maanik havia tentado atear fogo a si mesma como Atash? As negociações que se danassem: se Maanik houvesse se flagelado além de arranhar seus antebraços, a Sra. Pawar não teria esperado. A menina já estaria no hospital – ela estaria sendo, naquele momento, drogada para se tornar um robô megadopado, e esse seria o fim da exploração sobre o que realmente estava acontecendo com ela.

Aguenta, pediu Caitlin para Maanik em sua cabeça. *Aguenta até eu voltar.*

É claro que ela não acreditou que Maanik iria ouvir isso, contudo, tal impulso não parecia ser uma loucura tão grande depois de tudo que ela havia vivenciado.

E se Vahin estiver certo? Se a mente de Maanik estivesse aberta para esse "plano transpessoal" e a própria Caitlin também tivesse algum acesso a ele, não seria concebível que uma mensagem dela *poderia* ser transmitida para Maanik? Vahin especulara que Caitlin podia ter adquirido tal acesso ao se colocar em estreita proximidade psíquica com os jovens afetados.

– Vibrações – dissera ele para a doutora, enquanto enfiava panfletos e livretos em suas mãos antes dela ir embora. – Cada um de nós é que nem um diapasão que não para. Assim como o chá, a alma vibra e sobrevive fora do corpo, fora dos limites do tempo. Na vida, nós mudamos de tom e entramos em ressonância uns com os outros, às vezes em pares, às vezes em grupos. Por que deveria a alma ser diferente? – Na despedida, ele acrescentou: – Há aqueles entre nós que acreditam que a finalidade de toda vida é atingir uma ressonância completa: todos nós como um.

– Faça-me um com tudo. – Caitlin se viu murmurando a frase dos místicos orientais, muitas vezes ridicularizada.

"Típico da New Age" foi a expressão que lhe veio à mente. No entanto, tudo que ela havia visto, os gestos e as palavras, o símbolo compartilhado, as reações dos animais, foram exatamente assim: típicas da New Age, místicas, quase religiosas, fantásticas. Escolha a palavra fora do comum que se encaixe. Mas ela não podia negar nada daquilo, do cabelo e tecidos flutuantes às ondas de choque e às visões. Elas eram uma parte daquela estranha realidade que Vahin defendia. O que fazia com que sua explicação fosse menos válida do que qualquer outra?

Caitlin repassou mentalmente os sinais ao longo do caminho até então.

O símbolo compartilhado e desenhado tanto por Gaelle quanto por Maanik parecia um bom lugar para se começar. Se Atash havia sido capaz de usar suas mãos, talvez ele pudesse tê-lo desenhado também?

Caitlin ainda achava os triângulos feitos de crescentes um tanto inexplicáveis. Eles eram levemente celtas, mas não eram. Lembravam vagamente um símbolo radioativo - mas essa poderia ser uma comparação tendenciosa no que se referia ao tempo, olhando para trás a partir do presente, em vez de olhando *para* o presente. Se aquele símbolo era realmente tão antigo quanto uma Antártida habitável, talvez tivesse sido ele a inspiração inconsciente para o símbolo moderno?

Antártida habitável. O pensamento lhe ocorrera tão facilmente. Ela se lembrou do mapa que Maanik havia desenhado. Quando eles examinaram sua forma e topografia, ele se mostrou intimamente ligado a um mapa da Antártida, como se tivesse sido traçado do céu. Poderiam as pessoas ter voado há tanto tempo? Caitlin havia visto gelo na visão com Atash - aquilo também era a Antártida? Talvez um antigo alguém tivesse sobrevoado a área em um balão? Ela voltou atrás e pensou em um dos experimentos científicos de Jacob. Bastaria que houvesse correntes térmicas dirigidas de algum modo para uma grande bainha de... o quê? Peles? Couro?

Muito pesado.

Tecido animal? No passado, as baleias foram caçadas porque todas as partes do seu corpo tinham algum uso. Tecidos finos, fibras, peles - *isso* era possível?

A palavra "fantástico" lhe voltou à mente. Talvez ela estivesse dando saltos - mas nada que chegasse perto de fazer sentido.

Antártida. Um tempo diferente, um clima diferente. Com *pessoas*? Humanos? Uma sociedade, uma civilização? O que mais poderia ser? Havia uma linguagem sofisticada de palavras e gestos. Ela pensou em todas as histórias e fábulas que ouvira em sua vida, de Noé e o dilúvio até o mito grego de Ícaro. Até mesmo estudiosos sempre diziam que havia, provavelmente, uma fundação mesmo para os nossos contos mais exóticos.

A primeira coisa que ela faria quando tivesse internet novamente seria buscar quaisquer cataclismos que tivessem ocorrido no Polo Sul ao longo dos milênios; se necessário fosse, remeteria a Pangeia. Os pacientes haviam mencionado fogo do céu e algo sobre uma onda. Tinha que haver alguma conexão. Sua mente podia estar argumentando contra, mas era isso o que mentes faziam. Seu instinto lhe dizia que aquela era a direção certa.

O avião fez uma manobra para a esquerda e Caitlin ficou observando o mar Cáspio pela janela entrando novamente no seu campo de visão, brilhando ao sol do fim da tarde. Ela fechou os olhos e se lembrou da conversa que teve com Ben no parque em Turtle Bay. Seu coração palpitava quando ele aparecia em suas lembranças. Ela decidiu que ia conversar com ele, pedir para recomeçarem quando as crises imediatas amainassem.

Se amainassem.

Pensou na pobre Maanik vagando pelos corredores de uma ala psiquiátrica, drogada e no esquecimento. Contemplou o populacho lutando 30 mil pés abaixo, constantemente em guerra ou à mercê de um clima instável e de uma geologia formidável. E se Vahin estivesse correto? E se alguma *raça antiga* dessas estivesse certa: que a vibração das almas, sua continuação fora do corpo, era realmente o caminho para a sobrevivência? E se, em alguma teologia antiga, lá estivessem as origens comuns e perdidas do Valhalla, dos Campos Elísios e do Céu?

O plano transpessoal.

Caitlin se concentrou novamente. Mais do que qualquer outra coisa, ela queria se comunicar com Maanik, dizer a ela que *eu ainda estou com você, e que se dane a distância.* Vahin falou que elas tinham uma ligação. Será que ela poderia enviar um pensamento para Maanik? Como? Que tipo de onda ela poderia produzir e que tocaria a garota?

Ela tentou fazer com que seus pensamentos ficassem mais relaxados. Lembrou-se do parque, com Ben. Fazia sol, e os dois desabotoaram os seus casacos. Ben, de forma exuberante, descrevia as palavras que havia decifrado na língua falada por Maanik. "Fogo", é claro, "céu", mas também "água".

Água grande.

E então, de repente, Caitlin entendeu. Atash tentara formar o superlativo quando ela entrou em seu quarto no hospital – mão esquerda afastada do corpo, mão direita cruzando o corpo em diagonal. Ela não se lembrava da palavra falada que vinha junto, mas não precisava. O gesto tinha que ser suficiente.

Ela fechou os olhos e se acalmou tão completamente como se estivesse prestes a induzir um cliente a um estado hipnótico. Pensou em Jack London primeiro, o beagle que servia como barômetro, lembrou-se dele dormindo e roncando. Até que pensou em Maanik. Ela vasculhou os momentos que passaram juntas, lembrou-se de quando Maanik lhe fez uma careta, quando ela se parecia mais com uma adolescente normal. Quando enxergou claramente a menina, quando sentiu a risada que haviam compartilhado, Caitlin inclinou delicadamente a mão esquerda para longe de seu torso e cruzou a direita por sobre o mesmo até alcançar o ombro esquerdo. Seus pulmões inspiraram profundamente e, depois, soltaram o ar – era como se ela tivesse empurrado um peso físico para longe do esterno, longe do ombro esquerdo. Ela manteve sua mente fixa em Maanik e pensou nela:

Oceano... água grande... você e eu juntas... aguenta...

De repente, Caitlin ouviu Maanik em sua cabeça, ouviu a menina dizer:

– *Eu vou aguentar.*

Caitlin abriu os olhos, chocada. Ela não havia imaginado tal voz. Aquilo fora *real.*

Ela olhou em volta, para os passageiros em silêncio no avião, na ala de assentos vazios ao seu lado. Tudo estava normal – mas não. Ela se sentia mais perto de Maanik ali, naquele instante, do que da janela ao seu lado. Naquele momento, as visões e os sons familiares da vida já não eram mais uma base confiável. Como o mar lá embaixo, eles eram apenas a superfície de algo maior. Talvez *essa* fosse a explicação mais abrangente.

Caitlin ficou surpresa ao sentir os efeitos de tal percepção em seu corpo. Era como se ela tivesse sido energizada dos pés à cabeça. Seu torso estava brilhante, quase radiante; sua mente, clara como o tom de um diapasão; e ela estava faminta. Chamou a aeromoça e pediu o cardápio.

Algo havia entrado no lugar, embora Caitlin não soubesse o quê.

Durante o jantar, ela devorou o material que Vahin lhe dera. Leu sobre o poder combinado das almas, da oração. Conectadas no plano transpessoal, as almas poderiam formar um poderoso espírito de grupo capaz de ascender ainda mais alto, fora do alcance do tempo, do espaço... e da morte.

Um *cataclismo*, pensou ela. Fogo, gelo, inundações. Uma cidade ou civilização assolada por um vulcão, um terremoto, um tsunami, excesso de gelo. Caitlin se lembrou de Maanik chorando em sua primeira sessão por causa de um braço que lhe havia sido arrancado e de seu animal de estimação morto, que não era Jack London. Talvez isso tivesse acontecido com a contraparte de Maanik em algum antigo lugar – antes da morte dessa contraparte, queimada por fogo vulcânico até ficar em pedaços, ou por um inferno causado por tremores.

Mas Maanik havia dito que também ficara em pedaços antes e *depois* queimara. Que pedaços? E como?

O.K., depois voltamos a isso, pensou Caitlin, forçando-se a ficar focada, apesar da calmaria mental trazida pela barriga cheia.

Ela pensou na visão de Atash. Outros moradores da cidade pareciam não só preparados para o cataclisma, mas ansiosos por isso. Em vez de fugir correndo de um vulcão em erupção, essas pessoas usando vestes se reuniram em um pátio cheio de colunas, aparentemente à espera da morte. Ansiosas para morrer? Togas que estavam embebidas em óleo; uma referência a *cazh*; uma palavra e gesto que significavam o quê? Algum tipo de transformação.

Caitlin havia visto aqueles residentes. Eles tinham um ritual e estavam determinados a concluir. Se o rito fora feito para frustrar o vulcão ou honrá-lo, na esperança de silenciá-lo, ela não tinha certeza. Mas caso Vahin estivesse correto, talvez o ritual tenha transportado suas almas para o plano transpessoal, o que quer que isso fosse. Suas almas partiram enquanto seus corpos físicos queimavam até virar cinzas. A consciência de Maanik se dividiu em fragmentos e ganhou altura enquanto o seu corpo físico queimava.

Presumivelmente, então, as almas que atingiram o plano transpessoal garantiram não uma vida após a morte, mas vida além do alcance da morte.

Mas por que Maanik, Gaelle e Atash se ligaram a isso? Um trauma compartilhado aqui e agora não pode ser a única razão.

Aqueles residentes devotos que usavam togas negaram ajuda à alma de Atash. Por que o haviam excluído? Eles o acusaram de colocar sua fé em "coisas sem um poder verdadeiro" e disseram que ele havia criado seu próprio destino. Ela pensou em pessoas que havia visto em zonas de guerra, aquelas que tentaram partir e as que se reuniram em um lugar de devoção e pereceram – escolhas difíceis feitas em situações extremas, mas com o mesmo objetivo.

Fuga.

Então havia o seu pai e o navio viking. Caitlin se lembrou de Maanik falando sobre um dragão, talvez a cabeça de um dragão esculpida em um navio? Alguns residentes podem ter fugido para o mar, tentando desesperadamente navegar para longe enquanto o fogo caía sobre um oceano que já os fustigava com ondas altas. A alma de Atash pode ter vacilado nessa escolha. Por isso implorara ao homem de toga para salvar seu irmão através de *cazh* em vez disso, voltando-se para a religião como um último recurso. Rejeitado pelo sacerdote, a alma de Atash tinha feito o ritual sem a ajuda ou a sanção dos sacerdotes – e parece que deu certo. Milhares de anos depois, com a Antártida já há muito tempo enterrada sob o gelo, ele havia encontrado a alma de Atash, exposta pelo trauma da execução de seu irmão, e de algum modo achou uma brecha para entrar.

Mas por que isso faria com que Atash ateasse fogo a si próprio? Será que a alma lhe passou a mensagem errada? Ou – e o pensamento fez com que Caitlin se engasgasse – a alma ficara todo esse tempo presa em um momento traumático, como um inseto pré-histórico qualquer preservado em âmbar.

Generalizações demais, pensou ela, *mas já é um começo. Algo para ajudar Maanik.*

Caitlin se inclinou para trás, fechou seus olhos exaustos e tentou não pensar em Atash preso em um corpo que queimava há milênios. Pensou, então, nos animais. Qual era o papel deles nesse processo? Jack London tinha que estar ciente da presença de algo invisível. E o que dizer sobre o fato de ele ter evitado a mão direita de sua dona? Um dos folhetos de Vahin dizia que a energia do mundo que nos rodeia entra pela mão esquerda, a mão do coração. Então, filtrada pelo corpo e pela alma, a energia indesejada e negativa sai pela direita. A mão esquerda de Maanik sobre Jack London teria recebido de forma segura a sua energia amorosa. Mas sua mão direita estaria emitindo todo o sofrimento que sua contraparte sentiu no plano transpessoal. Não é de admirar que o cão tenha evitado isso.

Como os animais evitaram a praça Washington - Caitlin rapidamente se lembrou das notícias logo depois do ataque dos ratos. Um morador da área foi entrevistado rapidamente sobre como seu labrador preto não entraria mais na corrida de cães da praça Washington, assim como nenhum outro cachorro participaria. No entanto, não houve menção dos cães evitando seus proprietários, só o lugar, e o comportamento dos ratos certamente não se parecia com as reações de Jack London. Se havia uma conexão aqui, não estava evidente.

Algumas possíveis respostas - mais questões aparentemente impossíveis. Mas, pelo menos, todas pareciam apontar para uma mesma direção. Sua mente não lhe dizia isso de forma isolada, do jeito que sempre fazia - todo o seu ser lhe dizia isso. Ela sentiu novamente o esplendor radiante em seu peito.

Depois que terminou sua refeição, Caitlin apagou a luz, abriu a janela, e encostou sua cabeça na poltrona. Seus olhos pousaram nas as nuvens, ao cair da noite.

Almas compartilhadas, trauma compartilhado, pensou ela. *Se isso está acontecendo com outros jovens de todo o mundo, pode-se explicar por que a Caxemira está chamando a atenção daqueles entre nós que nem sabem onde ela fica. Mas será a Caxemira que está causando isso?*

Isso não parece provável. No entanto, era possível que houvesse uma conexão. Caxemira: um local de frustração e dor tocando todos os cantos da terra. O plano transpessoal: um lugar de dor antiga tocando todos os cantos da Terra.

Já não lhe parecia possível aceitar um e negar o outro.

CAPÍTULO TRINTA

Quando Mikel ligou, Flora Davies estava dormindo profundamente na cadeira de seu escritório. Com a mente, o corpo e a alma esgotados, ela havia se rendido ao couro preto.

Ainda sofrendo com os efeitos do fuso horário, apesar de ter descansado bastante, Mikel voltara para o clube às quatro da manhã para dar uma outra olhada no novo artefato. Ele encontrou o corpo de Arni em uma poça de fluido de péssima aparência e ligou imediatamente para Flora no andar de cima. Eles tiveram pelo menos três horas para acabar com o problema antes que quaisquer outros membros ou funcionários do grupo chegassem, e antes que alguém se sentisse propenso a incluir o nome de Arni na lista de pessoas desaparecidas. Os amigos e a família sabiam que ele gostava de trabalhar até tarde, especialmente quando havia um problema a ser resolvido.

O grupo jamais havia lidado com um cadáver no clube. Pelo menos não de humanos. Criaturas incomuns ocasionalmente iam parar no laboratório para serem estudadas, todos espécimes mortos, e partes deles eram rebocadas das águas polares do sul – parte de uma lula gigante, um celacanto de dez mil anos de idade perfeitamente conservado em lama congelada, o corpo de um megalodon bebê preso em um antigo bloco de gelo. Eles eram raros, mas Flora mantinha contato com um homem equipado para lidar com esses restos mortais. Ela localizou o contato em seu telefone, e em poucos minutos Casey Skett estava literalmente correndo depois da sua caminhada no East Village.

Depois de desligar, Flora desceu as escadas e andou perto da cabeça de Arni enquanto Mikel procurava pistas sobre sua morte. Ela estava amaldiçoando o grupo através da máscara médica descartável que havia colocado, furiosa por não ter à mão o equipamento ou o pessoal adequado para realizar uma autópsia rápida.

– E veja isso: Arni nem estava usando o seu jaleco – criticou ela. – Só Deus sabe o quanto seu corpo está contaminando o ambiente.

– Você quer dizer além do tecido cerebral liquefeito? – perguntou Mikel. Ele também estava mascarado e ajoelhado ao lado do cadáver.

Ela parou de andar.

– É isso que você acha que é?

– A julgar pela cor e pelos pequenos pedaços de massa sólida, eu diria que sim.

– Que maravilha – disse Flora. – Não tem mais nada incomum?

– Não que eu possa ver. Apenas o cérebro não está onde deveria.

Ela pegou luvas de látex de uma caixa que estava em uma prateleira e começou a tatear a mesa – uma bagunça –, até que encontrou um tubo de ensaio. Então, de cócoras ao lado da cabeça do cadáver, ela inseriu a extremidade do tubo na sua narina esquerda.

– Parece que ele estava prestes a ser mumificado – murmurou Mikel. – O cérebro já havia sido retirado, os órgãos viriam em seguida.

– Os demais órgãos ainda parecem estar dentro do corpo – observou ela.

– Talvez eu tenha assustado quem estava fazendo isso.

– Este líquido tem uma crosta fina no topo – disse ela, referindo-se à poça que se espalhou como uma auréola sob a cabeça de Arni. – Ele já está assim há um tempo.

– Mas você não ouviu nada?

– A sala é a prova de som – disse ela, enquanto prestava bastante atenção no formato da cavidade nasal de Arni. Flora retorceu e virou o bastão de vidro até que tudo, menos a meia polegada que ela segurava, havia desaparecido nariz e crânio adentro.

– Meu Deus – disse ela, estupefata –, não há cavidade óssea, e nem esfenoide. Mikel, não há *nada* lá dentro.

– Você está dizendo que tudo em seu crânio saiu pelo nariz? – perguntou ele em um tom de total descrença.

– Você quer ver por si mesmo? – Ela mexeu na ponta do tubo de ensaio.

– Não – disse ele, levemente sobressaltado. – O que faria isso com alguns dos seus ossos cranianos, mas não com todo o crânio?

– Talvez não tenhamos visto tudo – respondeu Flora, largando o tubo na mesa. Ela tocou na cabeça de Arni com a ponta de sua bota, meio que esperando que ela cedesse sob a pressão. Mas não o fez. – Droga. Odeio ter um mistério sem que haja tempo suficiente para resolvê-lo.

Como que por sugestão, Casey Skett chegou, ainda tão magro e com o olhar tão evasivo quanto o que tinha há uma década, quando Flora o encontrou. Mikel subiu para deixá-lo entrar e ambos desceram pelo elevador. Casey trabalhava para o Departamento de Saneamento, na divisão RAM – Remoção de Animais Mortos. Ele era bom no seu trabalho, mas Flora também apreciava a sua discrição e sua conexão com os abrigos – especificamente aqueles que tinham incineradores. Ele levantou o corpo de Arni e o colocou em uma geladeira sobre rodas, que havia tido todo o seu conteúdo e as prateleiras removidas. Se alguém tivesse notado Casey vagando ao redor do abrigo antes do amanhecer, ele diria que estava recolhendo mais ratos mortos e em decomposição que haviam aparecido nos noticiários – será que eles iriam querer dar uma olhada lá dentro?

Flora e Mikel, então, passaram 45 minutos lavando o chão três vezes, e duas horas agonizantes examinando cada centímetro do laboratório e do vestiário em busca de qualquer coisa que pudesse chamar a atenção de um policial. Em seguida, Flora foi em frente para arranhar o chão e sujar um pouco as coisas, para que o laboratório não parecesse muito limpo.

Quando terminaram, Mikel saiu à procura de uma causa em potencial. Ele havia notado, horas atrás, que o seu meteorito cheio de entalhes estava em cima da mesa, assim como o contador Geiger. Ele se aproximou do objeto cautelosamente e passou o bastão sobre ele por alguns minutos, mas nada aconteceu. Finalmente, ele o pegou, enrolou-o em panos e andou até o cofre para guardá-lo.

– Lá não – disse Flora. – Estamos colocando todas as relíquias no fundo do congelador.

– Para quê?

– Como medida de precaução – respondeu ela.

– Você não acha que está exagerando? – perguntou Mikel.

– Como dizia o meu tio-avô, o comandante Hunt, durante a blitz, “Não existe reação exagerada em alguns casos”. De qualquer forma, essa é minha prerrogativa.

– Mas não sabemos se foi isso ou se qualquer um deles tinha a ver com a morte de Arni.

– Nós não sabemos se não foram.

– Esse argumento é ridículo – disse ele. – Temos de tentar reconstruir o que ele estava fazendo.

– E nós vamos, depois que fizermos uma pausa para reflexão. Li o seu relatório sobre a viagem. Não há nada neste edifício sobre o qual tenhamos tão pouco conhecimento.

Evidentemente impaciente, ele ergueu o seu achado.

– É por isso que precisamos disso aqui, agora. Isso aqui tem mais escrita do que qualquer outra coisa que tenhamos por perto. Podemos aprender com isso.

– Nós vamos – disse ela. – Por favor, Mikel... pense em tudo que já aconteceu, os ratos na praça Washington, os pássaros ao redor do seu avião. Todos esses fenômenos têm relação com a proximidade do artefato e começaram quando essa coisa começou a sua jornada. – Ela balançou a cabeça com tristeza. – Arni era sinestésico. Esses objetos podem estar conectados com animais e, possivelmente, com a consciência humana em algum nível. Talvez houvesse algo emitido por esta pedra em uma frequência inaudível, que era desencadeado por um determinado tipo de luz ou de som, como por exemplo a parte elétrica de um avião ou um contador Geiger.

– Os ratos não estavam sequer perto do meu artefato.

– Não estavam – concordou ela. – Mas vieram correndo para cá, para a coleção. É por isso que eu quero que todos os objetos sejam armazenados e estabilizados até que tenhamos examinado essa questão mais a fundo.

Mikel balançou a cabeça.

– Essa é a razão pela qual nós temos que *continuar* estudando-os *agora*, Flora, *enquanto* eles estão agindo. Quer dizer, por que congelá-los? Por que não superaquecê-los?

Flora arrancou o meteorito da sua mão.

– Você está agindo de forma um pouco extrema – disse ele.

– Arni está morto! – falou ela, demonstrando um primeiro sinal verdadeiro de emoção.

– Sinto muito também, mas temos um quadro maior aqui – insistiu Mikel. – Uma força que não compreendemos e que não é entendida há um bom tempo. Ser capaz de ler alguns dos símbolos é uma coisa. Estamos ficando muito bons nisso. Compreender a mecânica desses objetos é algo maior.

– Você acha que eu não sei disso?

– Claro que sabe. Olha, essa coisa, obviamente, já foi submetida a calores intensos antes e resistiu. Arni não a aqueceu: não havia maçarico por aqui. Nem ao menos um isqueiro. Eu não creio que nós vamos conhecer a extensão completa da sua funcionalidade até começarmos a explorar todas as suas possibilidades.

Flora lhe deu as costas.

– Ele vai para o congelador junto com o resto, já que sabemos que todos estes artefatos sobreviveram a baixas temperaturas durante milhares de anos sem matar ninguém, *e ponto final*.

– Como você sabe disso?

Ela meio que se virou.

– O quê?

– Que eles não mataram ninguém antes?

Ela hesitou por um breve momento.

– Você está certo. Eu não sei. Mais uma razão para termos cautela. – Então, sem dizer mais nenhuma outra palavra, ela foi para o vestiário, colocou todos os objetos em uma bandeja e andou até uma sala no final do corredor. Arrumou cada item em um saco plástico e os guardou.

Quando ela voltou, Mikel estava encostado na parede do lado de fora do laboratório, fazendo beicinho. Ela apagou a luz, fechou a porta, e o seguiu escada acima.

– Vá para casa – disse ela. – Descanse um pouco.

– Estou descansado. Quero trabalhar.

– Então vá até a biblioteca e leia. Termine de assistir aos vídeos que Erika reuniu.

– Por que você está agindo assim?

– Assim como? – perguntou. – Pensando?

Mikel não disse nada enquanto se aproximavam do térreo. As velhas escadas rangiam no meio daquela quase escuridão. No andar de cima, o telefone já estava tocando. Mikel atendeu a primeira chamada da polícia. Arni havia sido dado como desaparecido às sete da manhã por um amigo que ele deveria encontrar na noite anterior, e as comportas se abriram. Flora estava feliz por ter guardado os artefatos: só agora lhe ocorreu que eles podiam ser apreendidos como prova.

O resto do dia foi preenchido com interrogatórios exaustivos feitos por um detetive mal-humorado e com uma preocupação aberta e mensurável por Arni enquanto a polícia inspecionava cada canto do laboratório e do vestiário. A mente de Flora estava no congelador, mas eles só o verificaram, sem violar seu conteúdo.

Finalmente, à meia-noite ela ligou para Mikel de sua casa e ordenou que ele voltasse para as Ilhas Malvinas.

– Para quê? – perguntou ele, não aborrecido, mas surpreso.

– Eu estava pensando. Faça o que tem que fazer para ter acesso à tripulação do *Capitão Fallow*. Descubra onde eles localizaram o seu artefato. Onde há um, pode haver mais.

– Nós já fomos por esse caminho antes com outros artefatos – disse ele.

– É verdade – concordou Flora. – Mas, até onde sabemos, eles nunca fizeram nenhum cérebro derreter. Acho que o seu artefato é muito pequeno para gerar tanto poder por conta própria. Assim sendo, uma suposta fonte externa de energia, que é a causa desse fenômeno, poderia estar na outra extremidade, ou seja, no lugar onde o artefato foi encontrado. Ele ainda pode estar ligado a essa fonte, se houver uma, ainda carregada de alguma forma.

Ele concordou com a decisão. Permissões foram pedidas, e arranjos, feitos. Felizmente, a noite sem dormir de Flora e suas lágrimas genuínas na manhã seguinte convenceram o detetive, em sua segunda visita, de que ela estava realmente preocupada com Arni.

E agora lá estava ela, sozinha, com uma xícara de chá... e, literalmente, pelo menos por enquanto, em uma rota sem saída para a sua busca. Ela ergueu sua xícara de chá e a arremessou contra a parede, enquanto sua mente ardia de frustração e raiva.

Maldição. Basta!, disse ela para a raça misteriosa que havia passado metade de sua vida perseguindo. *Se vocês têm algo a me dizer, que me digam mais rápido.*

CAPÍTULO TRINTA E UM

Era meia-noite. Do lado de fora do táxi de Caitlin, o céu nublado refletia o tom laranja das luzes da cidade – uma visão que sempre lhe pareceu um presságio. E agora parecia muito mais: o perigo apresentava-se iminente. O barulho do chassi do táxi era como o próprio mundo, mal dava mantê-lo coeso enquanto ele seguia em frente, ruidosamente.

Ou isso poderia ser apenas a mudança de fuso, disse ela para si mesma.

Caitlin ligou para o pai enquanto passava pela alfândega, mas Jacob estava dormindo e ela não quis acordá-lo. Enquanto esperava no meio-fio, sentindo frio e impaciente, ela leu duas mensagens de texto que Ben havia enviado enquanto estava voando. A primeira havia sido enviada às 7h41: *Descoberta possível conexão dos vikings com os mongóis.*

E a outra, às 11h11: *Estou com Maanik. Impedi que a medicassem.*

Ela ligou e ele atendeu no primeiro toque. Seja qual fosse a tensão que existia entre eles quando ela viajou para o Irã, havia desaparecido, pelo menos da voz dele.

– Diga-me que você está de volta...

– Estou de volta – disse ela. – O que aconteceu?

Ele hesitou.

– Ben, se alguém estiver ouvindo... estamos muito além disso.

– Certo. Ela enlouqueceu – disse Ben. – Simplesmente foi à loucura e tentou se atirar da janela. A Sra. Pawar disse que ela começou a *pegar fogo*. Eles a colocaram no chuveiro. Ela dormiu por um tempo e, logo, mais falatório e mais gestos, a sua senha "amoras", sono... e tudo de novo outra vez. O embaixador abandonou mais uma vez as negociações para ficar com ela; eu basicamente inventei reuniões para manter os delegados no prédio. Só cheguei aqui às dez. Eles a estão mantendo fora do quarto e isso parece acalmá-la.

– Você já esteve lá?

– Estou no apartamento.

– Não, no quarto.

Outra hesitação.

– Sim. Cai, é estranho.

– O quê?

– O quarto está morto – disse ele. – Quando estou lá não ouço os canos no teto, o tráfego aéreo do lado de fora da janela. O ar lá dentro não se move, é estagnado.

– Onde está o cão?

– No corredor do lado de fora do quarto. Diante da porta.

– Ele está quieto?

– Sim, mas está definitivamente em alerta. O que você sabe?

– Eu acho que esse quarto está conectado, através de Maanik, com outro tempo e lugar. Eles estão compartilhando um espaço como gêmeos que compartilham um útero, e o mais velho está se alimentando do mais jovem. O quarto espelha o que acontece na mente de Maanik, quase como se fosse um portal.

– Caitlin, isso é...

– Um salto, eu sei. Mas eu vou trabalhar com essa suposição, até alguém surgir com uma explicação melhor.

– Você sabe por que essas locações estão... colidindo?

– Ainda não – admitiu ela. – Não deixe que os Pawar deem nada para Maanik, exceto água, se ela quiser tomar.

– Vou tentar, mas a Sra. Pawar está muito desesperada. Cai, há mais uma coisa. – Ele hesitou novamente.

– Desembucha.

– O.K. Maanik parece que está emitindo... alguma coisa.

– Alguma coisa?

– É térmico, creio, mas parece que também tem substância. Um fluxo constante vindo da sua mão direita. Frio, como uma névoa. Por favor, não me diga que é a sua alma ou algo assim.

– Eu não creio que seja a sua alma – disse Caitlin. E não acrescentou: *Mas não sei o que isso pode ser.* Ela olhou para fora da janela. – Estamos na via expressa agora, o trânsito não está tão ruim. Estarei aí em cerca de 45 minutos. – Ela hesitou. – *Você* está bem? O que está acontecendo na Caxemira?

Ela percebeu o franzir do rosto do motorista de táxi, que se virou levemente na sua direção. E olhou para o nome que estava em sua licença, Shri Kapoor. Seus olhos se encontraram por um instante no espelho retrovisor.

– A ONU enviou uma pequena força para lá, mas não da maneira que esperávamos – disse Ben. – Queríamos um protetorado, mas o que eles fizeram é tão fora de propósito quanto uma lei marcial. Os países aliados estão começando a agir como os aliados após a Segunda Guerra Mundial. Todo mundo está competindo para ver quem vai ter mais influência no período pós-crise, muito embora não tenhamos superado a crise ainda. A Rússia foi quem chegou primeiro, a favor da Índia. A China garantiu empréstimos para o Paquistão. Isso é tudo o que posso dizer, mas parece que estamos renunciando a qualquer tipo de processo político previsível e saudável. – Ele fez uma pausa. – Como nós – disse ele, com a voz cansada. – Quer dizer, estamos renunciando cada vez mais um ao outro. Não estou falando de política.

Ela sorriu logo em seguida e prometeu:

– Vamos corrigir isso.

– Ah, essa é a velha Caitlin e suas velhas tentativas.

– Mas antes temos que cuidar dessa crise. Fale-me sobre os vikings.

– Uma história em runas – brincou. Era um lampejo do bom e velho Ben, o garoto estudioso e entusiasmado. Ele a fez rir, e ela podia imaginar o seu sorriso de resposta. – No século IX, a rota de comércio entre o mar Báltico e o mar Cáspio foi essencialmente conquistada e controlada, durante duzentos anos, por um povo chamado Rus.

– Rus como em russo?

– Exatamente, mas eles só vieram mais tarde, após se misturarem com os eslavos a ponto de absorverem sua cultura. – Ele estava correndo, como se estivesse tentando dar todas as informações antes de o seu táxi chegar. – No começo eles eram especificamente os Varangian Rus. "Varangian" vem de uma velha palavra nórdica. Eles vieram da Escandinávia. A maioria deles aderiu às rotas de comércio e pilhagem, compras em Bagdá, ataques periódicos a Constantinopla, como quase todo mundo fez por milhares de anos...

– Três vikings entram em um bar em Constantinopla... – disse ela pausadamente.

Ben riu e segurou o fôlego. Percebeu que estava correndo.

– O.K. – prosseguiu ele, mais devagar. – Os Varangian Rus também viajaram para o leste além de Constantinopla, para a cidade de Bolghar no Volga. A Rota da Seda estava totalmente ativa...

– Mas essa rota comercial ligando o Ocidente ao Oriente era muito mais recente do que a Antártida sem gelo. O que isso tem a ver com a gente?

– O fato de ela ter *ocorrido* – disse ele. – Isso tudo ocorreu entre os séculos IX e XI. Ela foi pesquisada, mapeada, cartografada. Mas poderia ter acontecido antes, um número de vezes, sem que ninguém escrevesse sobre ela, ou pelo menos sem que tivéssemos encontrado os escritos...

– Ou não tivéssemos *decifrado* os escritos...

– Exatamente. E como sabemos que em seu "outro tempo" as informações eram mesmo escritas? Nós testemunhamos essas palavras e gestos. Talvez houvesse pessoas que apenas memorizavam coisas, como computadores humanos.

E comunicavam esses pensamentos em massa, no leito de morte, para um outro cérebro?, perguntou-se Caitlin. *Isso também fazia parte do plano transpessoal?* Ela estava se atropelando.

– Ben, estamos chegando na ponte Triborough e preciso apenas de um minuto para absorver...

– Claro. Vejo você daqui a pouco.

– Espere. Você está com o seu equipamento?

– Depois de todos esses anos, você realmente precisa perguntar?

– Muito obrigada, Ben.

– De nada.

Ela terminou a chamada, recostou-se e respirou fundo.

Sob o céu portentoso, sua mente se voltou para a sua próxima tarefa: Maanik. Ela tinha que descobrir uma maneira de se aproximar da jovem; essa poderia muito bem ser a sua última chance. Sem pensar, ela estendeu a mão esquerda e tocou na moldura da janela do táxi, na parte de cima. No início, ela sentiu apenas o barulho da estrada através do aço, mas depois de um segundo, sentiu algo mais profundo. Ela *podia* sentir um caminho que se estendia para muito além da forma do táxi, do tráfego lá fora, e mesmo das torres da cidade e do céu furioso.

Aquilo a lembrou de seu primeiro dia no Central Park, décadas antes, quando ela caminhou em direção aos olmos espalhados, depois entre eles – e de repente as árvores se alinharam em fileiras retas e longas. A sensação de alinhamento fora quase audível. Naquele instante, dentro do táxi, sua perspectiva havia mudado e se ampliado novamente. A expansão era clara, energética e familiar. Ela havia sentido isso no avião no momento da completa aceitação física da verdade. Mais uma vez sentiu um brilho em seu peito, e inspirou e expirou fundo. Continuou a respirar de maneira estável e manteve os olhos abertos, capturando um visual após o outro: de poste para carro, de hidrante para pedestre.

Ao chegar no apartamento dos Pawar, e passar pela porta, Caitlin constatou que a atmosfera estava tão pesada que ameaçava desequilibrá-la. Tudo estava calmo e morto ao seu redor, mas também havia perturbação.

Um vendaval de loucura, pensou ela, repassando as experiências com Atash e Gaelle. *É isso que Jack London sente?*

– Dra. O'Hara – disse o embaixador com um aceno formal.

– Embaixador Pawar – respondeu ela, que não queria conversa com ele. Maanik estava estendida em um sofá, coberta com uma colcha de retalhos, enquanto sua mãe afagava a sua cabeça, acariciando seus cabelos. Caitlin deu um olhada no rosto extenuado da jovem e se virou para Ben, que estava bem do seu lado.

– Por favor, configure a câmera no quarto de Maanik.

Ben pegou sua bolsa, mas hesitou, esperando a aprovação das Pawar.

– Não, ali não! – desabafou Hansa. – Ela é muito pior em seu quarto!

– É por isso que temos que estar lá.

– Mas ela quase pulou da...

– Eu sei. Não vamos deixá-la chegar perto da janela. Por favor, vocês dois, *sei* que a sua filha ainda está lutando contra isso e também sei que a medicina não é a resposta e que institucionalizá-la não vai fazer bem algum. Esta é a nossa última chance. Não poderemos ter sucesso com uma versão diluída da experiência. Ela precisa ser vivida, e eu tenho que estar lá dentro com ela.

– O que você quer dizer com "lá dentro"? – perguntou o embaixador.

– Vou hipnotizar a nós duas. Não vou ficar ouvindo e analisando como antes, vou experimentar tudo o que ela estiver experimentando. – Ela olhou para Hansa. – Sra. Pawar, por favor, ponha Jack London em outro lugar. No outro lado do apartamento.

– Vou pegá-lo – disse o embaixador Pawar. – Ele não tem se mostrado inclinado a deixar aquele lugar.

Caitlin se ajoelhou ao lado de Maanik. *Mão esquerda, mão do coração, a entrada espiritual*, pensou. *Mão direita, provedor espiritual.*

Depois de colocar sua mão esquerda no próprio peito, tentando se manter firme, Caitlin encostou sua mão direita na esquerda de Maanik. Algo se suavizou por trás dos olhos fechados da menina, e Caitlin sentiu um pequeno aperto em sua mão.

– Está na hora, Maanik – disse ela em voz baixa. – Você pode vir comigo?

A menina lutou por um momento, depois assentiu. Hansa abriu caminho enquanto sua filha se levantava com uma delicadeza quase etérea, como se ela não tivesse peso algum. Caitlin esperou até o Sr. Pawar sair com Jack London. O cão tentou se desvencilhar, mas o embaixador o segurou com força contra o peito.

Caitlin levou a garota para fundo do corredor. Enquanto caminhavam, ela sentiu Maanik começando a enrijecer.

– O quarto é seguro – disse Caitlin.

– Não...

– Não estamos voltando para o momento da crise. Estamos indo para uma ou duas horas antes.

– *Sho* – disse ela.

Caitlin olhou para Ben, que estava filmando tudo do outro lado da porta. Ela não sabia o que a palavra significava, mas Ben deve tê-la encontrado antes, pois havia erguido um dedo, mostrando que significava "uma". Uma hora antes da crise. Maanik já estava fazendo o caminho de volta, se é que ela, de fato, chegou a ir embora.

Maanik deu um passo para dentro do quarto e Caitlin a sentiu tentando se retirar. Ela colocou a mão esquerda da menina no seu próprio peito. Dava para sentir seu coração pulsando através do tecido do seu casaco, através da mão de Maanik. Ambas respiraram fundo. Entraram juntas no quarto e seguiram lentamente para o centro. Nesse momento, Caitlin pegou a mão direita da menina.

A polaridade de Caitlin e Maanik desapareceu em um turbilhão. Um lugar diferente apareceu diante dos olhos de Caitlin, o quarto era um pano de fundo escuro e turvo que desaparecia a cada batida do seu coração. Logo ela estava olhando para um prédio baixo feito com os mesmos blocos escuros com bordas curvas que ela havia visto no pátio. Havia árvores perto de uma porta de madeira, e Maanik – não, não era mais Maanik – estava indo se sentar em uma soleira de pedra. Caitlin lembrou que Maanik havia descrito essas árvores antes como parte de sua casa. A menina segurou seu queixo com uma mão e acariciava uma foca branca e cinzenta a seus pés com a outra, enquanto o animal esfregava seus bigodes ao longo de sua panturrilha. A menina parecia estar olhando para Caitlin enquanto conversava com uma mulher mais velha que se sentou no degrau ao seu lado. Ambas estavam usando casacos pesados feitos de um tipo de pele. A mulher mais velha estava se dirigindo à menina, balançando a cabeça.

– Você não precisa se afligir.

– Mas tudo pode dar errado – respondeu a jovem.

– É por isso que temos que ir embora antes que comece – prosseguiu a senhora. – O poder que os tecnólogos estão desencadeando é potencialmente mortal.

– E os padres? – perguntou uma terceira voz, a voz de um jovem homem. Caitlin a reconheceu como sua, mas não sua ao mesmo tempo, e não a mesma voz com a qual havia conversado na visão de Atash. A garota olhou para Caitlin, assim como a velha, mas elas estavam vendo o jovem.

A velha hesitou.

– Eu já fui uma Crente, mas não tenho mais tanta certeza – disse ela finalmente. – Em todo caso, eu prefiro viver agora do que ascender. Por favor, guarde alguns assentos para nós em seu navio.

– Você vai partir mais cedo então? Caso contrário, pode não haver tempo.

– Você antecipa o pânico – disse a velha.

– Quando a hora chegar? É verdade. A ascensão através do *cazh* exige fé – respondeu o rapaz. – Fé poderosa. A maioria das pessoas vai descobrir de repente que querem mesmo que os cascos sejam fortes. Vou guardar assentos para você, enquanto eu puder.

A velha olhou para cima e contemplou uma lua cheia que brilhava em um céu próximo do poente. Caitlin pensou que talvez a mulher tomasse uma decisão diferente se estivesse sozinha, sem a neta para levar em consideração.

A avó levantou lentamente e se virou para entrar na casa mais atrás, porém ficou de olho no jovem de Caitlin por um segundo – e de repente Caitlin sentiu que ela estava olhando para *ela*.

– Sei que você se importa com ela como eu – disse a senhora. – É nisso que eu tenho que confiar.

Incomodada, Caitlin se desvencilhou do olhar da senhora e se voltou para a menina, que estava dando um sorriso, até que, timidamente, virou o rosto para a sua foca.

Caitlin sentiu o jovem começando a se aproximar da menina. Ela sentiu uma lufada de ar fresco, e só agora percebia o quão agradavelmente morna havia sido a noite. O garoto pegou as mãos da menina e Caitlin sentiu sua conexão. Ela percebeu então, com certeza, que Maanik e aquela menina haviam se fundido desde que as visões começaram. E se a alma, a identidade transpessoal, ou seja lá o que fosse dessa moça, estava ligada a Maanik, então ela não iria embora com o rapaz em seu navio. Algo mais havia acontecido.

Caitlin largou as mãos da menina, assim como o rapaz, e de repente ela estava de volta ao quarto, com Maanik olhando em sua direção. Caitlin rapidamente segurou as duas mãos da menina, não para se reconectar, mas a fim de se certificar de que ela não iria fugir.

- Maanik?

A menina parecia confusa. Ela tentou se soltar das mãos de Caitlin, mas a médica segurava as dela com força.

- Não. Fique comigo.

- Eu tenho que ir - disse a menina em um tom frenético. - Meu lugar não é aqui.

- Onde?

- Viva.

Horrorizada, Caitlin quase a largou. Aquela não era Maanik. Era sim a identidade mesclada, um estranho híbrido - parte Maanik, parte a outra. Não era dupla personalidade, não de estresse pós-traumático como muitos poderiam entender, nem mesmo uma "possessão". Era outra coisa, algo novo. Mais importante, ela de repente entendeu *por que* ambas foram fundidas.

- Ouça-me - disse Caitlin. A menina tentou soltar sua mão esquerda. Caitlin a segurou com mais força e focou. - Ouça. Sei que você está tentando completar o ritual, e sei que está tentando se juntar aos outros e transcender. Mas algo dá errado sempre que vocês...

De repente, a jovem se soltou e um vento frio soprou contra a nuca de Caitlin. Ela sentiu seu cabelo subir, ouviu gritos e berros de todos os lados. Viu um céu ficando vermelho com o fogo que havia sido lançado da terra para alturas que ela mal podia imaginar.

A menina à sua frente arfava e soluçava. Suas mãos estavam tentando se erguer no ar, não nos gestos daquela língua estranha, mas com pulsos caídos, com o terrível desamparo de uma criança que chorava inconsolavelmente. Caitlin também começou a chorar, sentindo o ofegar da jovem, e gritos presos em seu próprio corpo.

O jovem não estava presente. A avó não estava presente. Havia apenas a menina no meio do caos. Era evidente que a crise havia chegado mais cedo. As pessoas não foram preparadas. O êxodo bem planejado ao qual o jovem se referira não ocorreu.

Mas isso não era problema de Caitlin. Não era algo que ela podia mudar. Ela só tinha um objetivo.

– Maanik! – gritou Caitlin, na esperança de alcançá-la. – O que você vê à sua volta não está acontecendo. Já *aconteceu*. Você não está lá.

A menina balançou a cabeça enquanto brasas caíam e queimavam os seus braços nus.

– Eu... *sou*. Eu devo... transcender.

– Não, você não deve!

– Isso já está acontecendo – disse ela em meio às lágrimas.

Aquilo não estava funcionando; Caitlin teria que abordar aquela garota para chegar em Maanik.

– Diga-me o seu nome.

– Bayarmii – disse a menina, chorando.

– Bayarmii, você tem que me ouvir. O ritual não vai funcionar. Sei que você quer se juntar aos outros, mas algo está dando errado.

– Por quê? – perguntou ela, lamentando.

– Não sei ainda. Mas sei que isso não está funcionando. Você tem parar de levar Maanik de volta com você.

– Não, eu preciso dela.

– Mas você a está matando!

– Sim – disse a garota, esfregando o rosto, tentando ver através de suas lágrimas. – Se ela morrer, iremos juntas. Isso é o que nos foi dito.

– Você ouviu uma mentira – disse Caitlin. – Bayarmii, você *irá* ascender através da sua própria oração particular. Este ritual... o que você está fazendo agora, o *cazh*... é outra coisa. Por favor, pare o ritual.

A menina olhou em volta.

– Não posso! – Seu rosto estava retorcido, torturado, aterrorizado.

Então se fez um silêncio. O quarto de Maanik começou a vibrar dentro da visão de Caitlin.

– Bayarmii? – Não houve resposta. Até que, felizmente, Caitlin olhou para a menina que estava à sua frente e perguntou: – Maanik?

– Sim – disse Maanik, tremendo.

Caitlin sabia que algo ainda estava terrivelmente errado – o quarto não se estabilizava à sua volta. O outro lugar ainda vibrava naquela dimensão.

– Maanik, você entendeu o que Bayarmii disse?

– Sim. – Maanik estava tremendo muito. Caitlin pegou novamente as suas mãos. – Ela não está querendo me largar – disse Maanik. – Está tão assustada. Ela quer vir comigo.

– Você tem que dizer *não*.

– Mas... ela diz que vai morrer se ficar. Ela diz que tem que vir comigo!

Ela já está morta, queria lhe dizer Caitlin.

– Maanik, Bayarmii está muito assustada e confusa, mas isso não é responsabilidade *sua*. Não é a sua missão. – Caitlin segurou suas mãos com firmeza enquanto as palavras saíram da sua boca. – Assim como não era sua missão salvar o seu pai. Isso era trabalho do guarda-costas e ele fez o que tinha que fazer, proteger o seu pai. – Maanik estava chorando novamente. – Você fez o que *tinha* que fazer. Ficou em segurança e é isso que você tem que fazer aqui. Tem que dizer não a ela. Ajudá-la é o meu trabalho, e eu vou fazê-lo. Mas antes você tem que voltar para mim.

Maanik estremeceu, soluçando.

– Escute-me. Seus pais te amam. Fique aqui para eles e fique aqui para você.

– Eu *não posso* – disse ela engasgando, tentando afastar as mãos da doutora.

Caitlin segurou firme.

– Você pode. Ouça a minha voz. Siga-me.

– Estou perdida...

– Você está aqui, comigo, com a sua família, sua mãe e seu pai que você ama tanto.

– Papai...

– Isso... – encorajou-a Caitlin.

– Papai... papai... papai!

CAPÍTULO TRINTA E DOIS

O último grito de Maanik pareceu tê-la esvaziado. Ela caiu e, em seguida, as duas estavam no chão. O quarto se estabilizou à sua volta e o outro lugar desapareceu. Caitlin pôs os braços em volta de Maanik e a segurou com firmeza enquanto a garota chorava em seu pescoço. Caitlin podia ver os Pawar em pé atrás de Ben, lágrimas escorrendo em seus rostos. Caitlin os chamou com um aceno de cabeça e, logo, afastou-se para que os três familiares pudessem cair um nos braços do outro.

– Ela está...? – perguntou o embaixador.

– Por enquanto – disse Caitlin. – Mas ainda não terminamos. Você precisa mantê-la aqui.

– Claro.

– Não, eu quero dizer aqui, neste tempo e lugar. Sinto muito, não tenho tempo para explicar melhor.

Ela instruiu o embaixador para que ajudasse a sua filha a ficar de pé, depois levou a família de volta para a sala de estar e fez com que Maanik se deitasse no sofá. Ela colocou a mão direita do embaixador na mão esquerda da filha.

– Não largue esta mão. Fale com ela... sobre qualquer coisa, não importa. Mande boas energias através da sua mão direita que ela irá absorvê-las pela esquerda. Com sorte, continuará liberando toda a energia ruim que tiver através da sua mão direita.

O embaixador estava confuso, mas não moveu sua mão, enquanto Caitlin corria na direção de Ben.

– Eu tenho que encontrar uma maneira de fazer com que isso seja permanente.

– Como?

Mas Caitlin já estava se afastando.

– Sra. Pawar, por favor, pegue Jack London e deixe-o com Maanik, bem perto. Acredito que isso vá ajudar. E você se importaria se eu pegasse algo emprestado da sua cozinha?

A Sra. Pawar acenou positivamente e Caitlin vasculhou os armários da cozinha até encontrar o que estava procurando: chá de jasmim.

– Ben, você pode vir comigo? – perguntou Caitlin. – Preciso de sua ajuda.

– Claro – disse ele, movendo-se para seu lado.

Enquanto eles voltaram para a sala, o embaixador Pawar perguntou:

– Para onde você está indo, Dra. O'Hara?

– Não muito longe – disse Caitlin evasivamente. – A porta do quarto de Maanik tem tranca?

– Não pelo lado de fora.

– Tudo bem, você pode, por favor, descobrir como obstruir a porta, talvez com móveis, fita isolante ou ambos? Mas certifique-se de que alguém fique sempre segurando a mão esquerda de Maanik.

– Sim, sim – disse ele. – E se as chamas começarem de novo?

– Se isso acontecer, faça o que a sua esposa fez da última vez e coloque-a debaixo do chuveiro. Mas Maanik precisa dormir agora e espero poder estar de volta em breve.

O embaixador assentiu, cansado, mas com um olhar de gratidão.

Enquanto Caitlin e Ben corriam para a porta, a doutora perguntou:

– Está sentindo algum cheiro?

– Vagamente – respondeu ele. – Quer dizer, *houve* fogo...

– Não – Caitlin sacudiu a cabeça. – Morte.

– Credo... Não, Cai.

Caitlin não se preocupou em elaborar. Ela e o outro lugar ainda estavam conectados, de alguma forma; os mortos e moribundos não estavam longe.

Enquanto esperava o elevador, Caitlin empurrou a lata de chá para Ben.

– Se eu começar a desaparecer, queimar ou sabe-se lá o que, e você quiser me trazer de volta, abra isso e ponha debaixo do meu nariz.

– Sais de cheiro místicos? – perguntou ele, sinceramente confuso.

– É um pouco mais agressivo do que isso – disse ela. – Isso é o meu "amoras", uma conexão com um lugar que me deixou uma forte impressão no presente.

– Entendi – disse ele, sem entender de fato.

O elevador chegou e eles entraram. Ambos ficaram em silêncio até Ben estender a mão para ela. Ela começou a retribuir o gesto, mas se conteve e manteve distância.

– Desculpe – disse Ben. – Eu só...

– Eu sei, é que... aconteça o que acontecer, não me toque e não deixe que eu toque em você.

– Eu sou tão irresistível assim? – brincou ele.

Ela sorriu.

– Não é isso. Há apenas uma tentativa de equilíbrio de energias transcorrendo dentro de mim e eu não quero perturbá-la.

– Você pode explicar?

– Então e agora. Lá e aqui. Estou retendo ambos. Não quero nenhuma outra energia para tirar a minha concentração.

Ele a encarou.

– Isso tinha a intenção de esclarecer?

A porta se abriu no lobby e eles saíram correndo para a rua.

– É que nem a hipnagogia. Semi-insônia. Como quando você é arrancado de um pesadelo, mas ainda se sente parcialmente preso a ele.

Ben abriu a porta da frente para ela.

– Você não me parece meio adormecida, Cai... a garota com rebites...

– Certo, como o grande transatlântico que bateu em um iceberg.

– Mas você está alerta.

– Protegida – corrigiu. Sob o dossel da entrada ela hesitou, olhando em volta para a chuva fina. – Ela está de volta – disse ela. – A sensação que eu tive aqui antes.

– De estar sendo observada?

– Sim. – Ela fechou os olhos, afastando a escuridão cintilante da rua e enxergando as altas colunas daquele outro lugar estranho, os pilares negros cobertos com a névoa que vinha do mar.

– Então, para *onde* vamos? – perguntou Ben.

Ela abriu os olhos.

– Preciso ir para as Nações Unidas.

– O.K. Você quer um táxi?

Ela balançou a cabeça e os dois rapidamente começaram a andar os poucos quarteirões que davam no Edifício da Secretaria, fazendo silêncio durante todo o caminho, enquanto os dedos de Ben pairavam perto do cotovelo de Caitlin. Ela sentia a sua energia, o seu cuidado.

A chuva apertou. O asfalto das ruas ficou ainda mais brilhante e era difícil ficar ali presente, naquele momento. Caitlin se concentrou nas luzes brancas dos 39 andares da torre das Nações Unidas; que mais pareciam linhas em Braille no meio da escuridão. Ela não falou nada até Ben mostrar seu cartão de identificação para o guarda e levá-la até os elevadores.

– No meu escritório? – perguntou ele.

– Não. Quero ir para a sala onde as negociações da Caxemira estão ocorrendo.

Ben congelou.

– O guarda vai querer saber por quê – disse ele, com a ansiedade estampada em seu rosto. – E eu também.

– Trauma.

– Não entendi.

– Você viu como o quarto de Maanik era um ímã, um nexo?

– Não estou seguindo seu raciocínio. Eu achava que *ela* era o canal, não o lugar.

– Ela é, mas uma vez que aquele horror se instalou, acabou ficando. Jack London sentiu isso. Eu não sou um condutor direto como Maanik, por isso não posso voltar sem algo que sirva como um fole para abanar o fogo. Preciso de mais trauma, dor e medo.

– Você sabe como isso soa? – perguntou Ben.

– Sim. Triste, masoquista. E necessário.

– Bem, você disse que ia "voltar". Para fazer o que, exatamente?

– Para trabalhar com elas. As entidades da Antártida de milhões de anos atrás.

– Você pirou? Vamos supor que você *possa* chegar lá, isso vai além da memória racial, Cai, além de Jung. Quero dizer, muito além.

– Eu sei. Por mais doido que pareça, eu acredito que suas almas estavam no meio de algo que os trancou ali, naquele estado, antes de alguma força do interior da terra vaporizar seus corpos físicos.

– E eles vêm fazendo o *que* no limbo ao longo de todos esses milênios? Tentando voltar?

– É o plano transpessoal, não o limbo, e sim, acho que sim. Talvez alguns deles tenham conseguido, os casos que foram mal diagnosticados como tudo, desde possessão demoníaca até esquizofrenia grave.

– Você tirou tudo isso de uma visão que pode não ser real, que talvez *nunca* tenha sido real?

– Isso e um clérigo hindu.

– Ah, isso justifica tudo – disse Ben.

– Droga, Ben. Maanik pegando fogo foi muito real. Temos que discutir isso mais tarde, estamos perdendo tempo.

– Não. Se você quer entrar, vai ter que me dizer o que está planejando. Também estou preocupado com você.

Caitlin suspirou. Ela teria feito a mesma coisa se os papéis estivessem invertidos.

– O que eu acho que vi foram as almas de muitos indivíduos fundidas em uma só. Eles querem se juntar no plano transpessoal, na vida após a morte, por algum motivo. E eles só podem fazer isso enquanto estiverem no processo de transição.

– Quer dizer, o abraço coletivo final antes da morte? Ou então a sua alma vai voar sozinha?

– Esse é o meu entendimento geral. Se elas se forem individualmente, como a menina do passado lutando para tomar Maanik, isso inviabilizará o sentido da cerimônia. Eu ganhei algum tempo negociando com aquela jovem, Bayarmii, que estava por conta própria. Isso enfraquece o antigo ritual, mas não vai contê-lo. Eles vão puxar Bayarmii de volta e ela vai tentar chegar a Maanik novamente. Isso é o que está acontecendo, várias e várias vezes. Acho que tenho que encontrar *todos* os indivíduos, enquanto eles estão no processo de transição para o espírito de grupo, e tentar impedir a transformação.

– Como?

– Não estou totalmente certa, mas vou tentar fazer o que as pessoas fazem nas sessões espíritas: acender a luz, quebrar o feitiço. Posso me auto-hipnotizar mas para voltar e interagir com eles eu preciso de poder, Ben, e trauma parece ser uma chave. Neste momento, o acontecimento mais traumático que está ocorrendo à minha volta é o conflito na Caxemira. – *O locus da frustração e da dor tocando todos os cantos da Terra.*

– Cai... Estou te ouvindo, mas isso é conversa de doido.

– Prefiro chamar isso de um grande salto de fé. – Ela sorriu de leve. – Dois agnósticos entram em um bar...

Ele não conseguiu nem ao menos dar uma risada nervosa. Olhou para ela por um bom tempo, viu a determinação em seus olhos. E apertou o botão 38 do elevador.

Quando chegaram ao andar em questão, Ben mostrou seu cartão para o guarda e introduziu Caitlin como consultora especial de Genebra – ela mostrou suas credenciais da OMS –, e os dois foram escoltados pelo corredor até uma sala de conferências vazia. O guarda voltou ao seu posto no fim do longo corredor.

Caitlin não deixou que Ben acendesse as luzes da sala. Ela já podia sentir o zumbido de energia no ar. Sentia ânimos exaltados em seus pulmões, em sua barriga, em sua nuca. Ela tirou o casaco e o lenço, começou a andar pela sala, movendo-se com uma fluidez que não conseguia enxergar, apenas sentir. Ben a acompanhou para protegê-la, mas manteve distância.

A luz ambiente da cidade brilhava através de uma parede de janelas na outra extremidade da sala. Caitlin esbarrou no primeiro dos 24 assentos de couro dourados. Só havia espaço para uma pessoa caminhar confortavelmente ao redor da mesa de cada vez, e nenhum lugar para empurrar as outras cadeiras além dos seus respectivos módulos.

Ela pensou em ficar em pé sobre a mesa para que houvesse espaço para se movimentar caso ela precisasse, mas os painéis difusores haviam sido pendurados bem abaixo das luzes. Tinha certeza de que sua cabeça passaria muito perto dele, o que poderia criar uma situação desconfortável. Andando até o final da mesa, ela descobriu que tinha cerca de um metro e meio de espaço até as janelas. Teria que ser suficiente.

– O que eu posso fazer para ajudar? – perguntou Ben com delicadeza.

Ela balançou a cabeça um pouco e olhou para fora.

– Quão fortes são essas janelas?

– Muito. As reformas recentes substituíram todas as cinco mil janelas pelos mais modernos painéis à prova de explosão. Em um furacão, este é um dos lugares mais seguros em que você poderia estar.

– E se fosse um vulcão? – perguntou ela.

Ele não sabia se ela estava brincando. E não respondeu.

A cidade parecia pequena em comparação com a imensidão do tempo e da distância que ela estava começando a sentir. Caitlin estava apavorada. Ela parou de se mover e apoiou uma das mãos em uma cadeira da sala de conferências para se firmar.

Na mesma hora, ela teve a visão de um corpo humano em chamas. A visão era levemente obscura e trepidante como se fosse filmada com uma câmera de mão. Ela percebeu que isso era exatamente o que estava acontecendo. Era vídeo da mulher que havia se suicidado sobre o filho morto, os poucos segundos de imagens que Caitlin havia visto em seu tablet. Ela ouvia vozes gritando do outro lado da mesa, ao seu redor, e então as pessoas gritando...

...estavam ali, no pátio, bem ao alcance de suas mãos. De repente ela era uma de muitos. Muitas vozes, alguns cantando o *cazh*, algumas chorando, outras gritando. Algumas estavam apenas começando a expressar a maravilha da transcendência. Seus corpos se moviam como juncos em uma lagoa com suas vestes brancas e amarelas. Em seguida, como se o ar e a energia os tivesse deixado de uma hora para outra, seus corpos caíram sobre as pedras do calçamento do pátio, através dos enormes crescentes esculpidos nas rochas negras e planas.

Acima de suas cabeças uma força pulsante chamou a atenção de Caitlin. Ela não podia vê-la, mas podia senti-la, e a presença cresceu assim que os corpos caíram no chão.

Ben observava cada mecha de cabelo de Caitlin se erguer com uma brisa que ele não sentia. Ela abriu sua boca e soltou o ar, mas não era o suspiro de uma só alma. Era o som combinado de multidões.

Ben deu um passo para trás e pegou a lata de chá que havia colocado em cima da mesa. E parou.

Ainda não. Mas ele estava pronto.

Agora Caitlin respirava pesadamente. Seus braços estavam se movendo. Ben ouviu palavras, identificou algumas, combinou-as com os gestos para compreender os superlativos. Era tarde demais para montar sua câmera, mas ele pegou o seu telefone celular e começou a filmar.

– O fogo! – disse ela. – Tanta morte. O fim está aqui!

À sua volta, Caitlin podia ver a destruição de uma civilização, e ela era parte dela, parte daquele lugar – Galderkhaan. Ela agora sabia o seu nome, só agora que ele estava morrendo. Ali ao lado do templo, do Salão dos Sacerdotes, ela podia ver o vulcão ao leste, soprando o centro da Terra para o céu.

Uma onda imponente e sulfurosa de lava em tons berrantes dourados e alaranjados era cuspida da boca do vulcão, e derrubou a primeira de uma longa série de colunas altas e brilhantes que estavam no caminho que separava o vulcão do mar. *Conectando yin e yang, a mão esquerda e a mão direita*, pensou Caitlin com súbita compreensão. Os tecnólogos haviam construído a estrutura, que reunia energia e a passava de coluna a coluna, como diapasões gigantes e exponencialmente mais poderosos. Seria algum tipo de reação tecnológica ao *cazh*? Se assim fosse, alguma coisa também havia dado muito errado nesse processo. Um a um, os pilares desabaram sob o rolo compressor de lava que fluía na direção da cidade. Nuvens vermelhas e pretas, de fogo e cinzas, caíam sobre o pátio e os edifícios. Montes de cinzas quentes se empilhavam sobre vestes brancas e amarelas que outrora retiveram almas, mas que agora não passavam de massas de carne incendiárias.

A onda de lava em breve soterraria o pátio. Caitlin tinha que encontrar Bayarmii. Ela seguiu a linha de visão que englobava as colunas altas que iam do pátio para o oeste, onde elas perfuravam o mar e podiam ser vistas por causa do brilho esverdeado das pedras no topo de cada uma. A lua cheia sufocava devido ao pouco espaço entre as nuvens, mas pulsava com sua luz branca e azulada refletida pelo oceano turvo. O mar estava se lançando contra o céu, curvando-se em ondas titânicas que batiam nas colunas e na costa...

E nos navios. Navios com longas e graciosas cabeças de dragão, cada uma entalhada com o símbolo de crescentes entrelaçadas, o símbolo que aparecia nas pedras superiores das colunas e nas pedras do calçamento do pátio – o único remanescente de um tempo que antecedeu o surgimento de facções conflitantes, que trouxe o caos que ajudou a conduzir a civilização para o precipício.

Concentre-se, Caitlin, lembre-se de por que está aqui, disse para si mesma. Ela se lembrou de um jovem, uma neta, uma foca, e sentiu sua mente subitamente se fundir com a da avó. Ela estava segurando a mão de Bayarmii...

Então a terra se deslocou quando uma enorme onda do mar bateu com força, e a fez cair. No que ela se levantou, Bayarmii havia desaparecido. Caitlin olhou para trás, no meio da fumaça, neblina, cinza e chamas. Viu que Bayarmii havia voltado para pegar a foca branca e cinza, que estava morrendo de medo dentro de casa. As árvores queimavam em frente à porta. Era tarde demais. Muito tarde para se juntar ao garoto no barco.

– O *cazh*! – gritava a avó. – É a nossa última chance de ascender juntas!

A menina obedeceu. Uma das árvores em chamas caiu contra a porta, prendendo a garota e a foca dentro de casa. Um galho flamejante rachou com o impacto e a atingiu, abrindo um corte em seu braço e cauterizando o ferimento simultaneamente. As palavras da oração tornaram-se mais poderosas e urgentes, e o espírito da menina ascendeu...

Caitlin só podia esperar que Maanik não estivesse experimentando aquele momento, que Bayarmii não estivesse incorporada agora. Mas sua esperança foi sobrepujada pela força de vontade da avó. Ela não abandonaria sua neta. Ela também conhecia as palavras. Fora uma devota dos Sacerdotes em sua juventude. Ela falava o *cazh*; e se concentrou na energia pulsante reunida sobre os mortos e moribundos no pátio do templo. Mesmo enquanto as ondas corriam em sua direção e as cinzas quentes queimavam em seu pescoço nu e em seus braços, ela falou...

Ben viu Caitlin sorrindo. Sua expressão era quase eufórica. Ela falou com gestos:

– Centenas de metros no ar! Eu quero subir com o mar, com o vento, em uma grande onda! Quero olhar de cima para as falésias cobertas de gelo branco e para as colunas pretas...

A sala de conferências vibrava como se um trem do metrô estivesse passando por baixo, mas não havia *movimento*. Ben olhou para fora. Em meio à chuva torrencial e ao vento, ele pensou ter visto o East River subindo e formando ondas de quatro metros e meio. Tinha que ser um truque do vidro grosso, da chuva, da névoa.

Ele se voltou para Caitlin. Sua cabeça estava erguida, seus braços em uma pose na qual ele tinha visto Maanik em seus dias mais angustiados, nos momentos antes de usarem a senha "amoras". Os dedos da mão esquerda de Caitlin se expandiam e iam mais longe, buscando ou apontando, era difícil saber. Houve uma ondulação sobre ela, como calor que subia.

– Está em toda parte! – gritou Caitlin em inglês.

Onde está o guarda?, pensou Ben. *Ele não está ouvindo nada disso?*

Ele podia sentir algo se erguendo dentro da sala, mas era efêmero, invisível. Uma brisa quente o envolveu. Será que ele estava experimentando o que Caitlin sentiu com Maanik, o transbordamento de certa energia ancestral, pairando invisível como o próprio ar?

– O que está em toda parte? – perguntou ele, aos berros.

– O plano transpessoal – gritou Caitlin de volta. – Almas estão subindo! Meu Deus, isso é *forte*! Estou ascendendo! Mas há mais... Não posso ver...

Outras mentes passaram por ela, espíritos transcendentes que se entrelaçavam uns com os outros enquanto partiam de um reino e entravam em outro, unidos em uma massa de almas. No entanto, em toda parte, também, corpos estavam perecendo antes do ritual ser concluído, antes que eles pudessem se ligar ao grupo de almas. Tais almas estavam subindo sozinhas.

Ela ainda podia questionar, ainda conseguia pensar: *Será que essa é a chave? Mas como eu posso impedir que tantos completem a* cazh *de uma vez só?*

Ela deixou as perguntas para trás, pois só queria ficar no aqui e no agora, com eles. Um espírito afastou-se do grupo e olhou fixamente para Caitlin.

Você não, disse-lhe a avó. *Você não é uma de nós.*

Embora Caitlin ansiasse por completar a transcendência com eles, por ver o que havia lá fora, ela obedeceu.

Eu ainda sou Caitlin, disse ela para si mesma.

Ela se conteve, e depois se retirou. Concentrou-se no piso da sala de conferências sob os seus pés e ouviu a chuva batendo nas janelas.

Devo permanecer sendo eu mesma.

Ela pensou nas pessoas no parque em Teerã, os homens e mulheres fazendo Tai Chi, movendo-se com equilíbrio sublime. Fez bastante pressão com o pé esquerdo no piso da sala de conferências, como um velocista empurrando o bloco de partida de uma corrida com o calcanhar. Essa realidade, que vinha através do lado esquerdo, a seguraria por lá por um pouco mais de tempo.

Eu ainda sou eu.

Ela se sentia estabilizada, com um pé em cada mundo. Mas ainda tinha que deter a massa de almas que estava se formando ao seu redor, sobre ela, em Galderkhaan. As almas que buscavam outras almas traumatizadas no presente de Caitlin.

Ben viu o sorriso de Caitlin desaparecer. E notou a mudança em sua posição. Ela estava falando de novo, mas ele estava achando mais difícil ouvi-la. Percebeu de repente que não era a voz dela que estava mudando; havia uma pressão crescente em sua cabeça, e seus tímpanos estavam pulsando, como se ele estivesse em uma aeronave que havia despressurizado. Ele abriu bem sua boca, mexeu seu maxilar e engoliu em seco. Aquilo deu certo por um instante mas, em seguida, a pressão retornou. Com um olho em Caitlin, ele seguiu até as janelas, tentando localizar a fonte da pressão. Um respiradouro... uma janela mal ajustada... uma abertura no teto...?

Não havia nada. O vento jogava chuva nas janelas como se fossem pedras.

Ele colocou seu celular em cima da mesa e tentou chegar mais perto de Caitlin, cambaleando contra a pressão em sua cabeça. O cabelo de Caitlin ainda estava flutuando. Seus olhos estavam fechados, sua boca se movia, seus braços ajudavam a moldar palavras desconhecidas. Ele lutou contra a sua dor de cabeça brutal para fazer com que seus pés se movessem na direção da lata de chá.

– O que eu faço? – sussurrou ele, quase rezando por uma resposta.

Caitlin não ouviu. Para onde quer que olhasse, via os mortos e os moribundos. Além das árvores, ela podia perceber o mesmo rapaz da visão de Atash, realizando o *cazh*. Sobre as águas, viu quando um barco se chocou contra um dos pilares maiores, ficando em pedaços, enquanto seus tripulantes tentavam nadar contra as ondas, ou erguiam as mãos em súplica, mesmo enquanto se afogavam. *Gaelle*, pensou Caitlin, desamparada. Não havia nada que poderia fazer para salvá-los de suas mortes. Ela tinha que ir em frente, deter o grupo de almas que ascendia e proteger outras no presente...

Ben viu fumaça saindo da carne de Caitlin.

– Caitlin!

– Não... me... toque!

Havia uma garrafa d'água na mesa de conferência. Ele a usaria se fosse preciso. Ben não entendia muito, mas sabia de uma coisa: eles poderiam jamais ter essa chance novamente. Ele tinha que deixar a coisa tomar seu curso.

Caitlin não tinha tempo para pensar nem uma mente tão racional assim para raciocinar. Em vez disso, ela se *sentia* pairando no templo, pairando na sala de conferências, além das cinzas e além da chuva, dentro de uma nuvem que era trovão e trevas, que tinha a frieza do túmulo multiplicada pela eternidade. Apesar da advertência da avó, Caitlin se permitiu ascender, carregada pela alma da mulher mais velha. O controle de Caitlin sobre o seu próprio corpo vivo foi ficando cada vez mais fraco.

Dois mundos estavam se fundindo violentamente. A tempestade parecia se espalhar sobre Manhattan enquanto Galderkhaan era puxada para o mar, com o sibilo feroz de chamas agonizantes. As inúmeras almas daqueles que ascendiam estavam por toda parte.

Caitlin se agarrou única e exclusivamente a um pensamento, um objetivo: o grupo de almas que tentava se formar e cruzar a barreira do tempo. Ela pensou nos jovens que conhecia e nos que não conhecia em seu próprio mundo, em outros como Maanik, Gaelle e Atash, cujos traumas os deixaram vulneráveis e que provavelmente estavam sendo atacados, em suas próprias almas, dolorosamente tragadas para cima junto com as daqueles seres antigos, por razões ainda desconhecidas. Ela tinha que detê-los.

Lá embaixo, ela via toda a cidade, as estradas e as ruas, a fileira de colunas que corriam do vulcão para o mar, cuja estranha energia lhes conferia um brilho esverdeado – mas além disso, na pedra no topo coluna mais alta, havia um símbolo. Um triângulo feito de crescentes dentro de crescentes. Era o mesmo símbolo que ela vira Gaelle desenhar. O mesmo que Maanik havia desenhado.

Caitlin olhou para o poderoso grupo de almas que ascendia, e logo soube o que tinha que fazer. Virou-se e mergulhou no vazio com o intuito de chegar na maior coluna. Não havia nenhuma sensação de peso, de leveza ou de movimento, apenas a sensação de uma súbita extensão, parecida com a dos relâmpagos - de ponto a ponto a ponto. Com braços estendidos, ela se agarrou à energia em torno da coluna, como se ela fosse tangível.

E era. Ela a sentiu se retorcer no seu abraço, e juntas se tornaram uma coisa só, como aconteceu com a força que havia recebido da cobra, embora aquilo fosse exponencialmente superior. Caitlin deslocou seu corpo com um rodopio e, fazendo um longo movimento circular com seus braços, lançou a força na direção do pátio. Esta voou para bem longe dela, como havia acontecido no Haiti, quando, fora de controle, Caitlin chegou a jogar Gaelle contra uma parede.

Mas dessa vez ela soube direcionar sua força.

O tsunami de lava estava perigosamente perto da cidade quando a energia atingiu o pátio e o inundou. As pedras de pavimentação foram catapultadas por uma luz que vinha de baixo, um brilho cintilante que resplandeceu através do enorme triângulo nelas entalhado, os crescentes dentro de crescentes.

Aqueles que ainda estavam em pé e entoando o *cazh*, os galderkhaani, em choque, gritaram quando a fusão de terra, fogo, água e luz os varreram. Seus movimentos deixaram de ser oscilantes e passaram a ser tremores cambaleantes, enquanto suas almas iam sendo arrancadas uma da outra e da outra... desvinculadas, enfim. Abruptamente, seus gritos mortais foram abafados, enquanto os lados direito e esquerdo de seus cérebros iam deixando de funcionar em conjunto. Suas bocas permaneceram congeladas por um instante; pouco depois, o lado direito de seus corpos encolheu. Eles caíram pesadamente sobre as pedras e morreram. Um líquido grosso e sangrento escorria de seus narizes e suas bocas, manchando suas vestes brancas e amarelas em chamas.

E Caitlin viu, mais uma vez, suas almas ascenderem. Invisíveis, mas, de alguma forma, tangíveis. Com essa morte, uma morte sem o *cazh*, elas ascendiam individualmente. O grupo de almas não existia mais. Qualquer que fosse o seu propósito, o objetivo não foi realizado. Qualquer que fosse o poder que permitia que as almas conectadas vencessem as barreiras do tempo, ele estava liquidado.

A onda gigantesca de lava caiu sobre a cidade e a destruiu. Não houve nada de épico ou prolongado no que diz respeito à sua extinção: em um instante Galderkhaan lutava, no outro, não existia mais. Caitlin sentiu o êxtase da energia a abandonar. Não sendo mais imaterial, ela caiu no mar...

E caía no chão da sala de conferências. Mas Ben impediu sua queda.

Ouviu-se um sibilo silencioso enquanto a fumaça de seu corpo subitamente começou a se dissipar. Ben acariciou seu cabelo, jogando-o para trás. Seus olhos estavam fechados, a boca relaxada.

– Cai?

Não houve resposta. Ele arrancou a tampa da lata, levou o chá de jasmim ao seu nariz e a segurou firmemente com seu braço livre. Depois de um momento, ouviu-a respirar muito delicadamente.

– Cai? Você está... aqui?

Ela abriu os olhos e fez um esforço para focar a visão. Até que, ao encontrar o seu rosto, ela sorriu.

– Sim – disse ela. – Estou aqui.

CAPÍTULO TRINTA E TRÊS

Caitlin acordou na manhã seguinte e viu Jacob, totalmente vestido, inclinando-se sobre ela, e tirando o cabelo que caía no seu rosto. Ela apertou os olhos por conta da luz que vinha pelo vão da porta, onde também se podia ver a figura alta do seu pai. A luz tênue do sol era filtrada pelos cantos de suas cortinas.

– Estou indo para a escola com o vovô – avisou Jacob em linguagem de sinais, e depois se aproximou dela para dar um abraço e um beijo. Sorrindo, ela viu a porta do quarto bater silenciosamente.

Seus olhos se fecharam e de repente ela se sentiu dolorosamente só, mais solitária do que jamais havia ficado em sua vida. Ela estivera ligada a um grupo na noite anterior, de um modo ainda inimaginável, e agora ele havia desaparecido. Caitlin passou a mão no cabelo; que lhe parecia muito fino e pouco familiar.

Mesmo sabendo que eram quatro horas da manhã em Santa Monica, ela ligou para a irmã. Abby parecia bem acordada.

– Uau... Eu estava *mesmo* pensando em você.

Caitlin ficou em silêncio, olhando para o teto. Não havia maneira alguma de lhe contar o que havia acontecido.

– Cai? Você está aí? Estava ligando mesmo para mim?

– Abby, você acha que as almas existem de verdade?

– Isso foi... inesperado.

– Eu sei, é que estou... não sei. Você esteve perto da morte. Quer dizer, frente a frente. Muito mais do que eu jamais estive.

– Perto demais – disse Abby. – Muitas vezes quando era mais jovem, de maneira súbita, *desnecessária*. Drogas, álcool, mensagens de texto enquanto eu dirigia, batidas de automóveis, tiroteios em shoppings.

– E?

– E sim. Isto pode parecer maluquice, mas às vezes, quando as pessoas morrem, só por um instante, o tipo de momento que é tão rápido que você se pergunta se aquilo aconteceu mesmo, eu posso senti-las. Nem sempre, e por pouco tempo, depois que os sinais vitais se vão, é muito claro para mim que eu não sou a única pessoa no recinto. O sentimento é mais forte quando estou segurando suas mãos. – Abby fez uma pausa. – Por que você está perguntando?

Caitlin já esperava pela pergunta; não havia resposta fácil.

– Só estou em busca da alma – brincou ela.

– Bonito. – Abby deu um gemido. – Papai me disse que você anda viajando.

– Ah, sim – disse Caitlin. – Tenho mesmo. Posso ligar mais tarde?

– Claro. Tenho que ir, de qualquer forma.

– Espera... Você estava mesmo *pensando* em mim? O que você está fazendo acordada a essa hora?

– Tenho uma cirurgia bem cedo – disse Abby.

– Ah. Boa sorte.

– Obrigada. Vítima de queimadura.

Quando Abby disse “vítima de queimadura”, Caitlin ficou tensa. Ela se perguntava se isso iria sempre acontecer daqui pra frente.

A chamada terminou e ela se deitou. Seus olhos se fecharam, sua mente se fechou, e logo ela estava dormindo de novo.

Três horas depois, quando Caitlin já estava completamente desperta e cafeinada, com a gata Arfa no colo, ela ligou o computador e abriu seu e-mail. No topo da lista estava um de Ben, com o seguinte assunto: *Dois milhões e meio de hits em quatro horas.* Caitlin clicou no vídeo anexado – e logo estava vendo caminhões pintados com cores berrantes, cheios de homens e madeira de construção, andando dentro do que parecia ser um centro comercial na Índia, mas uma área destruída, que certamente passava por dificuldades. Parecia que o lugar havia sido atingido por um furacão. Os homens se aglomeravam fora dos caminhões e se apressavam para saudar as poucas pessoas que se aproximavam cautelosamente deles, vindas de casas próximas. Em seguida, o vídeo pulou e passou a mostrar homens trabalhando - consertando telhados de cúpulas - e pessoas se sentando em mesas compridas para almoçar.

Caitlin ligou para Ben e ele atendeu imediatamente.

- O que estou vendo? - perguntou ela, sorrindo enquanto via crianças pequenas ajudando a arrastar tábuas para uma loja cuja fachada havia sido bombardeada.

- A solução para todos os nossos problemas - disse ele. - Esse vídeo foi postado por volta do meio-dia, horário de Jammu, e tornou-se viral mais rapidamente do que qualquer outro vídeo em toda a história. Esse shopping center assistiu a um confronto entre forças armadas com revólveres, bombas, o que você puder imaginar... Era isso que eu estava assistindo na noite depois que nós... depois que eu dormi aí. Aparentemente, caminhões de paquistaneses e indianos apenas foram para a cidade e agora eles estão reconstruindo tudo, o templo, as lojas, o cinema. Quando o vídeo se tornou viral, houve um clamor internacional pela reconciliação. Ambas as delegações apareceram hoje de manhã para fazer um acordo. Foi... na verdade, foi muito estranho, como se todos tivessem acordado com febre ou coisa parecida.

- Isso é incrível - disse Caitlin. - É muito...

- Impossível? - perguntou Ben. - No entanto, bastou esse vídeo. Supostos inimigos trataram uns aos outros como pessoas, com dignidade. Cooperação. Bondade.

- E os governos escutaram - disse ela, contemplativa.

- Escutaram? Isso foi apenas o esquema de mobilização da sociedade civil que eles estavam rezando para acontecer, para salvar as aparências.

- O que isso significa para a Caxemira?

- Ainda não temos certeza - disse Ben. - Ambos os governos concordaram em retirar suas tropas da região. Vai ser necessário algum esforço para que isso realmente venha a *acontecer*, mas o embaixador e seu colega aqui estão trabalhando duro nisso agora. Ele tem um fôlego e tanto, vou te contar. – Ben riu. – De fato, eu creio que não tenho que lhe dizer isso.

– Como está Maanik?

– O embaixador disse que ela voltou a ser o que era.

– Detalhes?

– Ela recuperou a energia, a alegria, o entusiasmo, e tem ficado no telefone com as amigas sem parar.

– Será que ela se lembra de alguma coisa?

– Honestamente, Cai, ninguém quer lhe perguntar. Disseram a ela que ela teve uma infecção pulmonar muito grave e ela não questionou.

– E o cachorro?

– Está bem também – disse Ben. – Essa foi a terceira coisa que eu perguntei: Como está o mundo, como está Maanik, como está Jack London.

– Ele, de algum modo, é parte disso, não? Como a cobra no Haiti, possivelmente até mesmo aqueles ratos que se aglomeraram no sul da cidade.

– Grupo estranho, não acha?

– Com certeza.

– Alguma ideia de como eles estão conectados?

– Nenhuma – admitiu ela. Mas as marcas de garras que apareciam no símbolo crescente não saíam da sua cabeça.

– Falando nisso, você e a cobra apareceram em um vídeo do YouTube – disse Ben.

– O quê?

– Sim. Vou te mandar o link. Não se preocupe. Ele só teve umas centenas de acessos. Você não se tornou viral.

– Estou identificada? – perguntou ela.

– Não pelo nome – respondeu ele. – Agora eu tenho mais uma pergunta antes de voltar para a sala de conferências. Como *você* está?

Ela deu uma risada meio melancólica.

– Honestamente? Não faço ideia. Meu cérebro está presente, e captou tudo, mas... houve alguma espécie de mudança. – Ela estendeu a mão para um pequeno trecho do rio Hudson, que dava para ver da sua janela. – Há alguma coisa... diferente. Não sei explicar o quê.

– Você se auto-hipnotizou a um estado profundo – disse Ben. – Não me surpreende o fato de você estar um pouco desorientada.

– Desorientada, mas conectada.

– Com o quê?

– Também não sei. – Ela deixou sua mão cair. – Com alguma coisa.

Havia muito a dizer, muito mais, mas Caitlin deixou para lá. Tudo que ela havia vivenciado exigiria muito mais reflexão e investigação.

– Posso supor que o que quer que tenha sido, o que quer que *eles* tenham sido, agora se foram? – perguntou Ben.

– Não tenho certeza. Nem ao menos tenho certeza se eles estiveram *aqui* mesmo.

– Se por "aqui" você quer dizer "na Terra", as evidências linguísticas certamente sustentam a sua existência – disse Ben. – Você e Maanik não inventaram tudo aquilo.

– Não mesmo – concordou Caitlin. – Mas uma civilização que pode ter existido antes de começarmos a fazer registros históricos... uma civilização que ainda parece ter partes móveis ativas, provavelmente *inventou*.

– Uma civilização que você e eu aparentemente descobrimos – acrescentou ele, com orgulho.

– Isso também. É uma grande ideia a ser processada.

– E uma que estou fissurado para investigar mais a fundo – disse ele. – Eu estava olhando os dados de ontem. Há um monte de palavras novas e duas delas ficam se repetindo, algo do tipo "aqueles de espírito" e "aqueles de mecanismo".

– Sacerdotes e tecnólogos – disse Caitlin.

– Sim, isso é certo. – Ele hesitou. – Você quer falar sobre isso?

– Ainda não sei bem o que os tecnólogos estavam fazendo. Os sacerdotes estavam tentando escapar de seus corpos físicos e ascender, mas também estavam tentando se unir.

– Você quer dizer juntar as mãos, como nas brincadeiras de roda?

– Não, é algo que remete mais ao que eu disse antes, uma sessão espírita. Um ritual onde o todo é muito maior do que a soma das partes. Uma junção que era muito poderosa e estava ficando ainda mais forte, tanto que estava pescando almas daqui. É por isso que eu fiz o que fiz. Senti que, se pudesse interferir em sua cerimônia, eles não seriam capazes de ascender como um grupo.

– Qual o objetivo de se juntarem?

– Não sei.

Ben ficou em silêncio.

– Vá em frente – disse Caitlin. – Diga.

– Cai, você realmente acredita nisso? Especialmente a parte de voltar para o passado? Não fisicamente, claro, mas fora do corpo?

– Eu tenho que acreditar – disse ela. – Quer dizer, faça a engenharia reversa, Ben. Maanik está bem.

– Sim...

– As coisas que eu acabei de descrever se encaixam com as palavras que você traduziu.

– Também é verdade – concordou Ben.

– Então, de que outra forma você explica isso?

Ben ficou em silêncio de novo.

Caitlin também se calou, tentando procurar fragmentos de memória.

– Ben, alguma coisa aconteceu com o meu cabelo?

– Por que você está perguntando?

– Ele está meio... rebelde hoje.

– Sim – disse ele, e ela percebeu certa aversão. – Ele ficou em pé.

– Movendo-se como se estivesse no meio de uma ventania ou dentro d'água?

– Não, em pé, como se tivesse sido afetado por eletricidade estática – respondeu Ben, ponderadamente. – Imagino que tenha sido a carga acumulada pela tempestade.

– Uma carga que eu senti que atravessou aquelas janelas à prova de explosão? E que você não sentiu?

Mais uma vez, Ben ficou em silêncio.

– Bem, um quebra-cabeça de cada vez – disse ela. – Algo mudou Maanik depois da tentativa de assassinato, e algo que aconteceu ontem reverteu a mudança. O mundo é um pouco mais saudável hoje. Talvez seja suficiente por enquanto.

– Não é para mim – admitiu Ben. – Eu ainda estou empacado na simples e nada metafísica questão de como Galderkhaan poderia ter existido.

Ela se assustou com aquilo.

– Você sabe o seu nome?

– Sim, você disse na noite passada.

– Galderkhaan – repetiu ela.

Ben prosseguiu.

– E tem toda essa questão do idioma, vagamente mongol. Como poderiam humanos modernos... eles eram modernos, não?

– Pareciam ser – respondeu ela. – Um pouco mais baixos, talvez? Com um tom de pele meio dourado que, no entanto, pode ter sido resultado do jogo de luz e fumaça.

– O.K., mas não eram neandertais ou hominídeos primitivos – disse Ben. – Como eles poderiam ter prosperado quando nossa espécie ainda era supostamente de lêmures que viviam nas árvores?

– Não sei. – Ela ficou em silêncio por um momento. – Há uma coisa que eu sei, no entanto.

– O quê?

– Eu tenho que ir. Um psiquiatra entra no seu consultório...

– O.K., vá – disse Ben.

Eles terminaram a ligação e Caitlin olhou para o mundo cintilante do lado de fora, enquanto acariciava a gata que ronronava. Ela notou que a estava afagando com a mão direita. E resolveu fazer a carícia com a mão esquerda, sentindo um fluxo de *algo* rolando por entre os dedos até seu coração, que a assentava, a acalmava. Arfa ronronou mais alto.

– O que você tem a ver com isso? – perguntou ela para a gata. E depois, olhou para alguns pombos que estavam pousados no parapeito. – Todos vocês?

Mas, mesmo com Caitlin sentindo-se mais calma, uma parte dela entrou em um devaneio, imaginando como a vida ia ser a partir de então.

Ela suspirou, largou a gata, e voltou para algo que era o denominador comum entre a velha e a nova Caitlin – seu e-mail. Ela notou, perto do topo, que havia uma mensagem de Gaelle Anglade. No campo do assunto havia algo que nunca estaria lá alguns poucos dias antes.

Um emoticon sorridente.

EPÍLOGO

Mikel Jasso olhou por cima do corrimão a estibordo do *Capitão Fallow*. A franja delicada do seu capuz soprava contra o seu rosto, protegendo-o do vento cortante. O navio estava percorrendo o trecho ao leste do Mar de Weddell, impedido por blocos de gelo de se aproximar da costa norte da Antártida. Naquele momento, eles estavam contornando um iceberg robusto que se erguia a centenas de metros acima de suas cabeças, irradiando o branco mais puro, exceto pelo tom azul-turquesa na sua base – mas ninguém estava admirando aquele gigante pálido. Tal como os outros membros da tripulação e os cientistas que se acotovelavam ao longo da borda, Jasso estava observando o bando de pinguins imperadores que ia para o norte pelo mar.

Os números daquela migração não tinham precedentes, até onde os veteranos daqueles mares podiam se lembrar. Aquilo estava acontecendo um mês antes do final da temporada de acasalamento da espécie. E havia uma outra coisa, como vários membros da tripulação notaram. Os pinguins não estavam brincalhões, eles nem ao menos estavam fazendo um reconhecimento cauteloso dos seus flancos; sequer se preocupavam em nadar ao redor do navio, simplesmente se lançavam por debaixo da embarcação para chegar ao outro lado. Mikel os observava com um olhar atento, e se lembrou da fuga dos albatrozes. Havia o mesmo tipo de urgência ali, não a pressa para chegar em algum lugar, mas uma espécie de necessidade de fugir de alguma coisa.

E agora por quê?, perguntava-se Jasso.

A questão dos albatrozes e dos ratos não estava muito distante da sua mente quando ele chegou de volta nas Malvinas e viu um incomum número de navios seguindo para o mar.

– Um monte de peixes está rumando para o norte – explicou um marinheiro para Mikel.

Então agora são os peixes, pensou Mikel enquanto rastreava o *Capitão Fallow* e induzia financeiramente seu capitão a recebê-lo a bordo. As credenciais de geólogo forjadas por Mikel não suportariam um escrutínio intenso, mas isso ficou em segundo plano por conta do desinteresse total de um capitão que ficara feliz por receber um "bônus" surpresa naquele ano.

O navio vinha navegando pelo leste, perto dos antigos vulcões submersos do Mar de Scotia, onde se podia fazer a curva para o sul quando os blocos de gelo permitiam. A viagem era especialmente monótona, por conta das poucas paradas. Mikel passou boa parte do tempo com o geólogo que ele havia roubado semanas antes, enquanto o homem dormia. Juntos, eles faziam as leituras da sonda náutica, do GPS, do sismógrafo e de outros equipamentos. Houve tempo de sobra para ele se perguntar por que a pedra que havia adquirido matara Arni, quando havia outras pedras que estavam sob posse do grupo há mais de dois anos. E então, uma hora antes de os pinguins começarem seu estranho êxodo, Mikel verificou seu e-mail em um dos computadores do navio. Flora havia enviado duas mensagens, sendo que a primeira era uma consulta sobre uma mulher que aparecera em um vídeo caseiro do Haiti.

Quem é essa?, perguntou Flora.

Mas Mikel não tinha nem conexão suficiente nem paciência para examinar o vídeo. Ele lhe disse que teria que vê-lo em outra hora.

O segundo e-mail de Flora era muito mais interessante e urgente.

As pedras derreteram o gelo no freezer, escreveu ela. *Eu as transferi para um outro freezer; mesma coisa.*

Isso também era novo e momentaneamente inexplicável.

O que está acontecendo? E por que agora?

Enquanto os pinguins davam continuidade ao seu êxodo, Mikel notou que houve uma mudança no vento. Mas não era o vento que havia mudado. Ele saiu um pouco do parapeito e foi abrindo caminho até chegar à cabine de comando. Assim que entrou na sala quente e apertada, ele perguntou:

– Para onde estamos indo?

– Estamos seguindo os pinguins – vociferou o capitão com o seu sotaque carregado do Maine.

– Por quê?

– Porque acabamos de pegar transmissões das estações de pesquisa McMurdo e Dumont d'Urville – respondeu ele. – Parece que cada maldito pinguim na Antártida está migrando. Ninguém sabe o porquê. Estou vendo se a gente coloca uma distância entre nós e o continente.

– O que os crânios estão achando disso?

– A mesma coisa que nós, os que não têm nada na cabeça, estão pensando que algo os está assustando. Quer saber o meu palpite? Pode ser algum tipo de massa de gelo se desprendendo de uma geleira. Ninguém sabe.

Mikel estava prestes a perguntar se os satélites mostraram algum rompimento preliminar quando uma rachadura enorme ecoou por todo o navio.

Ele pegou um par de binóculos que estava em um armário e correu de volta para o parapeito. Outro estalo fez com que os seus joelhos ficassem moles, mas ele logo se firmou e apontou os binóculos para o iceberg. Sentiu corpos se imprensando ao seu redor enquanto os turistas desistiam dos pinguins e voltavam a sua atenção para o bloco de gelo – que se dividia pela metade. Mas como os reverentes gritos dos marinheiros veteranos sugeriam, aquele era um fenômeno que nenhum deles jamais havia testemunhado.

A água do mar subiu em volta da torre de gelo que havia acabado de se desgarrar da geleira, e girou como um redemoinho invertido e em câmera lenta. Mikel falou palavrões e empurrou o seu rosto contra o binóculo, lutando para aceitar o que estava vendo. O novo iceberg só ficou lá por alguns instantes antes que aquela face do bloco de gelo se afastasse do navio.

A face cortada do enorme bloco de gelo não era puramente branca ou azul. Ele guardava algo que nenhum ser vivo havia visto na Antártida, um objeto que só faria sentido para quem já o havia visto antes – era o caso de Mikel.

– Que diabos? – ele ouviu alguém murmurar. – Tem alguma coisa ali?

– Não sei – disse outra pessoa, enquanto o motor do navio roncava.

Uma terceira pessoa tentou bravamente fazer um vídeo, mas Mikel se inseriu artisticamente entre o passageiro e o objeto, fingindo ter escorregado no convés gelado. No momento em que o celular foi apontado para bloco de gelo novamente, não havia mais nada para filmar.

Mikel não ouviu nenhuma das especulações. Ele já conhecia o grande ovoide marrom marcado com crescentes pretas, e sob a sua curva mais baixa, uma projeção menor e retangular. Ele já havia formulado sua própria hipótese, rejeitou-a como impossível, e depois a abraçou de novo – já que Mikel havia visto essa imagem em um fragmento de cerâmica com crosta de craca.

Era um dirigível do mundo perdido de Galderkhaan.

AGRADECIMENTOS

Os autores gostariam de expressar a sua gratidão ao agente Doug Grad; a Steve Burkow, Sally Wilcox, e Aaron Anderson; ao editor Brit Hvide e à equipe da Simon & Schuster; e mais especificamente à Clare Kent, que cuidou do fluxo de praticamente tudo.

1ª edição	Outubro de 2014
papel de miolo	Lux Cream 70g/m²
papel de capa	Cartão Supremo 250g/m²
tipografia	Minion Pro